es 1921

edition suhrkamp

Neue Folge Band 921

In den osteuropäischen Ländern greift die Zerstückelung um sich: Länder, Regionen, Bezirke, Städte, Firmen zerfallen. Minderheiten melden sich zu Wort, und innerhalb dieser vormaligen Minderheit artikuliert sich eine neue Minderheit. Dieser teilweise in Bürgerkriegen ausgetragene Prozeß der Auflösung und Neubildung von Staaten und Ethnien löst im westlichen Teil Europas Schrecken aus. György Konrád hält diese Einstellung für verfehlt, da der Westen den Zerfall der Nationalstaaten gefördert hat. Und er plädiert deshalb für eine konföderative Lösung der Nationalitätenkonflikte in Osteuropa. »Ihr könnt nicht leben in Jugoslawien? Dann lebt in Mitteleuropa. Auch weiterhin erscheint es lohnenswert, über einen mitteleuropäischen Ausgleich nachzudenken, der über eine Zwischenstufe zu einer gesamteuropäischen Integration führt, zu einer demokratischen Verfassung Europas.«
Von György Konrád sind in der edition suhrkamp erschienen: *Antipolitik* (es 1293), *Stimmungsbericht* (es 1394) und *Die Melancholie der Wiedergeburt* (es 1720).

György Konrád
Identität und Hysterie

Aus dem Ungarischen
von Hans-Henning Paetzke

Suhrkamp

edition suhrkamp 1921
Neue Folge Band 921
Erste Auflage 1995

Deutsche Erstausgabe

Satz: IBV Satz- und Datentechnik, Berlin
Druck: Nomos Verlagsgesellschaft, Baden-Baden
Umschlagentwurf: Willy Fleckhaus
Printed in Germany

1 2 3 4 5 6 – 00 99 98 97 96 95

Inhalt

Identität und Hysterie

Die Serben erwarten für ihr als gerecht empfundenes Anliegen ebenso moralische Unterstützung wie die Kroaten und Slowenen. Alle sind sie zutiefst davon überzeugt, daß ihre nationale Sache gerechtfertigt sei. Für den Fall, daß ihnen Unterstützung versagt bleiben sollte, drohen sie mit einem Dritten Weltkrieg, Propheten entwerfen die Vision eines großen Harmageddon.

Die Mehrheit der jeweiligen Bevölkerung hat sich eingereiht in die Stammesrotte und begeistert sich dafür. Die ganze Person ist erfüllt von diesem Bewußtseinszustand. Von Kopf bis Fuß bestehen die Nationalisten aus Nation. Plötzlich können sie die anderen Nationen unter ein und demselben Dach nicht mehr ertragen. Alles sonstige – die Wirtschaft, das Recht, die Kultur – wird durch die nationale Identifizierung verdrängt. Nüchterne Gedanken darüber, wie Vermögen und Schulden infolge der Scheidung untereinander vernünftig aufzuteilen wären, sind Mangelware. Sie reden von nationaler Selbstbestimmung, doch zur Freiheit der Minderheit wissen sie innerhalb der neuen Mehrheit nichts zu sagen.

Klare Prinzipien gibt es nicht, weder bei Fragen der Selbstbestimmung noch denen der territorialen Integrität. In wessen Namen auch immer getötet wird, es geschieht im Namen einer vagen Abstraktion. Die territoriale Integrität Jugoslawiens ist nicht sakrosankt. Auch die Selbstbestimmung seiner Völker ist nicht sakrosankt. Keinerlei Selbstbestimmung ist sakrosankt, wenn sie zur Unterdrückung und Verletzung anderer führt, wenn dadurch Menschenrechte verletzt werden. Warum sollte die kroatische Selbstbestimmung unantastbarer sein als die serbische, und warum sollte die serbische Selbstbestimmung unantastbarer sein als die kroatische oder die albanische? Wenn meine Selbstbestimmung und deine Selbstbestimmung sich gegenseitig behindern, dann ist keine unserer Selbstbestimmungen ein Wert an sich. Nur ein einziges höheres Prinzip gibt es:

den Ausgleich. Wir dürfen uns nicht gegenseitig beleidigen, uns Niederlagen beifügen und umbringen.

Das Land ist unteilbar, die Aufgabe ist nahezu unlösbar. Mit verbissener Entschlossenheit wollen sie das Land teilen, und jeder beansprucht für sich den Löwenanteil der vorhandenen Güter, von den Schulden weniger. Wer unter ihnen wird der Gerechtigkeit zum Sieg verhelfen? Mit Waffengewalt wird es niemandem gelingen, das Problem zu lösen.

Im Zweiten Weltkrieg haben die Serben vierhunderttausend Kroaten ermordet, die Kroaten noch mehr Serben, von den Juden und anderen nicht zu reden. Wieder erwachen die Erinnerungen an den Krieg, die Nationen haben zueinander kein Vertrauen, Worte lassen die alten Wunden aufplatzen, es spukt der Sagenkreis der Massengräber, das kollektive hysterische Ich feiert Auferstehung, jeder ist beleidigt.

Die Slowenen haben den Dämon des gemeinsamen serbisch-kroatischen Kampfes heraufbeschworen, doch auch diese beiden Bevölkerungsgruppen entfremdeten sich infolge des harten Auftretens der Bundesarmee im Kosovo gegen die albanische Bevölkerung. Im Interesse »Groß-Serbiens«. Die kroatischen Serben befürchten, von einer bevorzugten zu einer benachteiligten Minderheit zu werden und erklären, lieber wollten sie sterben, allerdings zu einem hohen Preis.

Die ehrgeizigen Pläne der serbischen Nation entfernen sich von der Realität: Man will etwas haben, was einem nicht oder nur zum Teil gehört. Wenn alle Serben in einem serbischen Nationalstaat leben wollen, müssen sie über andere große nationale Minderheiten herrschen. Wer etwas haben will, das unerreichbar ist, weil es ihm nicht gehört, dem wird das Leben früher oder später schmerzliche Lektionen erteilen.

Die Slowenen verteidigen sich gut, obschon mir auch ihre Sache nicht so richtig gefallen will. Der Reiche läßt die armen Verwandten zurück und meint, mit denen habe er nichts zu schaffen. Tatsächlich nicht? Dabei haben sich die Slowenen zweimal für Jugoslawien entschieden. Nur dem Westen werden sie ihre Waren verkaufen? Statt mit den Ärmeren werden sie sich mit den Reichen verbünden? Doch die Reichen sind daran nicht sonderlich interessiert. Von Jugoslawien trennten sie sich und würden dem Gemeinsamen Markt beitreten, sagte ein Slowene einem Westeuropäer, ein griesgrämiges Lächeln die Reaktion, und nur das Gebot der Höflichkeit verbot ihm, das damit Gemeinte auch in Worte zu fassen. Austreten und ein Wespennest zurücklassen. Nach uns die Sintflut!

Und was tut Kroatien? Von der dortigen serbischen Minderheit fordert es ein Treuebekenntnis. Eine Art Selbstverleugnung, Lüge, Arglist. Was ist das Kriterium der Treue? Und wenn jemand das Treuebekenntnis nicht ablegt, dann wird er entlassen, zwangsausgesiedelt?

Die Identitäten sind notwendigerweise partikular, ergo verneinen sie sich gegenseitig. Ihrem Wesen nach erheben sie einen Ausschließlichkeitsanspruch. Je entschlossener man ist, desto aggressiver tritt man dafür ein. Die Zahl der streitbaren Autonomien und fiktiven Identitäten deckt sich mit der Anzahl der gerechten Anliegen, alle werden sie irgendeine Belohnung erhalten.

Die Politiker greifen ein Wort auf, und darauf verpflichten sie ihre Anhänger. Identität, das ist der Lockvogel vor dem Vergnügungslokal, in dem einem dann das Fell über die Ohren gezogen wird. Jetzt schwenkt jeder die europäische Fahne, wer nicht zu Europa gehört, der ist in der Tat ausgestoßen. Identität, das ist die geistige Prothese der mäßig Intelligenten. Einen Textblock hievst du herein in dein Gehirn.

Politiker, Priester, Journalisten und geistige Streber treiben dich in eine fiktive Herde, in einen Pferch. In wessen Stall willst du dich anbinden lassen? Die Texte zu den Identitäten bestehen vor allem aus publizistischen Phrasen. Die vielen Texte im Kopf der Staatsbürger, welcher Sache sie treu sein sollen, begründen die Macht der Führer. Je mehr du am Köder der Identität angebissen hast, desto eher gerätst du in die Hand des Politikers.

Ich unterscheide sie nach dem Grad ihrer Gefährlichkeit.

Warum sollte ich mich mit einigen Worten in eine Kategorie einordnen. Ein Nichts bin ich, nur ein Mensch, der mit seiner Blindheit geschlagen ist.

Was du bist? Albaner oder Serbe, ein Freiwilliger dieser oder jener Couleur? Wohl bekomm's! Du hast Lust, in die Gegend zu ballern? Von Zeit zu Zeit macht es den Menschen Spaß, wild um sich zu schießen. Wenn ein Panzer zur Verfügung steht, setzen sie sich hinein.

Jetzt können sie Angst und Schrecken verbreiten, die großen Jungen, die bierbäuchigen Familienväter. Wenn jemand mit einer Maschinenpistole kommt und deinen Ausweis verlangt, dann zeigst du ihn und erlaubst ihm sogar, dein Auto und deine Tasche zu durchsuchen. Wer dazu bisher kein Recht gehabt hätte, der besitzt plötzlich Vollmachten und kann herumkommandieren.

Die Vergangenheit kehrt zurück, die jungen Männer finden Gefallen am Geländespiel. Noch spüren sie nicht die Leiden des Krieges, der Tod von Hunderttausenden ist sowohl hier als auch dort eine Geschichte aus fernen, alten Zeiten. Im Krieg haben sich gegenseitig die Dörfer beschossen, jetzt ist es wieder soweit, die Enkel treten in die Fußstapfen der Großväter. Sie haben viele Partisanenfilme gesehen.

Die sowjetische Armee ist abgezogen, und nun verspüren die lokalen Obersten Lust, ihre geharnischten Gliedmaßen in Bewegung zu setzen. Die unter Waffen stehenden Patrioten fühlen sich auch hingezogen zu den farbenprächtigen Operettenuniformen. Nicht nur zu den kriegerischen, tarnfarbenen Kampfuniformen.

Ein pazifistischer Buddhismusforscher geht hinaus auf den Balkon seines Hotels, um den durch die Straße ratternden Panzer zu fotografieren, ein Maschinengewehrschütze nimmt ihn ins Visier und mäht ihn nieder.

Der Abschuß all dieser jungen Menschen war Mord. Unreife Männer bekamen Uniform und Waffen, man sagte ihnen, sie könnten auf Menschen Jagd machen. Um welche Nation es sich handelt, tut nichts zur Sache, der Text, der wen auch immer ermächtigt, auf andere zu schießen, ist ein schlechter Text.

In Jugoslawien gibt es keinen Tyrannen, niemanden, der getötet werden müßte, niemandes Tod bringt irgendeine Lösung. Ein vernünftiger Mensch gibt seine Waffe zurück und erklärt, daß er nicht wüßte, auf wen er schießen sollte.

Wer nicht so handelt, dessen Verstand ist durch eine politische Idiotie verwirrt. Ausschlafen sollte er sich und nicht lamentieren: Serbien oder der Tod! Slowenien oder der Tod! Weder für Serbien noch für Slowenien muß getötet oder gestorben werden. Wer die andere Nation und deren Söhne für Todfeinde hält, der hat sich an den Worten berauscht.

Ein Erwachsener ist auch in Jugoslawien derjenige, der einen Kompromiß anstrebt, und nicht derjenige, der statt dessen nach der Waffe greift – dessen Verstand ist noch nicht erwachsen, der verdient die nationale kollektive Souveränität nicht, besitzt er doch selbst keine Souveränität, denn er ist nicht imstande, sich selbst zu beherrschen.

Wo gekämpft und getötet wird, dort macht sich jeder schuldig, dort bewahrt sich keine Seite ein reines Gewissen, dort sind sämtliche Akteure überspannt, dort wird alles übertrieben, was mit Identität und deren Folgen zusammenhängt. Sie glauben, nationales Sein habe Vorrang vor dem Leben. Wo getötet wird, dort haben die Denker versagt, vermutlich deshalb, weil ihr Denken fehlerhaft ist, weil sie ihre eigene geistige Aufgabe nicht erkannt, weil sie die betroffenen Parteien nicht auf den Dialog und den wechselseitig annehmbaren Kompromiß vorbereitet haben. Allerdings ist es nicht einfach, feindselige Menschen, die durch die Rhetorik ihrer Gemeinschaft zu immer blutrünstigerer Feindschaft aufgestachelt werden, zu einem Vertragsabschluß zu bewegen.

Jenes Phänomen, daß ein nationaler Konflikt alles andere in Vergessenheit geraten läßt und die intellektuellen Priester mit düsterer Romantik das Beharren auf einem einmal eingenommenen Standpunkt unterstützen, können wir als politische Hysterie bezeichnen. Nach seiner Identität sucht der Mensch, wenn er sich ihrer nicht sicher ist. In Zeiten des Systemwandels werden besonders viele Worte darüber verloren, hat doch die Mehrheit gestern noch anders geredet als heute, und deshalb möchte der einzelne sich seiner selbst vergewissern, er möchte wissen, wer er eigentlich ist, nach irgendeinem stabilen Begriff sucht er in seinem Bewußtsein, nach etwas Unantastbarem, das keiner Veränderung von einem Tag auf den anderen unterliegt, nach etwas Erhabenem, dem er die Treue bewahren, dem er dienen kann, dem er sich fügen und dessen artiges Kind er sein kann.

Die Muttersprache, der Heimatboden und das Land des Vaters bieten sich an: Patria, Vaterland. Ob er lieben soll, woher er kommt, das ist gar nicht die eigentliche Frage, denn die Liebe zur Heimat ist eine ebensolche emotionale Wirklichkeit wie die Liebe der Eltern, so daß es dazu keines Befehls bedarf. Die eigentliche Frage ist vielmehr die, ob wir unser Leben lieber mit der Muttersprache und mit der Heimaterde in Verbindung bringen wollen oder mit der väterlichen Staatsmacht, deren Augenmerk besorgt auf die Grenzschranken gerichtet ist.

Hysterie entsteht sowohl dadurch, daß wir uns austauschen, als auch dadurch, daß andere unser Sein, wie wir es sehen, anzweifeln, daß andere uns daran hindern, die zu sein, die wir sind. Zur Hysterie gesellt sich jene feindselige und schmerzliche Feierlichkeit, jene unzähligen Ressentiments, die in Osteuropa Mode sind, wenn es um die Identitäten geht. Und das Gespräch darüber läßt sich heutzutage kaum umgehen. Auf den ersten Blick scheint dies in den Augen eines westlichen Besuchers irgendeine ethnographische Besonderheit zu sein, nach längerer Zeit stellt es sich als Ich-Krankheit heraus.

An den Rändern Europas regen und formieren sich verletzte, fieberkranke Identitäten. Ein Engländer ist nicht hysterisch, er beteuert nicht immerfort, daß er Engländer ist, das hat er nicht nötig, Anglomanie, wenn es denn so etwas gäbe, wäre seinem Geschmack zuwider, dabei ist auch ihm ein sentimentales Festhalten an der Tradition nicht fremd. Er sei kein Engländer, könnte daraufhin der ungehaltene Leser entgegnen, und damit hätte er zweifelsohne recht.

Auf einer hysterischen Stufe kann die Idee nationaler Identität sich zu einer rassistischen Idee verwandeln. Wenn dies geschieht, dann gibt es höher- und minderwertige Rassen, Übermenschen und Untermenschen, nützliche und schädliche, zu züchtende und auszurottende Rassen. Den letzteren kann das menschliche Mitgefühl aus ideologischen Gründen entzogen werden.

Auf welche Weise die Politiker diese Probleme, die oftmals nur Prestigefragen sind, unter sich lösen können, das ist die eine Frage, und die andere Frage ist die, wie ernst wir, die Menschen, die Politiker nehmen. Die zum Faschismus neigenden Politiker hassen es, und das ist natürlich, wenn man sie als einzelne innerhalb der menschlichen Gattung bezeichnet, damit wissen sie nicht viel anzufangen, damit können sie sich nicht zufriedengeben. Zuordnungen haben sie für ihr Leben gern, genauer gesagt, davon leben sie.

Leidenschaftliche Scheidungsszenen haben wir schon zur Genüge gesehen. Einen von Grund auf böseren Menschen als den, mit dem du bisher das Bett geteilt hast, gibt es nicht. Einen boshafteren Menschen als den, mit dem du bisher zusammen in einem Staat gelebt hast, gibt es nicht. Eines schönen Morgens wachen die Menschen auf und meinen, es sei unerträglich, daß sie auch weiterhin in einem Bundesstaat leben sollen, wenn sie auch in einem Nationalstaat leben könnten.

Westeuropa befindet sich auf dem Weg zur multikulturellen Integration, Osteuropa auf dem Weg zur monokulturellen Desintegration. Im Westen Postnationalismus, im Osten Pränationalismus. Erst auseinander und dann zusammen? Was sollen nun jene vielen Menschen tun, die multinationale Gene in sich tragen und mehrere Kulturen in ihrem Kopf? Jeder Mensch besitzt mehrere Identitäten. Schwört er auf die eine, erstickt er die anderen.

Unserer Großherzigkeit setzen wir Grenzen, bis hierher und nicht weiter! Schön und gut, zähneknirschend zwar, doch die Europäer mögen wir (wer allerdings Europäer ist, das bestimmen wir), indes den Nicht-Europäern gegenüber spüren wir keine Verpflichtung, mit denen teilen wir unseren Besitz nicht, mit denen sitzen wir nicht in einem Boot.

Europa bauen bedeutet, eine auf gemeinsamen Prinzipien basierende rationale Rechtsordnung zu schaffen. Das heißt kreative Einmischung in die Rechtsordnung der Staaten. Kompatible Verfassungen. Gesetze machen und einen Konsens zustandebringen, damit sich die aggressiven Menschen nicht gegenseitig töten, das ist die Aufgabe der Politiker.

Man müßte demokratische Vertragsformeln nach Osteuropa exportieren. Kann der westliche Rationalismus auch innerhalb der sehr verworrenen Lage in Osteuropa funktionieren? Kann der östliche Teil Europas seelisch mit dem Geist des Westens, der auch als euro-amerikanischer Humanismus zu bezeichnen ist, eine Ehe eingehen?

Es wäre besser, wenn die reiferen Politiker die weniger reifen kontrollierten. Der Westen ist dazu verurteilt, medial, strahlenförmig zu expandieren und die Sprache der Stammesfeindseligkeiten aufzulösen. Der Osten ist nicht mehr fähig, internationale Bündnisse gegen den Westen zu schmieden, die Tribalismen, das Stammesbewußtsein, bieten kaum Chancen für einen dauerhaften Aufschwung. Das antiimperialistische sozialistische Bündnis war der Block der Zurückgebliebenen, der Ressentiments, nach dem Untergang des Sozialismus existiert nichts, was die Nationalismen gegen den Westen vereint.

Was ist wahrscheinlicher: die Europäisierung des Balkans oder die Balkanisierung Mitteleuropas? Jugoslawen zu sein, genügt den Südslawen nicht mehr, beziehungsweise es ist ihnen gerade zu viel. Was könnte man ihnen anbieten? Eine gute Visitenkarte ist der Bürgerkrieg für die Europäische Gemeinschaft nicht. An einer mitteleuropäischen Konföderation sind die Betroffenen nicht interessiert, jeder will in eine vornehmere Rangordnung eingestuft werden. Jeder intrigiert, so gut er kann, um die im Vorzimmer des Europaklubs sich tummelnden Rivalen zu verdrängen.

Der österreichisch-ungarische Ausgleich ist eine weise Arbeit gewesen, weil dadurch eine Vereinbarung über gegensätzliche Interessen getroffen worden ist. Daß ein Vergleich nur teilweise unsere Sehnsüchte befriedigt, versteht sich von selbst, der Begriff des Vertrags impliziert eine beschränkte Erfüllung der Sehnsüchte, den Kompromiß mit der Realität, mit den anderen, das Staatsbündnis zwecks Lenkung gemeinsamer Angelegenheiten und die Souveränität zwecks Lenkung der besonderen Angelegenheiten. Ich glaube, dieses Vorgehen ließe sich auch bei dem Konflikt in Jugoslawien anwenden.

Anerkannt werden muß der Begriff des heterogenen Nationalstaats. Das sind die meisten Staaten: Großbritannien wie Frankreich, Italien wie Spanien, auch Deutschland. Das heißt, im Hoheitsgebiet des Staats existieren mehrere voneinander relativ unabhängige Identitäten, die miteinander in einem Vertragsverhältnis leben, einander nicht wechselseitig, sondern lediglich den Gesetzen untergeordnet.

Auch das Ungarn vor dem Ersten Weltkrieg war ein heterogener Nationalstaat, nur zeigte die Elite keine Bereitschaft, die sich daraus ergebenden Konsequenzen zu durchdenken. Wenn eine Nation innerhalb ihres Staatsgefüges große Minderheiten beherbergen will, ohne ihnen eine sehr weitgehende Autonomie anzubieten, dann wird sie hysterisch und nimmt ein schlimmes Ende.

Wieder vereint die östliche Denkweise den Staat mit der Religion, gelegentlich mit feindseliger nationaler Rhetorik. Es schreitet die nationale Homogenisierung voran, zusehends verlieren die Enthusiasten die Fähigkeit, die Vorstellung von einem multikulturellen, multinationalen, heterogenen Nationalstaat zu ertragen.

Ewig wird der Zauber Osteuropas nicht anhalten, schon kann man über uns hören, wir seien ein streitsüchtiges, primitives und haßerfülltes Gesindel, für mittelmäßige Leistungen forderten wir überzogene Preise, erwarteten Hilfe, beschimpften uns gegenseitig, fühlten uns hingezogen zur Beschränkung der Redefreiheit und seien beleidigt, wenn die westlichen Partner die nachlässige Arbeit und die Unarten bemerkten.

Der Westen fühlt sich Osteuropa gegenüber hilflos, denn solange der Kommunismus nicht abgewickelt sein wird, nimmt er uns nicht auf, doch bevor er abgewickelt ist, ist das Wespennest der Xenophobien entstanden, und dann wird das der Grund sein, weshalb wir nicht aufgenommen werden.

Die Seele des Systems

Im Sommer 1991 habe ich Teile eines Textes von 1984 kopiert:

All das, was im allgemeinen menschlich zu sein scheint, das ist die Seele des Systems. In Millionen von Varianten wandelt hier der sozialistische Mensch umher. Das Nicht-Praktizieren seiner Menschenwürde ist für ihn charakteristisch, und was nicht praktiziert wird, das verkümmert. Die Hindernisse werden immer größer wahrgenommen, als sie tatsächlich sind, die Schrekken als bedrohlicher, und die Feigheit wird gern als Pessimismus verklärt. Eine Pappwand scheint für ihn aus Stahlbeton zu bestehen.

Als wäre er gerade das nicht, was er ist – um ein solches Verhalten bemüht sich der Staatsmensch, den Anstrich einer Persönlichkeit will er sich geben. Gefragt ist das Besondere, das Seltene, das Vornehme. Gern betont der Staatsmensch seine Unabhängigkeit, spüren läßt er – und das nimmt gelegentlich schon groteske Züge an –, daß seine Privatmeinung mit der offiziellen Meinung, die er in der Öffentlichkeit niemals in Frage stellt, nicht identisch ist.

Vor dem Krieg eine Staatsstellung zu bekleiden war vorteilhaft und wünschenswert und bot Sicherheit. Eine Staatsstellung im Sozialismus zu bekommen ist nicht mehr als natürlich, etwas anderes ist auch kaum vorstellbar. Das staatliche Gehalt ist so eine Art persönlicher Apanage für den verstaatlichten Bürger. Die Berufswelt betrachtet der Staatsmensch als eine hoffnungslose Sphäre, etwas wirklich Gutes ist von dort nicht zu erwarten, viele Worte darüber zu verlieren lohnt nicht. Im Kreis seiner Kollegen politisieren, das tut ein taktvoller Mensch nicht, das verabscheut er. Politik gehört nicht hierher, die geht ihn nichts an, daß er sich die Dinge bisher zu Herzen genommen hat, davon hat er genug. Auf unseren staatlichen Einrichtungen lastet von Vorurteilen heimgesuchte und ritualisierte

Verachtung, weshalb es uns auch nicht möglich ist, unser Nachdenken darüber als ein interessantes Thema zu begreifen. Typisch die Werke, die durch Umschiffung der Klippen erst richtig osteuropäisch werden. Ebenso wie die anderen Staatsmenschen wartet der Autor nur noch auf seine Pensionierung, um in seinem Schlupfwinkel auf dem Land seiner Lieblingsbeschäftigung, der Gartenarbeit, nachzugehen. Er, jener griesgrämige und resignierte Frührentner, fungiert eindeutig als staatserhaltendes Element.

Die Intellektuellen im Sozialismus leiden nicht daran, daß sie oben sind, sondern daran, daß sie nicht ganz oben sind. Daß sie nicht ausreichend bezahlt werden, daß sie nicht genügend Würde haben. Die Meister der Anpassung, der teilweisen Anpassung predigen Würde. Standessymbole, -ehren, Preise, Titel und Auszeichnungen wollen sie. Staatspreise sind nichts Schlechtes, Hauptsache, sie werden verliehen!

Viele meinen, die Gesellschaft weise allzu verwaschene Konturen auf, sie sei eine gemeine, ungeschliffene, provinzielle, nach unten hin egalisierte und zumindest in ihrem Stil eine sozusagen populistisch-bürokratische Gesellschaft. Volksdemokratien? Volksbürokratien! Die Kritik vieler Intellektueller ist eher aristokratisch als demokratisch. Anspruch auf elegante Selbstgefälligkeit erheben sie, ihre Sinnesorgane vermitteln ihnen Grauen vor den Menschen vom Land und aus den Randbezirken der Städte, die ordinäre und ungehobelte Masse widert sie an. Gierig möchte sich der Intellektuelle dessen versichern, daß er in seinem Beruf am bedeutendsten sei. Verdienter Künstler des Volks, nach russischem Muster, verbunden mit ständigen Bezügen, was ihn davon entbindet, sich mit seinen Arbeiten auf den Binnen- und Außenmärkten behaupten zu müssen. Von allen hofiert zu werden, danach sehnt er sich. Schenkt ihm der Kulturdiktator genügend Beachtung, so bringt er dem Regime mehr Verständnis entgegen, läßt das Interesse zu wünschen übrig, dann äußert er sich über die ganze Wirtschaft verächtlich. Wer aber so vieles will, der wird gewiß enttäuscht werden. Da die Entlohnungen jedoch dürftig sind, kann Zufriedenheit nicht aufkommen. Er distanziert sich von seiner Hauptbeschäftigung und vermag dafür nur Verachtung aufzubringen, er distanziert sich von seinem Posten im Forschungsinstitut, im Verlag oder in der Redaktion, den sein Kollege im Westen durchaus zu schätzen wüßte. Je weniger Zeit ihn die Arbeit im Büro kostet, desto selbstbewußter wird er. Als könnte nur jene Tätigkeit Ansehen genießen, die man zu seinem eigenen Vergnügen ausübt. Je mehr der Aufgabenbereich, die Amtsstube des Inhabers einer staatlichen Stellung von persönlichen Momenten geprägt werden, desto annehmbarer werden sie. Der hedonistische Arbeitnehmer gestaltet die zeitlichen Bemühungen zwischen Arbeit, Konversation und offiziell nicht vorgesehener Abwesenheit während der Arbeitszeit. In der Kette der Prioritäten nimmt der Konsum einen vorderen Platz ein. Die Liaisons in den entsprechenden Altersgruppen sind ein organischer Bestandteil der sozialistischen Moral. Wie berechtigt auch immer die Klagen der Werktätigen sein mögen, einige Freuden hält der sozialistische Alltag dennoch bereit für sie.

Auf der Habenseite des Staatsmenschen sind die vertrauten Zeremonien zu erwähnen, die verborgenen Wärmequellen der Gespräche, das sensible Beziehungsgeflecht, mittels dessen die Gesellschaft völlig miteinander verwoben ist. Bezeichnend die Artistik des Nicht-Aussprechens. Unsere menschlichen Bindungen sind weniger als im Westen aufgrund der bürgerlichen Stellung durchschaubar und erklärbar. Freundschaften zu schließen entsprechend unseren Interessen ist nicht so verbreitet wie in der Welt der Erfolgsrationalität. Das Bemühen unserer westlichen Bekannten, Geschäft und Vergnügen, das Nützliche und das Angenehme miteinander präzise zu verbinden, entlockt uns hier ein Lächeln. Unsere Freundschaften sind nicht wirklich vom Erfolgsprinzip oder vom Machtprinzip durchdrungen, und diese Unbestimmbarkeit halte ich für einen menschlichen Gewinn. Wären wir Westler, würde das Erfolgsprinzip überwiegen, wären wir Ostler, das Machtprinzip, die wohltuende Zweideutigkeit aber würde verlorengehen.

Ostler wollen wir nicht sein, doch Westler auch nicht so recht. Hier kommt den klassischen Dichtern noch größere Bedeutung zu als in den Ländern des rationalen demokratischen Kapitalismus. Am ehesten können wir uns mit der intellektuellen Tradition identifizieren, die dem Korpus unserer Geschichte entstammt. Die Träumer sind unsere Heiligen, nicht die Ausführenden. Kult der verlorenen Schlachten, in Ermangelung eines Besseren, da es siegreiche nicht gibt. Arme Patrioten, sie sind gezwungen, sich auf Schriftsteller zu berufen, da sie sich mit politischen Amtsträgern und Managern nicht wirklich brüsten können.

Und mit uns? Was mich angeht, so gebe ich mir redliche Mühe, den sich auf das Gute Berufenden das Leben schwerzumachen. Um meinen eigenen Weg zu gehen, muß ich mich in meinem Egoismus als robust erweisen. Autonomie ohne Egoismus gibt es nicht. Den eigenen Weg gehen, so sehr man auch davon abgebracht werden soll, heißt egoistisch sein. Sich von seinem gestrigen Selbst unabhängig zu machen, auch dazu bedarf es eines gewissen Muts. Jenem Menschen, der ich einmal gewesen bin, bleibe ich nicht auf ewig verpflichtet.

Das System klebt mir an der Haut. Ich trage den Konfektionsanzug der ostmitteleuropäischen Standardpersönlichkeit. Wenn ich meine Sache abgeschlossen habe, kann ich von hier weggehen. Wann wird das sein? Wenn mein Leben zu Ende ist. Wohin sollte ich denn gehen, wohin ausfliegen? Mit den Jahren bin ich gleichgültig geworden: So wie es ist, ist es gut. Schlechtes gibt es nicht. Nicht einmal der Tod ist schlecht, ist er doch sicher.

Gern würde ich dem Badewasser entsteigen; es ist weder sauber noch warm. Krankheiten, die auch als Antworten auf den Geist des Ortes betrachtet werden könnten, kommen hierzulande häufig vor. Stolze Leidensfähigkeit, verschlagene Gewinnsucht, jovial-komplizenhafte Raffinesse. Zahllose Hintertüren irdischen Sonderfriedens. Gefällige Inseln, pathetische Überlebensübungen in ziemlich verwahrloster Umgebung. Unverwechselbare nette Menschen sinnen darüber nach. Was sonst könnten wir tun, laßt uns enigmatische Heiterkeit, törichte Weisheit angesichts der Wirklichkeit verbreiten.

Eine neue Anthropologie, die nicht die Ideologie des Magens oder des Geschlechtsorgans, sondern eher die des Verstands wäre, müßte auf die ironische Lage menschlichen Selbstbewußtseins setzen, und die Grundthese wäre eben die, daß ich durch mein Selbstbewußtsein determiniert werde. Mentalität, Denkungsart, erlernte Gesinnungsformen bestimmen mich. Für das Zustandekommen der europäischen Zivilisation sind einige Ideen verantwortlich. Hauptakteure des historischen Dramas sind die Ideologien. Hinter jeder neuen Ideologie drängt sich eine ambitiöse Elite. Intelligenz und Theorie bestärken wechselseitig ihre Wichtigkeit.

Die Elite ist ein Faktum, sie existiert, sie ist überall vorhanden. Literatur, das ist Elitologie. Bestimmend ist, was oben ist. Als die Menschheit mit dem Holzpflug pflügte, da war der erste Eisenpflug bestimmend. Aufklärer ist, wer als einziger ahnt, daß es um die Dinge nicht so steht, wie die anderen meinen. Bestimmend ist nicht, wovon es viele gibt, sondern die am selbstbewußtesten scheinende Minderheit.

Nicht die Nachfolge, sondern die Schöpfung, nicht der Kaiser, sondern der aufgeklärte Zimmermann, unter den Tieren der Mensch, unter den Sternen derjenige, auf dem es Leben gibt. Nicht die Regel, die Ausnahme zählt. Wir warten auf die erfolgreiche Mutation, auf den gesetzgebenden Gesetzesbruch. Das Kind läßt sich nicht durch die anderen Spermien erklären, die es nicht geschafft haben, die Eizelle zu erreichen. Das Kind wird nur durch jenes einzige Spermium bestimmt, dem es gelungen ist, die Gebärmutter zu befruchten.

Eine neue Elite trifft gerade erst ihre Vorkehrungen, und dann findet sie sich plötzlich zusammen. Noch ist die Mehrheit nicht bereit dazu, etwas zu tun, was ihr schaden könnte. Jemand muß die obszönen Sehnsüchte einer vermuteten neuen Elite artikulieren. Und schließlich verlassen, wenn sie sich gefunden hat und triumphiert. Purgieren unseren Verstand von jeglichem Triumphalismus, jenes Hirnschmalz, das einen Schlaganfall verursacht.

Der Sinn der Geschichte besteht für mich in der Befreiung der Menschheit von den Fesseln, von den eingebildeten Ängsten. Meine Freiheit zu suchen, das ist meine Sache, mich ihr nähern und sie ahnen, das kann ich, sie erreichen indes nicht. Am frühen Morgen im Wald umherspringend läßt mich der Geruch der Freiheit erbeben. Meine Freiheit ist das größte vorstellbare Abenteuer, dessen Ende ich nie erreiche. Ein Mensch, der dem Abenteuer ausweicht, ist krank. Ein Haus mit verschlossenen Türen, eine stickige Höhle. Die versklavte Seele erhebt sich gegen den eigenen Körper, läßt Krankheiten im Verborgenen blühen, das ist ihre Rache.

Solange sich die Menschen unter Berufung auf tugendhafte Argumente gegenseitig umbringen können, leben wir in der Barbarei. Wenn ich getötet werden kann oder wenn ich gelegentlich auf Befehl töten muß, bin ich ein Sklave. Solange ein Weltkrieg vorstellbar ist, solange sie mich im Namen der Entwicklung strahlenverseuchen und vergiften, in meiner Lunge ihren Dreck abladen können, solange bin ich nicht frei. Freiheit wird erst dann erreicht sein, wenn wir voreinander keine Angst haben müssen, wenn wir nur durch einen natürlichen Tod von hier, von wo wir nicht endgültig verschwinden möchten, scheiden werden. Möglicherweise also am Sankt Nimmerleinstag.

Schon immer war die Menschheit in ihrer Geschichte darum bemüht, sich von der Angst zu befreien. Hinter jeder Befreiung lauert eine neue Falle. Voreinander vor allem haben wir Angst, mehr als vor Naturkatastrophen oder Krankheiten. Die größte Plage füreinander sind wir selbst. Das Böse ist intelligenter als die Vulkanlava, es hat ein Bewußtsein und ist verantwortlich. Die Vergangenheit der Menschheit ist erbärmlich, haben wir uns doch unter der furchtbaren Last der Angst wahnwitzig verhalten.

Fast die Hälfte der vergangenen zehn Jahre habe ich in Berlin, Paris und New York gelebt. Ich hatte das Gefühl, die Ortsveränderung würde meinem Kopf guttun. Nach Asien, Afrika und auch Südamerika wollte ich. Weshalb konnte ich mich dazu nicht entschließen? Aus Trägheit? Anscheinend wähle ich freiwillig die Gefangenschaft, die mögliche Bestrafung, das Ausgeliefertsein. Das sollte ich mögen? Sollte ich masochistisch veranlagt sein? Was gefällt mir an diesem Zustand des Geschrumpftseins? Warum will ich diese verworrene Region nicht wirklich verlassen? Warum will ich ausgerechnet an einem Ort leben, wo ich unter normalen und legalen Bedingungen meine Bücher in absehbarer Zeit nicht werde publizieren können? Sowohl junge als auch alte Budapester sprechen davon, daß sie die Sache allmählich satt haben und daß man endgültig weggehen müßte von hier, freilich gehen auch sie nicht endgültig, wenn überhaupt. Am Hiersein, den Verdacht habe ich, finden wir unser Vergnügen.

Auf meinen Auslandsreisen brachte ich vor allem das in Ordnung, was ich aus Ungarn mitgebracht hatte. Ich straffte meine geschwätzigen Aufzeichnungen, und selbst dann waren sie noch immer länger als erforderlich, setzte fort, was ich bereits in Ungarn angefangen hatte, spann den Faden weiter, haderte mit der Heimat, riß mich los davon, gab meiner Geringschätzung Ausdruck, übte mich in der Widerrede, und gelegentlich fand ich auch ein paar gute Worte.

Heimat? So etwas gibt es? Volk? So etwas gibt es. Unsere ererbte Heimat zur Wahlheimat machen – auch das ist eine Möglichkeit. Diese Typen hier um mich herum als meine Familie annehmen. Wenn sich die Phantasie emporschwingt, gelangt sie zur mystischen Ahnung von einer Menschheitsfamilie. Die maginäre Umarmung der anderen läßt uns größer werden. Ihnen gelten unser Gebet und Tadel, eine unausstehliche Bande, so nennen wir sie, schonungslos werfen wir uns alles an den Kopf. Aufgebracht verlassen wir das Haus, verfluchen die Familie, schließlich kehren wir zurück, bleiben an der Tür stehen und schmähen die Anwesenden erneut.

In den vergangenen Zeiten haben wir ständig Schimpftiraden über die öffentlichen Zustände losgelassen, bis zum Überdruß über jenen aufrecht gehenden Affen gelästert, der den Funken Verstand, den er dem Umstand zu verdanken hat, daß er auf zwei Beinen gehen kann, zum Morden und für schlaue Reden nutzt, mit deren Hilfe er die Morde vertuscht. Der Nächste ist imstande, die Kontrolle über sich zu verlieren, ein Wesen ist er, das nicht absolut zuverlässig ist, mit dem ein Gespräch dennoch möglich ist.

Ein System gibt es nicht

Zurück zu 1991. Da der Begriff des Faschismus kriminelle Taten bezeichnet, läßt er sich nicht ohne Probleme auf heutige Phänomene anwenden, wird doch derjenige, der als Faschist entlarvt wird, moralisch sogleich mit Massenmord in Verbindung gebracht. Sowohl von nationalem Fundamentalismus als auch von nationalem Radikalismus kann man sprechen. Ihre Versionen unterscheiden sich darin, daß ein Teil von ihnen mit der parlamentarischen Demokratie vereinbar ist, ein anderer Teil dagegen nicht. Um der sprachlichen und begrifflichen Klarheit willen ist es dennoch richtiger, von Neofaschismus zu sprechen. Selbstverständlich paßt sich diese Richtung der Umgebung ein halbes Jahrhundert später an, die Rhetorik aber stammt aus demselben Denkansatz.

Osteuropa ist jenes Gebiet, auf dem sich Katholizismus, Protestantismus, Orthodoxie und Islam begegnen. Der Raum für die Geburt neuer nationaler Identitäten. Diese neuen nationalen Identitäten sind existierende Realitäten. Vom Sowjetreich wurden sie erstickt, doch jede unterdrückte kollektive Gesinnung drängt auf ihre Artikulation. Die Meinung, das Erlebnis historischer Zusammengehörigkeit verlöre sich, hat sich als eine Illusion herausgestellt. Verletzungen lassen sich nicht ungeschehen machen, die Kollektive erinnern sich, und mit schmerzhafter Lebhaftigkeit reagieren sie auf die kollektiven Verletzungen und Demütigungen von einst.

Die Minderheitenfrage im osteuropäischen Raum schien allmählich obsolet zu werden, bis drei Veränderungen eintraten.

1. Die demokratische Bewegung, die mehr oder weniger ra-

dikale Reform von 1989 (die eigentlich der Ausgleich der herrschenden Parteielite mit der unter den Einfluß der Opposition geratenen Technokratie gewesen ist), verhalf auch den Minderheiten zu neuem Selbstbewußtsein und spornte sie an, sich zu organisieren.

2. Nicht nur zwischen der Mehrheitsnation und der nationalen Minderheit erwachten die nationalen Fragen, sondern auch zwischen den föderativen Nationen der Siegerstaaten; siehe Tschechen und Slowaken beziehungsweise die jugoslawischen Verhältnisse. Die nach dem Ersten Weltkrieg geschaffenen Staatsnationen gerieten in die Krise. Nördlich und auch südlich von Ungarn gingen jeweils stärkere slawische Nationen, die tschechische und die serbische, Bündnisse ein mit einer oder mehreren anderen slawischen Nationen. Zweifellos verstehen sie wechselseitig ihre Sprachen, dennoch entstanden die Autonomien und schließlich die Separatismen. Wenn zwei Nationen als Staatsgründer anerkannt sind, warum sollte sich dann die eine zum Nicht-Staatsgründer degradieren lassen?

3. In der Sowjetunion meldeten sich die Nationalitätenprobleme, ein monolithisches Reich gibt es schon lange nicht mehr, und wir werden abhängig sein von den Brandherden bunt gemischter Nationalitätenverhältnisse einer weiteren Region. Die Kämpfe dieses sich gerade neu gründenden osteuropäischen Raums werden Auswirkungen haben für ganz Europa.

Die christliche Gesellschaft des Westens zieht sich vom orthodoxen Europa zurück. Viele sind der Meinung, das orthodoxe Europa sei für den politischen Rationalismus noch nicht reif, es wolle transindividuelle Begriffe sakralisieren, paternalistisch sei es, suche nach Vaterfiguren und sei glücklich, wenn die Suche erfolgreich sei. Sobald sie sie gefunden hätten, werde ihnen gehuldigt. Was natürlich auch Mittel- und Südwesteuropa nicht fremd ist. Jedenfalls verleihen die ethnonationalen Konflikte des sowjetischen Raums dem nationalen Thema eine neue Dimension.

Die nationalen Ideen und Bewegungen bergen in sich die Möglichkeit, die eher gewählte als gegebene Nation mit Hilfe ständischer und postfeudaler Strukturen zu homogenisieren. Von den Angehörigen der integrierten Nationen fordern sie nicht nur in staatsbürgerlichem, sondern auch in ethnisch-nationalem Sinn Loyalität, Assimilation. Wie sonst könnte eine solche Entwicklung beschleunigt werden als mit den Mitteln der Einschüchterung?

Gibt die Minderheit ihre Sonderstellung nicht auf, schlägt das Pendel der Emotionen in die entgegengesetzte Richtung aus: Wenn du mich nicht liebst, dann geh! Die Mehrheitsethnie stellt die Forderung nach Dissimilation. Ihr braucht euch nicht zu assimilieren, drängt euch nicht zwischen uns, durch euch lassen wir uns nicht verwässern. Selbst wenn ihr euch assimilieren wolltet, dazu seid ihr gar nicht imstande, und wir wollen das auch nicht mehr, daß ihr euch mit uns vermischt und uns vergiftet. Erfinden muß die Dissimilation fordernde Mehrheit irgendeine Superioritätstheorie.

Wahrscheinlich ist dies der Moment, da die Mehrheitsnation damit beginnt, auf historisch-rassisch-pseudowissenschaftlicher Grundlage die Unterlegenheit der zur völligen Aufgabe ihrer Autonomie nicht bereiten Minderheit zu beweisen, da ein Hinübergleiten in den Faschismus stattfindet. Kollektive spontane Antipathien gibt es, sie sind Gegebenheiten, und sie bedürfen keiner Organisation. Diese individuellen Antipathien werden von der faschistischen Bewegung mit Hilfe ideologischer Disziplin zu einem theoretisch untermauerten System kollektiven Hasses umfunktioniert.

Die großen Reiche kanalisieren den Haß. Es hat den Anschein, als kalkulierten sie den Haß ein und seien der Meinung, er ließe sich gewinnbringend einsetzen, er müsse lediglich logisch und konsistent gelenkt werden. Jetzt allerdings ist eine neue Lage entstanden. Herrenloser Haß streift durch die Lande, die Zeit des großen zentralen Hasses gehört der Vergangenheit an, dort, wo die Bevölkerung ethnisch gemischt ist, wo der Nationalstaat der Mehrheit die um ihre Meinung nicht befragten Minderheiten schlucken oder vertreiben will, wie es die Polen 1969 mit den Juden und dann die Bulgaren in den achtziger Jahren mit den Türken getan haben, dort kommt der lokale, regionale, dem Nachbarn geltende Haß zum Vorschein. Dissimilation auf staatlichen Zwang. Diese überraschenden und für die weiter weg wohnenden Menschen nicht nachvollziehbaren, ja irrsinnig scheinenden Feindseligkeiten zwischen den Völkern erwecken den Eindruck afrikanischer Stammesfehden, die von der restlichen Welt gebilligt werden. Sollen sie sich doch gegenseitig auffressen, sagt der abgestumpfte Fernsehzuschauer, und wechselt zu einem anderen Kanal.

Es tauchte die Idee der Verantwortung der Supermächte für die Wiederherstellung der Ordnung auf, die Idee einer europäischen Magna Charta, es tauchte die Idee der Doppelstaatsbürgerschaft auf. Die Grenzen müssen nicht als unantastbar betrachtet werden, auch wenn wir von vornherein erklären, daß wir keinerlei Gewaltanwendung billigen. Einzig rationale und rechtlich formal annehmbare Schritte schlagen wir vor. Grenzen sind nichts Heiliges. Warum auch sollten sie das sein? Je weniger sie zu bemerken ist, um so besser ist die Grenze. Die Losung der Spiritualisierung bedeutet, daß Grenzen Tätigkeiten und Strömungsbewegungen möglichst wenig behindern dürfen.

Der erwachende Anspruch auf territoriale wie kulturelle Autonomien auf beiden Seiten der Grenzen ist ein logisches Bedürfnis, resultierend aus der Erosion der Grenze und der zunehmenden Verflechtung von tatsächlich zusammengehörenden Gemeinschaften.

Ein Schnellzug könnte innerhalb von drei Stunden von Budapest nach Marosvásárhely gelangen. Wenn demnächst direkte Verbindungen zwischen der Westbank und Ghaza zustande kommen, wenn es eine solche Verkehrsverbindung zwischen Westdeutschland und West-Berlin gegeben hat, warum sollte dann nicht etwas Vergleichbares zwischen Ungarn und dem zu Rumänien gehörenden Szeklerland möglich sein?

Warum sollten die Menschen nicht zwei Staatsbürgerschaften besitzen? Doppelstaatsbürgerschaften würden unter dem Schutz zweier Staaten stehen. Staatsbürgerschaften zu sammeln wäre eine vorstellbare Passion. Auch ein Reisepaß gibt dir

Selbstbewußtsein. Zwei sind beinahe zweimal soviel. Das Recht eines Staatsbürgers auf zwei Staatsbürgerschaften, das ist die Verletzung eines grundlegenden Menschenrechts. Wenn ein in Australien lebender Ungar auch einen ungarischen Paß besitzen darf, warum sollte dann ein im rumänischen Nagyvárad (Großwardein) oder Komáron lebender Ungar nicht ebenfalls einen ungarischen Reisepaß haben dürfen?

Zweifache oder mehrfache Loyalitäten entsprechen einer natürlichen Lebenssituation. Wenn Menschen in größerer Anzahl Staatsbürger mehrerer Länder sind, wenn Gemeinwesen Ausländer mit Ehrenstaatsbürgerschaften belohnen, dann entstehen zwischen diesen Staaten Vernunftbündnisse.

Die Individuen hier leben an Bruchlinien – das ist ein Spezifikum unserer Kulturen –, können doch ihre verschiedenen Identitäten, und sei es infolge einer Mischehe, in schmerzliche Konfliktsituationen geraten.

Die Menschen neigen zunehmend zum Mauscheln, unter Ausnutzung der wirtschaftlichen Ungleichgewichte schaffen sie einen volkstümlichen, den alternativen Markt. Politische Systeme lassen sich nicht auf der Undurchdringlichkeit der Grenzen aufbauen. Der Wunsch der Staatsbürger nach Mobilität greift enorm um sich.

Die eine oder andere nationale Bewegung schlägt um vom demokratischen Nationalismus in faschistischen Nationalismus und offene Unterdrückung der Nationalitäten, zu der man sich auch ideologisch bekennt. Verhält sich die Minderheit nicht ruhig, bekommt sie, was ihr gebührt, und wird davongejagt. Man muß genau beobachten, in welchem Umfang die verschiedenen Gemeinwesen sich jener Grenzlinie nähern, die den demokratischen Nationalismus vom antidemokratischen, wenn man so will, vom faschistischen Nationalismus trennt. Eine solche Beobachtung muß in den Wirtschaftsmaßnahmen ihren Niederschlag finden. Durch Belohnungen und deren Entzug bekennt sich der Westen offen dazu, daß er für sein Geld demokratische Institutionen und demokratisches Verhalten erwartet.

Die Erfüllung dieser Erwartung ist für den Westen wichtig, da er hierin seine Sicherheitsgarantie erblickt. Im exsowjetischen Raum kommen auf den Westen kreative Aufgaben zu. Der demokratische Entwicklungsprozeß muß nach Osten vorgeschoben werden, um den Ost-West-Konflikt zu beenden.

Zwischen den beiden Weltkriegen gab es einen internationalen Schutz von Minderheiten, dessen Vorhandensein muß jetzt zur Aufnahmebedingung in die Europäische Gemeinschaft gemacht werden, anderenfalls würde die der Union beitretende Gesellschaft Osteuropas ein allzu scharf gewürzter Happen werden, der für den armen westlichen Magen ein unverdaulicher Brocken wäre.

Die größte Herausforderung des Westens besteht darin, ob er dazu in der Lage und bereit sein wird, seine Rüstungsindustrie abzubauen, denn jede neue Macht verspürt Gelüste, ihr Waffenarsenal aufzufüllen. Der Waffenhandel läßt jeglichen ideologischen Wahnsinn zu einem regionalen Konflikt anschwellen. Der Westen legt die Brandherde. Und zum Westen zählen nunmehr auch die Russen.

Die deutsche Vereinigung wird das westliche Westeuropa dazu anspornen, im Gefolge der Deutschen im Osten Fuß zu fassen. Die Rede ist von der Expansion der kapitalistischen Demokratien; der Westen wird sich bis nach Wladiwostok ausdehnen.

Selbst mit einem russischen Faschismus rechne ich nicht. Sollten sich rechtsradikale Bewegungen artikulieren und zeigen, dann wird sich herausstellen, welches Gewicht ihnen zukommt. Um jedoch Verwerfungen zu vermeiden, muß der Westen jene Forderungen, das *sine qua non*, die Bedingungen für eine Freundschaft, klar formulieren.

Diktaturen lassen sich politisch und auch wirtschaftlich isolieren, ein Leben ausgeschlossen vom Weltmarkt und Weltverkehr ist am Ende des 20. Jahrhunderts recht beschwerlich. Der Faschismus kann zu einem romantischen Experiment degradiert werden. Die besonnenen Kräfte der Welt leisten Zersetzungsarbeit, um die harten und verkrampften Diktaturen zum

Scheitern zu bringen. Auf Dauer können sich die Autarkien nicht halten. Schrecklich viele Dinge müssen in der Region gelernt werden. Einrichtungen und Stil der parlamentarischen Demokratie müssen verinnerlicht werden, jeder für sich muß sich vertrautmachen mit seiner Aufgabe in der neuen Spielaufstellung. Verschiebungen und Kurskorrekturen sind ständig vorstellbar und logisch. Aus Vorsicht verhält sich der Westen zugeknöpft. Die osteuropäischen Menschen sind nur mäßig anziehend. Der Kollege aus dem Westen beäugt uns und geht auf Distanz. Weder Zauber noch Zuverlässigkeit. Die Barbaren kommen, eine neue Völkerwanderung, an den Grenzen werden sie zurückgewiesen. Die Westdeutschen haben die ostdeutschen Barbaren aufgenommen und sind entsetzt. Alle lesen sie die Bild-Zeitung. Aus westdeutschem Blickwinkel wäre ein neuer Populismus nicht erfolgreich. Schon immer war der ostdeutsche Kollege ein wenig vulgär, doch hatte er dafür eine Entschuldigung. Die Unterdrückung. Der Unterdrücker ist weg, die Vulgarität ist geblieben. Auch unsere Bildung und Leistung schienen leidlich zu sein, solange es viele äußere Rechtfertigungen dafür gab. Doch sobald es galt, sich auf dem westlichen Wettbewerbsmarkt zu behaupten und die Rechtfertigungen weggefallen sind, bleibt die Leistung als Leistung sichtbar, deren Parameter schwach, deren dahintersteckende Kenntnisse geringer sind.

Die Dissidenten sind empfindsame Gewächse. Die Geschichte rollt über sie hinweg. Als Linke werden sie jetzt qualifiziert. Möglicherweise waren sie das auch, jene humanistische Linke, die sich dem Bestehenden mit der Ethik der Autonomie entgegenstellte.

Die Regsamen in der rechten Szene regen sich auf der Suche nach dem Erfolg. Es kann sein, daß es mit der dissidentischen Kultur vorbei ist, sollte sie nicht durch eine neue autoritäre Herrschaft gerettet werden?

Sollte der Dissident so eine Art Utopist gewesen sein? Das Bestehende kann überwunden werden, das konnte er sich vorstellen. Ein Konservativer ist an einer Alternative zur traditionellen und erprobten Ordnung der Dinge nicht interessiert. Ein Konservativer neigt zu der Auffassung, die eine linksorientierte Gruppierung habe ihm die Macht streitig gemacht, während diese von den anderen ihm, dem rechtmäßigen Eigentümer, zurückgegeben wird.

Statt eine gute Wirtschaftspolitik zu betreiben, versucht sich die neue Regierung in Ikonographie. Etwas Originelleres fällt ihnen nicht ein, als zu den alten Hüten zurückzukehren, zu den lächerlichen Operettenkostümen, es trieft nur so von offiziellem Neokitsch.

Bei Vorhandensein des *Ständischen* nimmt der Konservative hierzulande die ständische Tradition zur Kenntnis und akzeptiert sie. Letztendlich funktioniert der Ständegeist in der Politik leidlich. In der Wirtschaft schon weniger. Der herrschende politische Stand macht Schulden wie die Gentry. Jetzt ist vielleicht der Punkt erreicht, da die Ständemacht zu Gunsten des Schleppkahns mit der zentralisierten Privatisierung verknüpft wird. Jetzt ist die Zeit gekommen, da ein neuer Adel oder eine neue Bourgeoisie geschaffen werden können. Derartige Pläne existieren vielleicht noch nicht, doch könnte ihnen Derartiges einfallen. Länder, die zwischen zwei Stühlen durchgefallen sind. Befreit haben sie den Westen von den hohen Rüstungskosten. Auch von der Angst. Und nun rufen sie Abneigung hervor, Nachahmung wird verachtet.

Aus den Zeitungen kann man von den Konflikten in der Region erfahren – von Versöhnung, Vereinbarungen und Kompromissen, deren Kunst wir gleichfalls zu erlernen trachten, allerdings nicht. Sowohl hier als auch dort fällt der luzide, realistische und strebsame Bürger auf. Jede Destabilisierung in der Nachbarschaft ist für den Westen schlecht, weil dadurch die Verrückten auf den Plan gerufen und unberechenbare Kettenreaktionen ausgelöst werden können. Der Westen erwartet von Osteuropa nicht nur, daß er kein Unheil anrichtet, sondern auch eine Partnerschaft bei der sinnvollen Lenkung der Welt, bei der Schaffung ausgewogener Verhältnisse und bei der Verbreitung demokratischer Vernunft.

Die Hiesigen probieren alles aus, um dessen alsbald überdrüssig zu werden. Selbst die ideologischen Moden. Gegenwärtig beispielsweise erkunden sie, wie man sich als Konservativer fühlt. Doch auch dieses Gewand legen viele so an wie ein x-beliebiges Kleidungsstück, wie einen neuen Schlips. Vermutlich wird ihnen auch das bald über sein, sie werden diese Mode überwinden, und es wird eine Gegenkultur geben. Doch erst einmal erproben sie sich in den verschiedenen politischen Rollen und Phraseologien. Wehe, wenn sie losgelassen, eine Schulklasse im Kostümmagazin!

Gut, daß die Aktivisten so viele Versuche anstellen können. Wer etwas will, dem eröffnen sich Möglichkeiten. Geschäfte machen lassen sich heute mit dem, morgen mit jenem. Meine Bekannten sind überrascht, was alles sich tut. Auch der Opposition bietet sich wesentlich mehr Raum für Aktivitäten als zu Zeiten des Parteistaats. Jetzt müssen wir nicht mehr als illegale Heimarbeiter tätig werden. Den fundamentalen Unterschied zum vorangegangenen Regime nehme ich sehr wohl wahr: Was gegenwärtig schlecht ist, das sind Tendenzen, zu denen es Gegentendenzen gibt. Die Rechte ist gegenwärtig eine Tendenz und kein System. Der Kommunismus war ein System. Ein System gibt es nicht mehr. Die Entscheidung, was für ein System es geben wird, ist noch nicht gefallen. Verschiedenste Momente sind zu beobachten. Von allem findet sich auch das Gegenteil. Eine ostdeutsche Nation hat es nicht gegeben, eine ungarische Nation existiert seit tausend Jahren. Sie gilt es zu erhalten. Das ist eine andersartige Verantwortung, wir können nicht auf dem Rücken liegen und abwarten, daß uns irgend jemand besteigt, daß der starke, der große westliche Verwandte eine Liaison mit uns eingeht. Uns will niemand zu seiner eigenen Sache machen. *Ergo* müssen wir uns selbst zu unserer eigenen Sache machen.

Wie würde uns ein Westungarn betrachten, gäbe es ein solches? Doch davon kann keine Rede sein, eine nationale öffentliche Meinung indes, die gibt es, und die ist eine große Kraft. Es gibt eine Gemeinschaft von Menschen, die Ansehen genießen, deren Wort Gewicht hat. Jawohl, daß es kein System gibt, das ist wichtig. Die Rechtfertigungen gehören der Vergangenheit an. Die Zukunft ist offen. Nicht festgelegt. Die Zukunft läßt sich nicht von der Tradition ableiten, nur aus den Ansprüchen der Gegenwart, aus den Bestrebungen der heutigen Aktivisten.

Die Aktivisten Ostdeutschlands sind in den Westen gegangen. Hier bei uns eher ins Geschäftsleben.

Ein enormer bürgerlicher Entwicklungsprozeß steht in Eurasien bevor. Es gibt eine tonangebende Intelligenzschicht, die sich jetzt in geistige Familien gliedert. Von der kulturellen Vereinheitlichung lösen sich die individuellen Traditionen ab. Die Landschaft ist bunter geworden.

Eine großangelegte Privatisierung ist ein ebenso ungerechter und unmoralischer Entwicklungsprozeß wie die Gründerzeit. Unanständige Bereicherung, Mafia, Drogen, Gewalt, einfach alles. Geheimnisse sind eher zugänglich geworden, vor dem Publikum läßt sich kaum etwas verheimlichen. Es gibt eine Öffentlichkeit. Das Parlament als Theater. Es hat sich ein bipolares System herauskristallisiert, und noch sind Schlägereien nicht an der Tagesordnung. Ein jeder ist mobil, mit dem sozialistischen Rentnerdasein ist es vorbei, auch die Alten ergreifen die Initiative. Vielen Alten kam die Politik sehr gelegen, endlich können sie ihrem Ärger öffentlich Luft machen. Ein jeder will etwas, die verschlafene Festung ist aufgewacht. Gewiß war die verträumte höfische Gesellschaft vornehmer als die mauschelnde.

Noch hat kein einziger politischer Prozeß stattgefunden.

In der Presse bin ich angegriffen worden, das ist zu ertragen. Selbstkorrektive öffentliche Meinung, sie markiert die Grenzen der Diskussion.

Eine ausdrücklich auf Dissimilation beharrende nationale Minderheit, so wäre hinzuzufügen, gibt es in Ungarn nicht. Weder die Juden, noch die Deutschen, noch die Slowaken, noch die Zigeuner wollen sich vom Ungartum lösen, bietet doch das bürgerliche Rahmenbedingungen schaffende Ungarn auch ihnen Integrationsmöglichkeiten, und zwar ohne ihre Sonderheiten aufgeben zu müssen. Die Minderheiten im Westen neigen eher als im Osten dazu, sich zu assimilieren. Die Ungarn haben es nicht eilig damit, den Rumänen und Slowaken gleichen zu wollen. Die Völker haben sich dem Westen angepaßt. In Ungarn sprechen die dort lebenden Minderheiten zumeist ungarisch.

Die demokratische Öffentlichkeit Ungarns hat ein bestimmtes Markenzeichen, die Revolution von 1956 war eine gute Investition, es gibt etwas, womit man sich aus der Zeit des Kommunismus identifizieren kann, wir haben etwas zustande gebracht, dessen Originalität uns nicht streitig gemacht werden kann.

Es erhebt sich die Frage, ob die rückwärts gerichtete Tendenz – das Zurück in die dreißiger Jahre – eine allgemeine gesellschaftliche Mode ist oder ob lediglich die Älteren nostalgisch daran festhalten.

20. Jahrhundert: militärischer Kampf der weißen Länder um die Weltherrschaft. 21. Jahrhundert: Wichtigstes Ziel ist der Fortbestand der Menschheitsfamilie.

Der nächste Dialog wird zwischen der christlichen und der islamischen Zivilisation stattfinden, zwischen zweimal einer Milliarde Menschen.

Wo ist die dramatische Spannung des sozialistisch-liberalen Dialogs geblieben?

Jetzt schlägt der exportierte Faschismus zurück, wir alle sind davon betroffen.

Wir können wieder in einer mondialen Perspektive denken, nicht nach Europa, sondern in die Welt sind wir zurückgekehrt, an unseren Platz.

Die Integration, die sich auf mehreren Ebenen vollzieht und die Ebenen kreuzt, ist Realität geworden. Jenseits des Dualismus treten differenziertere und pluralistischere Denkweisen auf. Es besteht keinerlei Bedarf, die osteuropäische Entwicklung mittels einer Neuauflage dualistischer Mythologie zu vernebeln. Dualismus, das ist geistiger Primitivismus.

Früher gab es eine Dissidenteninternationale. Adam Michnik und Vačlav Havel sind Spezis, die tschechische Regierung allerdings ist nicht sonderlich polenfreundlich. Die Utopisten sind Realpolitiker geworden. Früher gab es eine Blockdisziplin, jetzt beispielsweise ein menschliches Drama zwischen Tschechen und Slowaken. Die von persönlichen Affekten getragenen Konflikte unter Freunden können weh tun.

Der Anspruch auf Autonomie, die Sehnsucht nach persönlicher Freiheit, die Zeit der Selbstbestimmung von Gruppen gehen nicht vorüber. Auch die Quelle linker Überzeugungen versiegt nicht: Für die bestehenden Strukturen bessere Lösungen finden, die herrschenden Zustände überwinden, unsere ethischen Vorstellungen mit der Realität konfrontieren, das war für die Linke schon immer ein Ansporn. Die Linke kann nicht zu Grabe getragen werden. Eine bürgerliche Linke innerhalb des Kapitalismus, die mit der Diskrepanz zwischen Individualismus und Solidarität umzugehen versteht und das Gespür dafür am Leben erhält, gibt es und wird es auch in Zukunft geben. Ein Kapitalist kann sich vieles leisten, der Mensch aber ist nicht bereit hinzunehmen, in allem fremdbestimmt zu sein.

Ist eine kreative Demokratie vorstellbar? Der Kommunismus ist durch die Energien des einzelnen zersetzt worden. Jene Energien wollen sich jetzt nicht zurücktrollen in den Hundezwinger, um dort zu kuschen.

Jerusalemer Notiz vom April 1986

Von einer beachtlichen Anzahl Antisemiten bin ich in Mitteleuropa, in Ungarn umgeben. Auf Feinde trifft man überall. Besonders, wenn man Jude ist. Wer nichts Besseres zu tun hat, als mich zu verabscheuen, kann viele Gründe dafür anführen. Fast habe ich mich an diese Situation gewöhnt. Ausgerechnet das sollte ich für unerträglich halten, ausgerechnet deshalb sollte ich Ungarn verlassen, damit innerhalb der Minderheit derjenigen, die an mich denken, jene Minderheit, die mich verabscheut, sich von nun an in zunehmendem Ausmaß mit meiner jüdischen Herkunft beschäftigen wird? Der europäische Antisemitismus bereitet sich heute nicht auf die Abschlachtung der Juden vor. Auch hätte er dazu keine Möglichkeit. Die fanatischen Muselmanen, von denen Israel umgeben wird, träumen von blutigeren Taten. Der Anteil der Fanatiker innerhalb des Volks ist immer gering, manchmal allerdings infizieren Härte und Schwärmerei die ganze Umgebung. Sie mögen mich nicht? Sie müssen mich nicht mögen. Das ist ihre Sache, damit habe ich nichts zu schaffen. Weder ihr Führer noch ihr Liebling will ich sein. Die Heimat würde ich erst dann endgültig verlassen, wenn der populistische Antisemitismus den Rang eines Staatsantisemitismus einnähme.

Einfach ist es keineswegs, die Juden nicht mit gemischten Gefühlen zu betrachten. Ein streitsüchtiges Volk sind wir. Ich gehe weg von hier, von Israel. Zu viele Juden gibt es hier. Allmählich fange ich an zu glauben, nur wir hätten auf dieser Erde zu leiden gehabt, nur wir allein existierten auf der Welt.

Was in anderen Gegenden der Welt passiert, interessiert meine Gesprächspartner nicht sonderlich, ebenso wie die Ungarn daheim nicht. So richtig sind wir nur an uns selbst interessiert. Wenn mich andere nicht in mein Judentum einsperren, warum sollte ich es dann selbst tun?

Lange Unterhaltungen und Abende ohne Ende, nur über lokale Angelegenheiten wird gesprochen. Die Gesprächsthemen gehen tatsächlich nicht aus, immer passiert etwas, worüber man sich ereifern kann.

Ein phantastischer Egozentrismus, über einen so winzigen Landstrich wie die Westbank, das rechte Flußufer des Jordans, das früher zu Jordanien gehörende und gegenwärtig unter israelischer Militärverwaltung stehende Gebiet, das in der Mehrzahl erwähnt wird, jedoch nicht größer ist als ein ungarischer Bezirk, und auch Ungarn ist ziemlich winzig – über ein so kleines Land also habe ich noch nie zuvor derart viel nachgedacht.

Einstweilen unlösbare Angelegenheiten, die erst dann in den Griff zu bekommen sind, wenn die Araber und die Juden einen Weg finden, miteinander auszukommen, und beide Seiten die besonderen Chancen gemeinsamen Wohnens erkennen, wenn sie wechselseitig der Suche nach exklusiven Lösungen überdrüssig werden, wenn sie angesichts der beiderseitigen Qualen Weltverständnis und vielleicht sogar ihre Religion ein klein wenig aneinander anpassen.

Diese nahöstlichen Völker neigen dazu, sich aufzublasen. Sogar ihre Kultur dient dieser Überheblichkeit, obschon man sie gerade davor bewahren müßte, indem man ihnen zuflüstert, daß sie in dem Haus, daß sie in der Weltgeschichte nicht allein sind.

In der Tat ist die Kultur dazu berufen, dieses unser elendes, sich anlehnendes, protziges, großmannssüchtiges, expansives, aufdringliches, andere überschreiendes und zur Seite schubsendes Ich ein wenig zu dämpfen, zu disziplinieren und zu präzisen Formulierungen zu zwingen.

Im Unterschied zu den Glaubensjuden habe ich nicht das Gefühl, daß sich Essen, Kleidung und Alltagsgewohnheiten gesetzlich regulieren lassen. Was meine Ernährung und Kleidung betrifft, richte ich mich gern nach den Gewohnheiten meines Aufenthaltsorts. Was meinem Körper und meinem Geschmack angenehm ist, das billige ich auch geistig. In meiner Zeiteinteilung bemühe ich mich, das Sakrale und das Profane nicht voneinander separieren zu müssen. Das Bestreben sämtlicher Religionen, ihre Gläubigen zur Einhaltung gewisser Bräuche und Feste zu verpflichten, erscheint mir als kulturgeschichtliches Faktum interessant, obgleich ich selbst mich an derartige Auflagen keineswegs gebunden fühle. Meinerseits wäre ich durchaus bereit, an den festlichen Ritualen sämtlicher Religionen teilzunehmen, doch hat es sich so ergeben, daß ich infolge einer gewissen Zeiteinteilung und intuitiver Entscheidungen diese Neigung nicht in die Tat umsetze.

Bürger sein (I)
Ermunterung für die Unterzeichner der Demokratischen Charta

Budapest, 19. 12. 1991. Meine demokratischen Damen und Herren, haben Sie bitte keine Angst. Wenn sich ein normaler Bürger wie ein normaler Bürger verhält und das auch von seiner Umgebung erwartet, wenn er Zutrauen zu sich hat, weil er Ahnung von etwas, weil er Chancen auf dem Arbeitsmarkt hat, weil er simultan auf mehreren Schachbrettern spielen kann, wenn er im lebenslangen Tausch für seine Gehorsamkeit nicht eine Umgebung erwartet, die ihn verhätschelt, wenn er auch allein zurechtkommt, statt sich anzubiedern und gerade deshalb fähig ist, sich mit jemandem zusammenzutun, freundlich, zwanglos und unter Wahrung einer bestimmten Haltung, wenn ihm Ungerechtigkeiten nicht sonderlich zusetzen, wenn er auf Beleidigungen mit Schulterzucken reagieren oder eben darüber lachen kann, wenn er vor allem darum bemüht ist, selbst fair zu spielen, zu diskutieren, zu arbeiten, Geschäfte zu machen, zu verhandeln, Abkommen zu schließen, zu kämpfen, zu helfen und zu lieben, dann hat der Bürger keine Angst.

Fair, so sagten wir, das heißt angesichts der zwischen dem Ich und dem Du schwingenden Botschaften dialogbereit sein, nicht in Frostigkeit erstarrend, vielmehr locker darauf beharrend, was wir über die Menschheit und die unserem Geschmack entsprechende Politik denken, eine begründete andere Meinung nicht als Fehler abqualifizierend, für einen Fehler jedoch haltend, die andere Meinung für einen Fehler zu halten, den politischen Meinungsunterschied ins Abseits zu drängen, dessen Repräsentanten zu schmähen oder eben auszuschalten, was gewiß nicht die elegante Form einer Streitkultur ist.

Der Bürger nach unserem Geschmack kann verbindlich und zurückhaltend sein, ganz nach Bedarf, Niedertracht, Lüge, Betrug, Diebstahl, Verrat, Neid, vom Töten anderer Menschen gar nicht zu reden, sind ihm unangenehm. Der Bürger nach unserem Geschmack enthält sich voreiliger Urteile und verfolgt jene ethische Strategie, die László Németh in Verbindung mit Tolstoj empfahl: Strenge gegen uns selbst und Verzeihen gegenüber den anderen.

Wenn der Bürger erkennt, daß wichtig ist, was er selbst tut, und das, was die anderen tun, kein Grund zur Anklage und zur Rechtfertigung ist, dann hat er keine Angst. Verfolgt er diesen Weg, kommt er irgendwie auch mit den anderen zurecht, insbesondere dann, wenn er noch dazu nicht allzu viel von ihnen erwartet und schon allein das für eine elementare Stufe der Zivilisation hält, wenn er durch staatliche oder individuelle Gewalt körperlich nicht bedroht wird, doch weil er ein Bürger ist, kann er nichts anderes tun, er braucht einen Rechtsstaat, mit weniger kann er sich nicht zufriedengeben.

Warum sollte sich ein denkender Zivilist oder ein zivil fühlender Soldat, Priester oder Politiker (seine ständische Rolle in Parenthese setzend) in einer stillen Minute, einem diskreten Moment nicht jenes außerordentlich einfache Gelöbnis zu eigen machen, das der seit siebzig Jahren bestehende Internationale PEN-Klub in seine Gründungscharta aufgenommen hat, daß nämlich jedes einzelne Mitglied mit seinen Mitteln an der Verständigung zwischen den Menschen arbeiten wird, und zwar ohne Ansehen der Rasse, Nation, Klasse, Nationalität, Religion, und die Freiheit der Artikulation, der Meinungsäußerung gegenüber jedweder Zensur verteidigen wird.

Durch dieses sehr einfache Prinzip wird die Übereinstimmung der aus allen Gegenden der Welt stammenden Schriftsteller in sämtlichen Fragen ermöglicht, die Freiheit und Solidarität der sich artikulierenden Menschen betreffen. Dieser kontinuierliche und ins Auge fallende Sachverhalt beweist, daß die Charta funktioniert, besser als jedwede Ideologie oder Religion, vermag sie es doch, in Abweichung zu diesen, Übereinstimmung und atmosphärische Verwandtschaft zu schaffen, die sich über das ganze Erdenrund erstrecken und auf Kulturen auswirken.

Warum sollte diese PEN-Charta nicht nur eine persönliche Stellungnahme von Poeten, Essayisten und Erzählern sein, den Unterzeichnern der Charta, sondern auch eine von allen des Lesens und Schreibens kundigen Bürgern?

In unseren suggestiven Entscheidungen und Ahnungen ist jener Doppelwert von Autonomie und Solidarität brauchbar, jene beiden Geschwister, die abwechselnd in trauter Eintracht spielen und übereinander herfallen. Die beiden Geschwister kooperieren in jedweder Lebenslage, in den täglichen Entscheidungen des normalen Bürgers.

Es kann nicht schaden, wenn wir wissen, was in uns vorgeht, damit wir keinem von beiden vollkommen recht geben. Was wir erreichen können, die zwei Rosse vor die Kutsche spannen, und wer der Kutscher ist, das ahnen wir irgendwie, wer aber der Reisende ist, das wissen wir wirklich nicht.

Wäre ich ein Bürger, würde ich sagen, alles, womit ich einverstanden bin, was mir gefällt, kann ich mir erlauben, und nichts kann ich mir erlauben, womit ich nicht einverstanden bin oder was mir nicht gefällt. Ich würde versuchen, mir nicht vorzumachen, daß es besser wäre, wenn ich auf einem Posten säße und Schweinereien machte, als wenn dies ein anderer täte.

Der Bürger hat keine Angst davor, sich daran zu gewöhnen, zu seinem Wort zu stehen, denn wie unsere Väter zu sagen pflegten: ein Mann – ein Wort. Jemand, der in seinen Äußerungen falsch und schwatzhaft, der nicht Herr seiner Worte ist, der einmal dies, ein andermal das sagt, stets den bequemen Weg wählt, der ist ein Mensch ohne Glaubwürdigkeit, und er sollte sich fragen, was er überhaupt besitzt.

Ein Bürger, der für Ehrlichkeit empfänglich ist, stellt nach bestem Wissen und Gewissen anständige Ware her, ihm ist es zuwider, Ausschuß aus der Hand zu geben. Schlechte Dienstleistungen sind für ihn gleichbedeutend mit Diebstahl. Er bettelt nicht um etwas, wofür er nichts getan hat, greift anderen unter die Arme und lamentiert nicht, wenn ihm andere nicht unter die Arme greifen.

Der brave Bürger dankt jeden Morgen seinem Schöpfer, seinem Schicksal dafür, daß er noch am Leben ist, seine Füße unter der Bettdecke hervorstrecken kann, daß noch irgendein Frühstück in seinen Mund gelangt. Wenn er sich dessen gebührend bewußt ist, daß der Tod hier an seiner Seite steht und die Arme selbst heute nach ihm ausstrecken kann, dann ist ihm dieser vielleicht letzte Tag heilig.

Der Bürger ist fehlbar, seine Religion und Philosophie sind die des fehlbaren Menschen, der mit all dem, was er besitzt, dazu neigt, Mißbrauch zu treiben. Das wissend und verstehend – das heißt durch uns selbst die anderen kennend –, sollten wir uns wechselseitig akzeptierter Spielregeln versichern und nicht darüber spekulieren, wie die Spielregeln zu umgehen seien, denn das ist keineswegs vernünftig.

Demokratie, das ist ein vernünftiger Realismus, eine mit wechselseitigen Garantien ausgestattete Rechtsordnung, die auf dem Wissen um die Neigung des Menschen zum Mißbrauch basiert. Demokratie, das ist weiterhin ein Verhandlungsstil, dem Gleichberechtigung zugrundeliegt, Respekt vor vernünftigen Argumenten und Ungeduld gegenüber dem Humbug. Demokratie, das ist die Bevorzugung des Scharfblicks gegenüber sentimentaler Rhetorik, ahnend, daß sich dahinter etwas zusammenbraut, was in sehr zurückhaltender Wortwahl ein großer Schelmenstreich wäre.

Bürgerlich, das würde demnach einen Geschmack, eine Haltung, einen Stil bedeuten, worin die Atmosphäre essentieller Gleichberechtigung der Menschen in jeder Kleinigkeit ihren Niederschlag findet. Keineswegs einen Widerspruch zu den natürlichen autoritären Beziehungen, wie sie im Verhältnis zwischen Eltern und Kind, Meister und Schüler, Arzt und Patient zum Ausdruck kommen, frei von Hochmut und selbstgefälliger Überlegenheit, frei von Argumenten in der Art »so ist es, weil ich es sage«, frei von Schmeicheleien und argwöhnischer Herzlichkeit, frei von bedingungslosem Diensteifer, mit einem Wort frei von allem, was der Adlige und der Leibeigene auf dem Weg der Verbürgerlichung umwertet, damit der Klassendünkel dem persönlichen Selbstwertgefühl weicht. Denn der Dienst soll das Entgegenkommen eines freien Menschen sein.

Der Bürger weiß, die Instrumente können eine Rückwirkung auf deren Benutzer haben. Rhetorik und Praxis politischer Säuberungen sind ein Bumerang, der demjenigen einen Schlag versetzen wird, der am lautstärksten nach Säuberungen verlangt. Der Bürger vermag zu unterscheiden zwischen Sympathie und Antipathie beziehungsweise Rechtmäßigkeit. Seine Religionszugehörigkeit macht er nicht von seinem Beruf abhängig. Statt fachlicher Argumente benutzt er keine politischen und religiösen Argumente. Die Anschauungen seiner Mitarbeiter hält er ebenso für eine Privatsache wie eine Liebesbeziehung.

Über den korrekten Tausch hinaus empfindet sich der Bürger als wohlhabend genug, um etwas mehr als gefordert zu geben, damit der andere das Gefühl hat, ein gutes Geschäft gemacht zu haben, irgendwie gibt er eine bessere Ware ab, als der andere bezahlen kann. Er hilft den Menschen in seiner Umgebung mit dem, was er besitzt, ergreift Initiativen, setzt Dinge in Gang, gründet und erneuert etwas, verteilt Geschenke. Wenn ein Bürger Haltung besitzt, hat er keinen Grund dazu, Angst zu haben, dann sind in seinen Augen auch jene bösen Buben nur dumme Jungen, die gelegentlich verscheucht werden können. Dieses Jahr haben wir überlebt, warten wir ab, was uns die Zukunft bescheren wird! Doch um etwas Gefälligeres zu erreichen, müssen wir uns auf uns selbst besinnen.

Sabbatai Zwi – Messias, Hochstapler oder Künstler?

Menschen gibt es, die da meinen, Gott spreche aus ihnen, ein höherer Geist leihe ihnen seine Gedanken. Ich bin nicht ich, ich bin mehr als ich. Eine himmlische Instanz spricht zu euch, wenn ich meinen Mund auftue, ich bitte euch, ehrt und liebt mich! Eine schwere Kindheit hatte ich, und oft bin ich traurig. Was sonst aber sollte ich manchmal sein als die heilige Lampe selbst? Unter schwärmerisch-schwermütigen Narren ist solch neunmalkluges Denken verbreiteter als in der durchschnittlichen Bevölkerung.

Einen Bürger aus Smirna gibt es unter ihnen, ein mediterraner europäischer Reisender ist er, wissenschaftlich ziemlich gebildet, ein guter Sänger und Schauspieler, ein improvisierender surrealistischer Performance-Spielleiter, der eine große Hochzeit inszeniert, und, schluchzend vor Glück mit seiner Braut, der Thorarolle, tanzt. Keusch übersteht er zwei Ehen, rührt seine braven Gemahlinnen, die ihm die Tradition beschert hat, nicht an, weder die erste noch die zweite, sie trennen sich, und erstmals bei einer Hure, die dank einer Vision von weitem schon in Sabbatai Zwi den König der Juden erkennt, liegt er in den Armen einer Frau.

Nun stellen wir uns vor, der arme Gemütskranke, bei dem Doktor Scholem eine manisch-depressive Neurose oder Psychose diagnostiziert, wendet sich an einen hervorragenden jungen Psychiater (einen Anhänger der lurianistisch-kabbalistischen psychoanalytischen Schule), und der kniet vor ihm nieder und sagt: »Mein Lieber, du bist der Messias!«

Ist es ein Wunder, wenn jemand die vielen schönen Dinge glaubt, die man ihm sagt? Bestenfalls wird man ihn sonst für einen Narren halten. Besser ein Messias als ein Tor!

Als der große Elvis zu hören bekam: »You are the king«, wälzte er seinen Kaugummi von der linken zur rechten Backe und erwiderte: »Sure, I am.« Nichts natürlicher als das.

Kinder Gottes sind wir alle. Und wer dächte nicht, daß viele berufen, jedoch wenige auserwählt seien und daß gerade er einer der wenigen sei wie, sagen wir, gerade Sabbatai? Zurückhaltende Kabbalisten sprachen von gewissen Erlösern im verborgenen, die den Blicken der Menschen derart entzogen seien, daß sie sich niemandem, nicht einmal sich selbst, zu erkennen gäben. Gott allein wußte um den Messias, und das genügte ihm.

Es ist die Zeit der Erwartung, an der Schwelle der apokalyptischen Wende, vor 1666 also, da ein jeder voller Hoffnung ist. Falls er beispielsweise vom Geist der Kabbala inspiriert ist, harrt er der Rückkunft Gottes auf die Welt, aus der sich dieser zurückgezogen hat, um dem Streit von Gut und Böse, dem zum Tode verurteilten Menschlichen, nicht im Weg zu stehen. Einer schauspielerischen Begabung kommt es in solchen Zeiten in den Sinn, die Botschaft des sich verbergenden Gottes nicht nur in der Rotfärbung der die Köpfe vom Rumpf trennenden Säbelschneide erstrahlen zu lassen, nicht nur im Sieg oder Verderben der sich dem Tod furchtlos in die Arme Werfenden, vielmehr denkt er daran, sich der Welt barock und theatralisch zu präsentieren, auf fahnen- und blumengeschmückten Galeeren, im Rahmen von Festlichkeiten und Akademien. Soll also die große Messias-Show anheben?

Was kann der Messias tun? Kluge Dinge von sich geben? Das überläßt er den Doktoren. Kämpfen? Das überläßt er den Soldaten. Psalmen singt er. Um den Text kümmert sich der junge kabbalistische Imagemaker, in Sabbatais Schatten wird er Paulus sein. Nicht im nachhinein, sondern jetzt. Ich werde dir zur Seite stehen. Mit Worten solltest du sparsam sein, dein ist der Gesang, reden lassen solltest du lieber mich!

Nathan, so könnten wir wähnen, sei neben dem manisch-depressiven Sabbatai der kühle Stratege. Doch das meinen wir nicht. Denn warum wohl glaubte er, der Sultan werde sich ihm unterwerfen, wenn er der Herrlichkeit Sabbatais ansichtig werde, jenes schönen, großen und dicken Menschen, das Gesicht rotwangig, die Augen schillernd, der Vollbart gepflegt und gestutzt, woher nahm er die Überzeugung, daß der Sultan nach dem Gesang des Meisters vom Thron herabsteigen, den König des Hauses Israel zu sich bitten und ihn auffordern werde, seinen Platz einzunehmen, weil der ihm zustehe? Allzu sehr war dieser junge Mensch in seine Studien vertieft, weshalb er die Macht der Psalmen gründlich überschätzte. Daß ernste Gelehrte, in der Schiffahrt, im Handel und in Finanzdingen erfahrene Menschen, Buchautoren und Drucker, daß sie alle Nathans Illusion teilten, ist ein beredter Beweis für beider Begabung. Ein gutes Gespann waren sie, Sabbatai und Nathan, die mystischen Illusionisten, ihre Auftritte waren erfolgreich. Ein Zeichen dafür, daß die Zeitgenossen an einer solchen Produktion Bedarf hatten, das überfällige Wunder lag in der Luft, die Wende, die Revolution, der Systemwandel, etwas anderes, das sehnlichst erwartete Unerwartete.

Messianistische Versuche der Juden hatte es bis zum Sabbatai-Zwi-Fieber nicht nur einen gegeben. Bar Kochba ist zu nennen, dem Rabbi Akiba, der Mann des Geistes, zur Seite stand. Einen bewaffneten Aufstand unternahmen sie, eine Revolution des Volks gegen das Reich. Der Erfolg blieb ihnen versagt, sie wurden getötet. Akiba bat jene, die das Feuer unter ihm entfachten, die Flammen von Zeit zu Zeit zu sprengen, um nur langsam zu verbrennen, damit er das letzte Gebet nicht überstürzen müsse.

Zu erwähnen ist ein anderer, der Dissident aus Nazareth, der erfolgreiche Versuch eines frühen Tolstoijaners. Dem Bösen sollst du nicht mit Gewalt begegnen. Ein verstockter Jude stand mit dem Tod am Kreuz für seine Worte ein. Zu Tausenden wurden jüdische Intellektuelle damals gekreuzigt. Der Märtyrertod als Erlösung, der Stellvertretertod des Rabbis, ein für alle Mal. Das Opfer hat sich auf Jesus übertragen. Die Erlösung ist ohnehin unsichtbar, erst im Jenseits, nicht aber in diesen irdischen Gefilden wird sie dir zuteil.

Den Glauben an den Kreuzestod eines anderen Menschen empfand ein Teil der Juden als unbefriedigend. Sie glaubten an ein Weiterleben, wußten sie doch, daß dies nicht leicht sein würde. Ihr Symbol ist deshalb der Patriarch, ein älterer Mann mit einer großen Familie, vielleicht mit einem Königreich, mit der Sinnlichkeit des *Buchs der Lieder* und dem gnadenlosen Klarblick der Prediger. Erfahrung gilt mehr als die Naivität des Anfängers. Und schließlich Moses, der seinem Volk die Gesetzestafeln hinterläßt. Der sein Volk zu einem Priestervolk erheben möchte, indem er das Göttliche vom Menschlichen trennt, indem er jegliches menschliche Abbild Gottes ablehnt. Eine solche Sensibilität hielt die Vergöttlichung eines verblichenen Leibs für ein unannehmbares Zugeständnis. Das Schisma ließ sich nicht mehr vermeiden, zu ihrer beider Unglück gingen die beiden Religionen verschiedene Wege.

Worauf konnten die Juden vertrauen, nachdem sie aus Hispanien vertrieben und in ukrainisch-polnischen Landen hingeschlachtet worden waren? Der Zionismus war damals noch nicht in Sicht, die Jerusalemer Juden lebten in Armut, gerade Meister Sabbatai hatten sie darum gebeten, die reichen Juden von Alexandria aufzusuchen und Geld zur Unterstützung zu sammeln. Später wurde das Projekt der Sabbataianer auch von einem reichen Amsterdamer Juden über Wasser gehalten. Alexandria und Amsterdam waren wohlhabend, Jerusalem dagegen arm. Als Tatsache bestand die Menge an Übeln, und es bestand der Anspruch, daß etwas geschehen müsse. Eine Aktion ohne Waffen.

Irgendwie empfanden die Juden die Notwendigkeit einer neuen Freudenbotschaft; die Geschichte des Evangeliums, des Kreuzestodes, des Opfers, erschien ihnen nicht erfreulich genug.

Was also tun? So als ob! Glauben wir daran, daß eine Hippybande auf bunten Schiffen den Menschen des Mittelmeergebiets die Sinne verwirrt! Glauben wir daran, daß tiefsinnige Sprüche, Psalmen und Feste, die auch der Freiheit der Liebe Raum gewähren, geeignet sind, das Herz der Herrschenden zu rühren! Doch glaubten sie tatsächlich daran? Ernstzunehmende Menschen? Tatsache ist, daß sie gern daran geglaubt hätten. Ein großes groteskes Delirium des Judentums war dieses sabbataianische Abenteuer, eine sakrale Farce.

»Na, komm nur, du Ruhmreicher!« läßt der Sultan Sabbatai wissen. In der Hoffnung, daß der Meister den Sultan bekehren wird, geht das Gefolge des Messias an Land. »Entscheide dich, entweder setzt du den Turban auf, oder ich lasse dich köpfen!« Sabbatai wählte den Turban und zog so seinen vor dem Tor wartenden Anhängern entgegen.

Sie schlugen und bespuckten ihn, wandten sich von ihm ab, allerdings nicht alle. Einige deuteten die Geschehnisse dahingehend, daß der Heilige die Sünde der Selbstverleugnung, die Todsünde, den Glaubensabfall überwinden müsse, um sich die Möglichkeit eines Neubeginns zu bewahren. Die verbliebenen Anhänger nahmen die Idee eines fehlbaren Messias hin. Eine Zeitlang.

Tragikomödien suchen nach einem Autor. Professor Scholem ließ sich, angezogen von der jüdischen Mystik, von der ästhetischen Faszination nicht vollkommen gefangennehmen, nahm vielmehr diese Geschichte über die große barocke Hochstapelei und Betrügerei, deren einmalige Schönheit darin besteht, daß so viele daran geglaubt haben, vorwiegend mit wissenschaftlicher Akribie oder gar mit rabbinisch moralistischer Strenge unter die Lupe.

Eine gute Weile wird vermutlich kein jüdischer Messias mehr kommen. Selbst dieser letzte Versuch erstickte an seiner Komik. Wäre das Stück besser gewesen, hätte Sabbatai sich den Kopf abschlagen lassen?

Eigentlich war der Turban für Sabbatai nur eine Maskerade. Für eigenartige und farbenprächtige Kleidung hatte er einen Sinn. Warum also sollte er sich nicht, und sei es aus Freundlichkeit, das äußere Gepräge eines Muselmanen zulegen? Denn welche Kopfbedeckung wäre keine Maskerade? Wer hat schon einmal einen Hut gesehen, der etwas anderes als eine Maskerade wäre?

Die Menschen freilich sind kleinlich. Doch daß er Jesus nachahmt, können sie vom Meister nicht erwarten! Wenn er Lust dazu verspürt, singt er, verschiedene Kalpaks auf dem

Haupt, Publikum ist vorhanden, er aber verkriecht sich ein Weilchen vor der Öffentlichkeit.

Mir gefällt der Kollege. »Mein armer Freund, da hast du dich in etwas hineinziehen lassen! Mußtest du unbedingt den Messias spielen?« Dann sage ich: »Recht hast du getan, Bruderherz!« Und schließlich: »Auch daß du dir ein kleines Nachleben gesichert hast, indem du die Alternative ablehntest, deinen Kopf zu verlieren, war gar nicht so dumm.« Die Fehlbarkeit setzt unserer Sympathie keine Grenze. Dieser arme, kranke, gewiß aber begabte Scharlatan war unser letzter Messias.

Dies war der letzte religiöse Versuch, der viele Menschen des Hauses Israel in seiner Gesamtheit in Begeisterung zu versetzen vermochte. Danach kamen zwar die Zadiks, traten Doktor Kafka und seinesgleichen auf den Plan, sie aber waren bereits Einzelfälle der Transzendenz. Damals war das Segeln unter mystischer Flagge noch stilgerecht, jener kollektive Rausch, der sich gleich einem Netzwerk ausbreitete, der Glaube daran, in einer bevorzugten Zeit zu leben, in der Zeit der Erfüllung. Der Glaube daran, daß wir den Messias erkennen und daß gerade wir diejenigen sind, die ihn in jenem eigenartigen und grobschlächtigen Menschen wahrnehmen. Denn die Botschaft findet sich durchaus in seinen rätselhaften Sprüchen, Textdeutern, in den singenden und tanzenden Schiffern. Jawohl, dieses Jetzt, diese Verführung und dieses Verführtwerden war eine große Zeit. Tatsache ist, daß viele daran glaubten: Einen König haben die Juden, der durch Gesang und nicht durch Töten den Sieg davonträgt.

Das war ein so schönes Märchen, daß es lohnte, eine Weile daran zu glauben. Nachdem die Dinge zweideutiger und komplizierter geworden waren, grob gesagt in der Zeit des Cervantes, hätte eine realistische jüdische Romanliteratur beginnen können. Eine Don Quijote verwandte Biographie des Sabbatai könnte interessant sein. Beide nahmen sie das Unmögliche in Angriff. Frühe absurde Helden.

Heine, das könnte ich mir vorstellen, würde die Figur des Sabbatai interessiert haben. Auf eine ironische profane Metaphysik ließen sich jüdische Autoren eigentlich erst in unserem Jahrhundert ein. Mit einer Verspätung von zwei- bis dreihundert Jahren. In ihrer Mythologie gebührt dem fehlbaren Messias, dem Künstlerkollegen Sabbatai Zwi, ein eigener Platz, zu dessen Schutz der nächste Weltkongreß des internationalen PEN dem Sultan unbedingt eine Protestnote schicken sollte und dem die PEN-Zentren einen Übertritt zum Islam ebenso wenig verübeln würden, wie auch niemand von uns Salman Rushdie daraufhin angesprochen hat. Der Sultan erwies sich als relativ gnädig: Nachdem Sabbatai den Turban aufgesetzt hatte, durfte er unbehelligt in Istanbul leben.

Hin und zurück
(Aprilnotizen)

Über frische Morgenwolken schwingen wir uns auf, Richtung New York. Gestern abend erst bin ich von Bonn nach Budapest zurückgekehrt, heute früh hat der Wecker schon um halb fünf geklingelt, routinierte Reisevorbereitungen, Taxi, Flughafen, Kaffee, im Fernsehen sagt ein dicker Mann, die Oppositionellen seien Feinde, der Kellner nickt, die schönen alten Zeiten sind wieder da.

Meine Familie habe ich kaum zu Gesicht bekommen, die Kinder nur schlafend, mit meiner Mutter sprach ich am Telefon, Judit blickte mir aus dem Fenster hinterher. *Gartenfest* (auf deutsch als zwei selbständige Romane erschienen: *Geisterfest* und *Melinda und Dragoman*, Anm. d. Übers.) wird bei Harcourt Brace Jovanovich publiziert, bei meinem von einer neuen Firma gekauften Verlag, aus dem die Jovanovichs – Vater und Sohn – sich gezwungenermaßen zurückziehen, doch das Helen and Kurt Wolf Books-Programm, die Abteilung anspruchsvoller Bücher, bleibt bestehen, und somit werden auch einige europäische Autoren weiter verlegt werden, die von Helen Wolf, der grande dame der Verlagswelt, ausgewählt und in ihren Freundeskreis aufgenommen worden sind und die ebenso wie sie, die die Sechsundachtzig schon längst hinter sich gelassen hat und im Vollbesitz ihrer geistigen Kräfte ist, noch am Leben sind. Calvino und Frisch sind bereits von uns gegangen, Grass trägt noch seine Gefechte aus, worüber Helen sich ein bißchen amüsiert. Alle meine Bücher sind bei Harcourt Brace Jovanovich erschienen, seit zirka fünfzehn Jahren werde ich von der Lektorin Drenka Willem betreut, einer aus Kroatien stammenden Serbin, von deren sensibler Person und Bekanntschaft, von deren humorvollen Geschichten, von deren Hasen und Vögel noch die Rede sein wird.

Ich bin ein Gastarbeiter, der sich mit Vorträgen ein wenig

Geld verdient, einige Interviews warten auf mich, mehrere PEN-Besprechungen mit Organisationen von der Ost- und Westküste, ich nehme teil an der Konferenz der *Partisan Review*, wo Enzensberger, Tolstaja, Michnik, Miłosz, Zagajewsky, Brodski, Sontag etc. zugegen sein werden. Bund aus Pflicht und Eitelkeit, Mittag mit den Kritikern, das erwartet der Verlag von dir, so muß die Zahl der verkauften Exemplare erhöht werden. Nicht nur schreiben soll der Autor das Buch, sondern gelegentlich in größeren Buchhandlungen auch daraus lesen.

Jetzt mache ich Aufzeichnungen in ein kleines Heft, diese Notizbücher schützen mich. Die Lesbarkeit, die Kalligraphie ist sehr wichtig. Unlängst hörte ich, Robert Walser hat zwanzig Jahre in einer Nervenheilanstalt zugebracht und dort mit einer selbst entwickelten und nur von ihm lesbaren Geheimschrift Texte für sechs Bücher geschrieben. Inzwischen hat sich jemand gefunden, der den Code geknackt hat. Zum Vorschein gekommen sind Novellen, darunter Meisterwerke.

Ich bin schläfrig, ein kleines Kind weint, ich sitze in der Wartehalle, ein amerikanischer Jude mit einem Bettuch auf dem Kopf ist im Gebet versunken, ich tue das lieber mit geschlossenen Augen, scheinbar vor mich hindösend, ohne äußere Zeichen. Im Flugzeug russische jüdische Familien mit eigenartigen Paketen und vielen Kindern. Die Reisetaschen, in denen ihr Gepäck verstaut ist, haben sie selbst aus Segeltuch genäht. Hilflos wirken sie, als Flugreisende haben sie keine Übung, ihr Gang ist unsicher wie der alter Leute, wahrscheinlich sind sie Auswanderer. Die beiden Stewardessen verstauen freundlich die diversen Beutel, ein alter Jude lächelt freundlich angesichts der eigenen Unbeholfenheit, ein vermutlich aus Korea stammender Amerikaner lächelt überheblich, und als sich im Gedrängel ihre Körper berühren, sagt er auf englisch, das sei keine Aeroflot, das heißt, sie seien nicht zu Hause, sie sollten sich in acht nehmen. Schließlich sitzen alle, die Maschine brummt.

Die Anfangsbuchstaben im Namen meines Reisegefährten lauten ebenfalls KGY, oft bezeichne ich jene Figur so, hinter der ich stecke und auch nicht stecke. Heftig gestikulierend versucht er, mich in ein Gespräch zu verwickeln, sobald ich meinen Blick vom Papier, vom Buch aufrichte, ich dagegen bin nicht sonderlich interessiert daran, mich in meinen Gedanken stören zu lassen, mir wäre es recht, wenn nichts geschähe.

Was soll ich eigentlich sagen auf dem Schriftstellertreffen? Warum kommen wir überhaupt zusammen? Die Literatur entsteht zu Hause. Vermutlich treffen wir uns, um die Welt besser zu verstehen, um uns gegen irgendeine aktuelle Unannehmlichkeit zu wehren und nicht zuletzt einfach deshalb, um uns zu sehen und miteinander in Nachtbars und Wohnungen zu plaudern. Reden und schreiben kann man auch so, daß man von den Kollegen vom anderen Ende der Welt verstanden wird.

Überall geht es darum, daß Angst wieder und noch immer angezeigt ist, daß die Herrschenden ihre Macht mißbrauchen, das freie Wort beschneiden und daß sich in der Tiefe etwas noch Schlimmeres zusammenbraut. Der Anspruch der Menschen auf das Gefühl des Heimischseins kann sich bis zur wild um sich schlagenden Hysterie steigern.

In letzter Zeit habe ich ziemlich viele Politiker gesehen, darunter die Großen der Welt, nicht nur die heimischen. Allzu kluge Menschen sind sie nicht. Wer von ihnen überdurchschnittlichen Verstand besitzt, der tanzt bereits aus der Reihe. Der Anteil der vorgefertigten Elemente in ihren Reden überwiegt. Die vielen Auftritte verderben den Sinn für Verhältnismäßigkeit. Ihre Berufskrankheit ist die Egomanie. Nicht nur als Führer, sondern auch als Weise ihres Landes werden sie verehrt. Und da die Intellektuellen diese Meinung selten teilen, bekommt die geistige Elite von Zeit zu Zeit die Antipathiebekundungen der Politik zu spüren.

Die neonationalistische Renaissance, durch die der Reihe nach die Zusammenschlüsse zerschlagen werden, trat, ähnlich wie andere Strömungen, ihren Eroberungsfeldzug von Büchern ausgehend an. Immer mehr Nationen entstehen, und vermutlich wird sich dieser Prozeß auch im kommenden Jahrhundert fortsetzen. Parallel dazu nehme ich die entgegengesetzte Tendenz wahr, die einen universellen Individualismus und planetarische Solidarität anstrebt.

Ich lese Zeitungen, es ist nicht auszuschließen, daß ganz Europa einen Rechtsruck erfahren und zu einer Restauration neigen wird, einen Kundenkreis hat auch die extreme Rechte. Ein jeder spürt die Gefahr und geht auf den Rechtsruck ein. Die Rechte spricht wie die extreme Rechte, das Zentrum wie die Rechte, während sich die Linke als Zentrum ausgibt. Die Rhetorik des nationalistischen Etatismus verdeckt die Rhetorik der demokratischen Bürgerrechte.

Föderationen aufzulösen ist leicht, neue zu schaffen indes schwer. Die Schadenfreude der Umgebung angesichts des Zerfalls eines Staatsverbands in seine Einzelteile ist kurzsichtig. Das Lächeln der internationalen Öffentlichkeit würde dieser auf den Lippen ersterben, würde sie begreifen, daß ihr Frohlocken nicht der vollständigen Unabhängigkeit der ehemaligen Sowjetrepubliken gilt, sondern der uneingeschränkten Diktatur der lokalen Spitzel. Die lokalen Idioten können ihre Macht nunmehr ungestört entfalten, da ihnen Moskau nichts mehr zu sagen hat. Zweckbündnisse von Geheimpolizisten, Mafiosi, Bürokraten und Demagogen prasseln auf die neuen Gesellschaften ein. Kapitalisierung bedeutet, daß die geschäftstüchtigen und hemmungslosen Auserwählten der Bürokratie und der Unterwelt sich verbünden, um an Kapital zu gelangen, unter sich teilen sie das Staatsvermögen auf. Die beredsame und unter die Haut gehende Föderationsfeindlichkeit ist nur ein Feigenblatt, um den uneingeschränkten Kampf der lokalen Spitzel um die Macht zu verdecken. Im Vordergrund steht diesmal eine nationalistische, wenn möglich sogar eine religiös-nationalistische Rhetorik.

Im Kopfhörer triumphiert Wagner. Ich kämpfe gegen das Rütteln des Flugzeugs, bereits gestern bin ich lange geflogen, nichts anderes erwartet mich heute, noch acht Stunden liegen vor mir, gern würde ich meine Schuhe ausziehen, das aber gestatte ich mir nicht. Schreiben ist erlaubt, eine Pfeife rauchen nicht, auf der Toilette befinden sich Rauchdetektoren, wenn du dich erwischen läßt, kannst du zweitausend Dollar Strafe zahlen. Ich versuche es trotzdem, ich habe Glück, bin mit mir zufrieden, der anarchistische Schlingel in mir frohlockt.

Wirklich bequem ist es eigentlich nicht, in die einmal geschaffenen Figuren zurückzuschlüpfen, letztendlich steuere ich immer den nächsten Hafen an, gestern und heute habe ich hoch oben in den Lüften Wohnung genommen. Diesen Monat habe ich fast jede Nacht in einem anderen Bett geschlafen. Am Morgen habe ich keine blasse Ahnung, wer ich bin. Der Interviewer kommt gleich nach dem Frühstück, gegen neun, wie ein Verhängnis, gewiß wird er mir im vorhinein formulierte intelligente Fragen stellen. Fünf Minuten vor neun klingt mein Kopf noch hohl wie eine Flugzeughalle, von allen Maschinen verlassen.

KGY, diese drei Buchstaben, die sowohl meinem Nachbarn als auch mir gehören, deuten an, daß sich dahinter manch eine Figur verbergen kann, wie beispielsweise jener Jurist für internationalen Handel, der jahrzehntelang als Spezialist in Vertragsangelegenheiten für Joint Ventures in der Welt umhergereist ist. Seinen achtzigsten Geburtstag hat er bereits hinter sich, auch jetzt ist er auf Geschäftsreise, gleichzeitig wird er seinen in Amerika lebenden Sohn besuchen. Anerkennend äußert er sich zu meiner Ruhe und zu dem Umstand, daß ich mehr daran interessiert bin, meinen Diskussionspartner zu verstehen, als ihn anzugreifen. Nett ist dieser KGY, dennoch verspüre ich keine Lust dazu, mich zu unterhalten. Hoch über dem Meer zwischen zwei Kontinenten, das heißt, nirgendwo zu sein, das ist erholsam.

Eine friedliche Weltordnung kann nicht auf einer uneingeschränkten Souveränität der sich als homogen verstehenden Nationalstaaten aufgebaut werden. Wer wird der Hüter der supranationalen Autorität sein? Welche internationale Vereinigung oder Organisation? Oder wird eine neue Kolonialisierung erfolgen, worin die größte Macht beziehungsweise die größten Mächte der Regionen offen eine dominierende Rolle spielen, neue internationale Beziehungen auf Feudalherren- und Vasallenbasis installiert werden? Sollten Klienten und Patrone eines jeden auch weiterhin bestehen?

Die in den Anfängen steckenden Demokratien versuchen, mit Hilfe äußerer Spannungen von ihren inneren Spannungen abzulenken. Osteuropa ist für derartige sportliche Leidenschaften ein phantastisches Gelände. Die äußeren Zwistigkeiten kommen den Regierungen sehr gelegen. Alle steigern sie ihre Rüstungsausgaben, so daß sie allmählich der Dritten Welt gleichen, wo ein beträchtlicher Teil der Hilfe aus dem Ausland für Militärausgaben verwendet wird.

Innerhalb der Mehrparteiensysteme sind die regierenden Mehrheitsparteien darum bemüht, die Einparteienstrukturen zu ihren Gunsten auszubauen. Demokraturen sind sie, wer nicht zu ihren Anhängern gehört, wird durch Anhänger ersetzt, und da die meisten Positionen Staatsstellungen sind, haben sie die Mittelschicht in der Hand. Die neue Macht ist dilettantisch, allerdings nicht von der spielerischen Sorte, ich würde eher von einer kleinlichen Arroganz reden, gelegentlich von einer grotesken Autoritätsparanoia.

Beim Lesen des neuen Humbugs wird mir der Kopf schwer, hinter der Stirn spüre ich einen Druck. Nein, dafür habe ich keine Zeit mehr, so viel Unsinn habe ich in meinem bisherigen Leben schon gelesen und gehört, daß ich genug davon habe. Ich bin vollgestopft mit Unsinn. Was die heimische Küche angeht, kann ich in dieser Hinsicht nicht klagen. Es wäre weise, keine Zeitung zu lesen und sich um die politischen Vogelscheuchen nicht zu kümmern.

Wo es um Politik geht, dort sind die Politiker die Hauptdarsteller, die von heute und die von gestern. Helden von kurzer Lebensdauer sind sie, das verleiht ihrem Beruf den Anstrich hektischer Betriebsamkeit. Von einem Tag auf den anderen können sie aufhören, das zu sein, was sie sind. Ich nahm an einem Runden Tisch teil, den Namen vieler illustrer Anwesender war das Wort »ehemalig« beigegeben (beispielsweise »ehemaliger Ministerpräsident«), bei einem Schriftsteller kann man ein solches Attribut ohne besondere Boshaftigkeit nicht voranstellen. Solange er nicht stirbt, bleibt der Schriftsteller ein Schriftsteller. Dieser Umstand verleiht Ruhe und ironische Distanz gegenüber den temporären Autoritäten.

Naivität, das ist meine Rolle unter aktiven und ehemaligen Politikern. Mit anderen Worten, meine Aufmerksamkeit gilt den Opfern, dem Preis der Veränderungen. Der Erfolg der aggressiven Vision versetzt mich nicht in Aufregung. Nebenbei bemerkt können Visionen nur mißlingen, Verkörperung von Ideen ist notwendigerweise verworren und töricht. Die Macher sind immer zufriedener als die Versuchskaninchen. Hinter dem Wollen stehen abstrakte und eingelernte Worte.

Vielleicht werde ich auf dem im Herbst stattfindenden PEN-Weltkongreß die Idee einer Demokratischen Weltcharta aufgreifen. Wenn gerade in Rio eine Charta der Erde konzipiert wird, dann sollte es auch eine andere über die Verhältnisse der Menschen geben.

Gibt es die eine Welt? Gibt es gemeinsame Gesetze, die von der Menschheit akzeptiert werden müßten, damit sie überlebt? Wir sind die aktiven Subjekte der Erde. Zum Überleben bedarf es um die Jahrtausendwende der Utopie.

Für eine Überlebensperspektive ist es erforderlich, die kleinen Egoismen aufzugeben. Der universelle Individualismus basiert auf dem Postulat, daß sich der einzelne so zu verhalten hat, als handelte er stellvertretend für die Menschheit. In deren Namen und als deren Ebenbild.

Notwendig ist der europäisch-amerikanische Zusammenschluß auf der Grundlage eines neuen Wertesystems. Die Gespräche der Politiker untereinander sind geprägt von Heuchelei und Verhüllung der wahren Absichten, und lediglich vage beziehen sie sich darauf, daß die zunehmende Bedeutung Europas den USA vorläufig Nachteile bringt, insofern der amerikanische Einfluß zurückgedrängt wird und sie gezwungen werden, mit den Japanern um den zweiten Platz zu kämpfen. Europa könnte der stärkste Faktor werden, würde nicht in letzter Instanz das Nationale über der Bündnisidee siegen. Eigentlich könnte die Europäische Union die Entstehung einer neuen europäischen Nation bedeuten, einer neuen politisch-kulturellen Nation, die eine gemeinsame Währung und Verteidigung haben würde, zahlreiche gemeinsame Gesetze, das Innere dieses Gebäudes allerdings wäre vielsprachig und reich an verschiedenen Farben.

Wenn die alten Föderationen nicht funktionsfähig sind, weder die Sowjetunion, noch Jugoslawien, noch die Tschechoslowakei, dann ist vielleicht die Zeit gekommen für eine Donau-Konföderation, für eine regionale Assoziation der mitteleuropäischen Länder, als Vorstufe einer europäischen Integration, als ordnende Kraft im Inneren, als Vorübung zu einer Kultur freiwilliger Kooperation. Die öffentliche Meinung des Westens hat das Vakuum, das infolge des Zerfalls der Zusammenschlüsse entstanden ist, nicht richtig wahrgenommen. Auch die inneren Beziehungen sind dadurch geschwächt worden, obschon die Verknüpfung der osteuropäischen Märkte eine unausweichliche wirtschaftsgeographische Realität ist, ebenso wie die in vielerlei Hinsicht ähnlichen Kulturen. Wenn sich unsere Argumente und Diskussionen gleichen, dann ähneln auch wir selbst uns vielleicht. Weshalb auch sollten wir uns gegenseitig so intensiv hassen? Für so viel Selbsthaß gibt es keinen Grund.

Und Herr Europa spricht wie folgt: »Nationale Industriezweige oder Produkte gibt es kaum noch, nicht die Nationen sind die tatsächlichen Einheiten, sondern die Wirtschaftsräume: Nordamerika, Ostasien und Westeuropa zum Beispiel.«

Die Wirtschaft ist zentrifugal, der Nationalstaat zentripetal, er verteidigt die innere Kohäsion. Die nationalen Gesellschaften verteidigen ihre Integrität. Denationalisierung in der Wirtschaft, Nationalisierung in der Politik.

Die alte Geopolitik wird abgelöst von Wettbewerb und Bündnis zwischen den Wirtschaftsräumen. Es stellt sich die Frage, ob der atlantische Raum im Vergleich zu dem Gebiet um den Pazifik zurückbleiben wird. Letztendlich findet der Wettbewerb nicht zwischen den Nationen und den Großunternehmen statt, sondern zwischen westlichem und japanischem Lebensstil. Was soll die Basis der Wirtschaft sein, das ist die Frage. Konsum oder Disziplin? Der Westen setzt auf Konsum, Japan auf Disziplin.

Wachstum und Wohlstand stoßen an die Grenzen der Ressourcen, der Konsum kann nicht endlos wachsen. Doch selbst wenn sich das Gewicht vom Konsum auf die Selbstdisziplin verlagerte, so würde das noch keineswegs die Krise des Westens bedeuten, sind doch die westlichen Werte nicht untrennbar mit der dynamischen Marktwirtschaft verbunden. Freiheit, Gerechtigkeit und Solidarität werden vor allem mit Hilfe politischer Mittel zu wirksamen und funktionierenden Werten. Die westliche Philosophie verfolgt höhere Ziele als nationalen oder regionalen Wohlstand; die Idee von Freiheit und Gerechtigkeit soll helfen, den Rechtsstaat zu schaffen, zugleich geht sie darüber hinaus und sucht in der Welt existierender und möglicher Institutionen nach dem Weg einer transnationalen Ethik.

Wer aber vertritt die Interessen der Menschheit, der ganzen Gattung? Ein solcher Interessenschutz ist nicht in Sicht. Es gibt gute Gründe dafür, alles im Hinblick auf die Menschheit, auf die Welt zu betrachten, denn irgendwie ist bereits alles miteinander verwoben, selbst die mannigfachen Katastrophen.

Das Bündnis zwischen Amerika und Europa, das heißt das Bündnis des expandierten Westens mit anderen Regionen, muß auf einem umfassenden Paradigma basieren. Es scheint vernünftig zu sein, die Begriffe der Autarkie durch die Vorstellung wechselseitiger Abhängigkeit zu ersetzen.

Ohne politischen Mut wird das europäische Gebäude einstürzen, vielleicht unmittelbar vor seiner Fertigstellung. Sollte der Kalte Krieg für den Fortbestand der Europäischen Gemeinschaft erforderlich gewesen sein? Sollten sich die Unionen im Westen ebenso wie im Osten auflösen? Weder der Markt noch der Weltmarkt können die Integration allein bewältigen. Das neue europäische Modell, der geregelte Dialog zwischen Arbeitgebern und Arbeitnehmern, ist ein politisches Kunstwerk. Gemeinsame Verteidigung, gemeinsame Währung, neue Arbeitsplätze, Assoziation von Regionen.

Haben wir Europäer uns getroffen, um schließlich einander überdrüssig zu sein? Vergeht uns die Lust bis zum Abend? Viele meinen, ein Reich sollte Europa nicht sein, eher eine Harmonisierungsmethode. Es bestehen gemeinsame Interessen, zusammen ist vieles leichter, das kann nicht verborgen bleiben. Integration, das ist die Praxis der Teilung von Souveränitäten. Am Horizont von Klein-Europa taucht der Entwurf von Groß-Europa auf.

Je mehr wir von Europa reden, desto mehr drängen wir in unseren Überlegungen die Dritte Welt zurück. Bangladesh oder Kamerun ist schwerer zu helfen als Tschechien oder Ungarn. Der Süden ist in den letzten Jahren der große Verlierer. Das hoffnungsvolle Drittel der Menschheit will von den hoffnungslosen zwei Dritteln nicht viel wissen.

Es genügt nicht, wenn Westeuropa seine Märkte öffnet, es kann nicht alle mitteleuropäischen Exportprodukte kaufen. Erforderlich ist eine intensivere Zusammenarbeit der Mitteleuropäer. Vielleicht wird es vierundzwanzig Mitglieder der Europäischen Gemeinschaft geben, was eine innere Dezentralisierung und Regionalisierung nach sich zieht. Es stellt sich die Frage, welche Idee mehr Anziehungskraft ausüben wird, die nationale Souveränität oder die europäische Assoziation?

Gern würde ich diesen Zustand in achttausend Meter Höhe konservieren. Ich habe keinerlei Pflichten zu erfüllen, nicht einmal daran denke ich, daß dieses karierte Sakko, dieses weiße Hemd, die graue Hose und die schwarzen Halbschuhe früher oder später sich von dem Fensterplatz erheben und einen anderen Kontinent betreten werden. Die Menschen um mich herum stellen dies und jenes ein, betätigen Knöpfe, mein Nachbar verbreitet Unruhe und löst Kreuzworträtsel, ich kapsle mich ab, um nicht seine Langeweile mit ihm teilen zu müssen.

Ich strecke und recke mich, bewege alle Gliedmaßen, das tut mir gut jetzt, angenehm diese geheimen Turnübungen, nichts ist davon zu sehen. Jetzt das linke Bein straffen, danach langsam lockern, anschließend das rechte. Von immer wieder neuen Körperhaltungen verspreche ich mir etwas Gutes. Ich mache mich unabhängig von den Unbequemlichkeiten. Auch auf den Puffern von Eisenbahnwagen und auf den Trittbrettern von Straßenbahnen reiste ich mehr oder weniger bequem, ich mochte das ständige Holpern, auf einem Ochsengespann sitzend, das Schnittholz transportierte. Und als ich mit achtzehn Jahren dicht gedrängt in einem Güterzug neben meiner ersten Liebe saß und stundenlang ihre Hand hielt, mochte ich auch das. Mit zunehmender Müdigkeit ist meine Dankbarkeit für ein gutes Bett besonders groß, wenn ich mich endlich darauf ausstrecken kann, doch die Bequemlichkeit ist ein zweitrangiger Wert, vom Zeitgeist unverdientermaßen an die erste Stelle gesetzt.

Es ist die Zeit für die Fütterung gekommen, damit es die Reisenden in der Maschine aushalten, werden sie in bestimmten Abständen gefüttert, interessiert sehen wir dem mehrgeschossigen Servierwagen entgegen.

Daheim in Ungarn nehme ich die meisten Dinge erst gar nicht zur Kenntnis. Es ist besser, wenn man nichts davon weiß, was man nicht unbedingt wissen muß. Sollen sie doch geschehen, die Geschehnisse! Ich habe kein Lampenfieber, ich sträube mich nicht, ich spreche, wenn ich vor ein Mikrophon gestellt werde, ansonsten bin ich eher ein Gaffer.

Meine Nachbarn ziehen das Rouleau herunter, sie wollen Dunkelheit, um sich den Film ansehen zu können. Ich verzichte auf die Verdunklung, auf der Leinwand flitzen blasse Figuren vorbei. Am Fußball ist hier niemand interessiert.

Ich beobachte die russisch-jüdischen Familien, sie verbreiten eine anheimelnde Atmosphäre, aufmerksam führt eine junge Frau eine dicke alte zur Toilette. Ein kleiner verhutzelter alter Mann fragt mich mutig: »Kuritj tam?« Seine Frage ist vertraulich gemeint. Sie stehen dem anderen näher als die Westler, sie begreifen, was der andere will, sie sind Komplizen. Das Lächeln der Großmutter ganz Seele. Eine Frau mittleren Alters schmiegt sich an ihren gleichaltrigen Mann, sie halten sich an den Händen, umarmen sich, beide haben sie graues Haar.

Nach europäischer Kontinentalzeit abends um neun werden wir landen, in New York wird es dann erst nachmittags drei Uhr sein. Ein Emigrantenbaby weint, großer Tragflügel, weißer Himmel, vier Gondeln. Aus dem Kopfhörer kriecht eine Opernarie, ich stelle sie leiser. Unter uns Land in Sicht, Berge, Seen, abgeschunden stöhnt die Maschine, wieder wird Essen serviert, turmhohe Sandwiches, zwischen den Wolken Schneeflecken. Auf dem Klapptisch das Notizbuch und der Carandache-Kugelschreiber. Zu Hause in Budapest ist es halb acht, Jutka hat die Kinder schon ins Bett gebracht, jetzt erzählt sie gerade ein Märchen. Vom Hotel aus werde ich sie anrufen und mitteilen, daß alles in Ordnung ist, sofern es nicht zu spät werden sollte.

Was ist geschehen? Verstrichen ist das Leben eines Menschen. Eine Unmenge von Entscheidungen ist getroffen worden. Was hat er abgelehnt, und wofür hat er sich entschieden? Was tut er? Hier, in diesem ständigen Gleißen, ist er. Jetzt kann er sich den über ihm kreisenden, vergessenen Raumfahrer etwas besser vorstellen.

Er versucht, der ihm zugefallenen Rolle des internationalen Initiators gerecht zu werden. Herr K., wenn ich bitten darf, wenn es Ihnen irgend möglich ist, sollten Sie lieber den Mund halten. Du solltest dich tunlichst zurückhalten mit Ratschlägen an andere, was du uns raten könntest, das wissen andere ebenso. Niederträchtige Zeit – hehre Worte, hehre Zeit – niederträchtige Worte.

Nicht ich bin es, der die Dinge ordnet, andere sind es, die alles regeln. Ich werde abgeholt und gebracht, ich schließe die Augen und schweige. Der Landeanflug wird eingeleitet. KGY, der alte Herr, bewegt sich unruhig hin und her, enorm viele Kreuzworträtsel hat er gelöst. Die schneeweiße Stewardeß fragt mich, ob ich noch Tee haben möchte, ja, ich möchte. Nun wird sich gleich eine lange Warteschlange vor dem Immigration-Office bilden, der Stil dort ist ungezwungener, volkstümlicher und farbenfroher als auf europäischen Flughäfen.

Zusammen mit Jutka, aber auch allein habe ich bereits mehrmals im Gramercy Park Hotel gewohnt, nichts war hier modern, aber alles funktionierte, aus den alten massiven Wasserhähnen strömte reichlich Wasser, das Bett ist breit, man kann darauf liegen, wie es einem gefällt, alles gedrungen, solide, altmodisch, selbst die Bar mit ihren zeitlosen Ledersesseln und dem Klavierspiel, mit den abgeklärten Liedern, durch die sich der Künstler nicht anbiedert, sondern aus dem Hintergrund lediglich dazu ermuntert, zu uns selbst zu finden.

Gern umkreiste ich den mit Gittern eingezäunten Park, in entgegengesetzter Richtung zu den Joggern, so daß mein Ziel auch Pete's Tavern sein könnte, zwischen den schwarzen Möbeln bei einem Glas Gerstenwhisky deinen Gedanken nachhängen, das könnte der Übergang zu weiteren Gedanken in der Kneipe einer alten Frau in der A. Avenue sein. Ein Lebensziel braucht der Mensch, also schlendern wir dorthin.

Anderntags Mittagessen mit Kritikern, Verhandlung mit dem PEN-Ausschuß, anschließend ein Empfang, wie es heißt, zu meiner *honour*. Am nächsten Morgen – das kontinentale Frühstück, das mir ein zugeknöpfter beleibter Herr auf das Zimmer gebracht hat, hinter mir und die Ankurbelung des Kraftwerks des Lächelns noch vor mir – kann ich sagen, daß es mir auch jetzt noch eine große *honour* ist, umgeben von Applaus auf dem Kennedy Airport die Erde zu berühren, unter einem weiteren und leuchtenderen Himmel, im ausgedehnten Raum. In Pete's Kneipe lösen sich unsere europäischen Verkrampfungen.

Hier wirst du akzeptiert, wenn auch nicht in vollem Umfang, jedenfalls als weniger abstrakte Figur, nichts ist so wie daheim in Ungarn, denn hier bist du weder Mythos noch Zielscheibe, für das, was du bist und was du vertrittst, wirst du hier nicht gehaßt, gutmütige Blicke betrachten dich, um sich schließlich anderem zuzuwenden, du kannst dich geborgen fühlen.

Gemeinsam mit Drenka freuten wir uns über das schöne Buch, ich verriet ihr nicht, daß ich noch nicht einmal den Klappentext gelesen hatte. Und ich verheimlichte auch, daß ich mir noch nicht angesehen hatte, welcher Text mit welchen Kürzungen auf acht Seiten im *New Yorker* publiziert worden war und welche Passagen aus dem Manuskript das *Harper's Magazin* ausgewählt hatte.

Es graut mich vor dem, was ich an Beweisstücken liefere, immer öfter beschleicht mich ein peinliches Gefühl, wenn ich ein Lob über mich lese oder der Applaus zu lange anhält. Eine Stimme raunt mir zu, das wäre eigentlich nicht erlaubt, das steht dir nicht zu, das gilt einem anderen. Alsbald lenke ich das Gespräch auf unpersönliche Gegenstände, darauf, daß der Verlag wieder auf die Beine gekommen ist, für anderthalb Milliarden ist er vom Besitzer einer Kinokette gekauft worden, der wollte sein Geld in ein Prestigeobjekt investieren. Der Aktienkurs steigt, in das Gesamtbild der umfangreichen Produktion passen wir, einige europäische Schriftsteller, gut hinein.

Viele Gespräche hinter mir, viele Gespräche vor mir, alte Freunde, von Eitelkeit geprägte Verhandlungen mit PEN-Vertretern, wie soll das Auswahlverfahren für die internationalen Vizepräsidenten aussehen, welchen Namen soll eines der neuen PEN-Zentren tragen: Palästinensischer PEN oder PEN-Zentrum Palästinensischer Schriftsteller? Die Entscheidung dieser

Fragen verspricht äußerst heftige Diskussionen. Beide Angelegenheiten langweilen mich von vornherein.

Streitigkeiten mag ich nicht, wenn sich jemand über einen anderen beschwert, höre ich nicht gern zu, die meisten Kränkungen sind an den Haaren herbeigezogen. Die Scheinheiligkeit der Unversöhnlichen und die Verklärung des Grolls – gleich ob eine Person oder eine Gemeinschaft so agiert – kann ich absolut nicht ausstehen.

Schon wieder im Flugzeug von New York nach Los Angeles. Überall, wo meine Anwesenheit verlangt worden ist, war ich zugegen, am ersten Tag war mir ein Programm in die Hand gedrückt worden, das arbeitete ich ab, ein großes schwarzes Auto transportierte mich von einem Ort zum anderen, wechselnde Chauffeure, den stärksten Eindruck hinterließ ein aufgeklärter Haitianer, an das, woran seine Mama daheim glaube, daran glaube er nicht, stets wisse sie, wie es um ihren Sohn bestellt sei, als Voudouzauberin könne sie ihn ständig sehen. An böse Geister glaube er nicht, doch wenn sie dennoch kämen, dann habe er seine eigene Methode, um sie zu vertreiben. Aber wie? Er machte mich neugierig. Aus der Innentasche seines Sakkos holte er ein kleines zerfleddertes Büchlein hervor: das *Matthäus-Evangelium*.

Auf einer Konferenz sprachen wir über Ost- und Mitteleuropa, wir, die wir von dort stammen, und die New Yorker, die bei solchen Gelegenheiten zusammenkommen, die von der Sache betroffen oder daran interessiert sind. Jetzt wird gerade Essen ausgeteilt, schon der Geruch ist erschreckend, ich rümpfe die Nase und verlange nur einen Kaffee. Bleierne Müdigkeit überkommt mich, sie rät mir davon ab, etwas zu schreiben oder ein Buch in die Hand zu nehmen. Ja, eine Weile könnte ich wieder in New York leben, in der Gesellschaft von Jakov Lind und Allen Ginsberg etwas trinken, das wäre ein richtiges Erlebnis. Schlafen kann ich nicht, nur meine Glieder strecke ich aus, durch Anspannungs- und Lockerungsübungen schütze ich mich gegen die Klammheit, die in mich kriechen will. Allmählich werde ich normal, aus dem Umstand, daß es etwas zu essen gibt, folgt keineswegs, daß ich essen muß. Das Fleisch rühre ich nicht an. Was sich bewegt, das laß sich bewegen, essen sollst du es nicht.

Gern würde ich wieder im Kreis meiner Familie am Küchentisch sitzen. In einigen Stunden wird Jutka im dunkelblauen Lada mit den beiden Kindern nach Hegymagas aufbrechen. Erreichen kann ich sie dort nicht, im Haus gibt es kein Telefon. Nach meiner Rückkehr werden wir ein paar gemeinsame Tage verbringen, dann steht die nächste Tour nach Barcelona bevor. Dort werden viele Menschen versammelt sein, auch werden einige kleine Meinungsverschiedenheiten auszutragen sein, doch wenigstens begleitet mich Jutka dorthin, so daß ich sie jeden Abend sehen kann.

In der nächsten Wahlperiode werde ich abdanken, ich glaube, gesellschaftliche Arbeit habe ich genug geleistet. Den Guru hängen wir in den Schrank. Nach dem sechzigsten Geburtstag dürfen wir uns vergnügen.

Budapest tut meiner Gesundheit nicht gut, viele Dinge gibt es dort zu tun, die sich lediglich aus meiner Anwesenheit ergeben. Wenn ich nicht da bin, lösen sie sich in Wohlgefallen auf, also handelt es sich um nebulöse Aktionen.

Früher hat mich der Kommunismus nervös gemacht, jetzt ist es der Nationalismus, immer das, wovon es zu viel gibt. In Budapest habe ich mehr an politischen Diskussionen zu verdauen, zu intensiv die Beklommenheit, die mich erfaßt, auch körperlich bin ich involviert.

Wenn es die anderen nun schon einmal sind, warum sollten dann nicht auch die Ungarn Nationalisten sein? Vielleicht deshalb nicht, weil sie dem nationalen Interesse am erfolgversprechendsten dienen würden, wenn sie dem nationalistischen Verhaltensmuster eine Absage erteilten, gerade dadurch könnte Ungarn in der Staatengemeinschaft seinen Platz finden. Wie ritterlich, mutig und gastfreundlich die Ungarn als Volk sind, darüber kann man unterschiedlicher Meinung sein. Vor allem weise sollte dieses Volk sein wollen! Denn wenn es weise ist, dann wird es auch erfolgreich sein, dann wird es nach dem Erfolg nicht mehr lechzen, denn der wird sich als Nebenprodukt von selbst einstellen.

Für mich würde es auch Gefahren in sich bergen, wenn meine liberalen Freunde an die Macht kämen, denn dann würden sie von mir noch mehr öffentliches Engagement erwarten. Nach deinem sechzigsten Lebensjahr kannst du höflich ablehnende Briefe schreiben. Meiner Heimat diene ich nunmehr nur mit dem, was ich gern schreibe; Hausaufgaben gehören dazu nicht. Im Rentenalter kommt die Zeit des Hobbys. Du tust, was du tust, irgend etwas wird damit schon anzufangen sein. Je weniger aktuelle Informationen mich erreichen, desto besser funktioniert mein Gehirn. Dein Bewußtsein darfst du den tagespolitischen Nachrichten nicht ausliefern.

Wenn die diensthabende Unergründlichkeit der Langeweile, wovon irgendeine immer zur Stelle ist und mich zu belagern versucht, auftaucht und herumfaselt, leide ich echte Qualen, folgt meinerseits eine Ballettvorstellung und ich passe eine günstige Gelegenheit ab, mich davonzustehlen, doch die Schwätzer sind auf der Hut und erwischen mich.

Viele sich öffnende und schließende Münder, sie liegen dir in den Ohren, dann werden ihre Lider schwer, und sie schlafen ein. Junge Menschen sind auch im Schlaf schön, sie schnarchen nicht mit offenem Mund. Wenn ich es schaffte, mich in mein Hotelzimmer zurückzuziehen, rief ich Jutka an oder streckte mich auf dem Bett aus, steckte mir eine Zigarette an, schrieb ein paar Zeilen. Tagtäglich hatte ich Auftritte vor Publikum. Glücklich schätzte ich mich, wenn ein Interview nicht zustandekam.

Ich bin sehr pflichtbewußt. Jeder Aufgabe will ich gerecht werden, immer meine ganze Kraft einsetzend. Vor jedem Auftritt habe ich Lampenfieber, in New York nicht mehr als in einer ungarischen Kleinstadt. In den Sälen, in denen dir viele gegenübersitzen, geschieht stets das gleiche, in einer der vier Sprachen, die du sprichst, gibst du eine Vorstellung, hältst einen Monolog. Die Frage ist nur ein Vorwand, um zu improvisieren, um den Gegenstand einzukreisen. Von dir etwas Interessantes erzählen, damit dein Buch Erfolg hat, das grenzt an Gefallsucht, an Prostitution. Während der Interviews bemühte ich mich, zu meinem Gegenstand, zu mir als kulturgeschichtlichem Phänomen eine analytische Distanz zu wahren.

Ich rief niemanden an, lediglich meine Schwester Éva, meinen Schwager Péter und Yvette, nicht einmal für einen Spaziergang hatte ich Zeit, nur hier und da eine kleine Verschnaufpause. Am ersten Tag war ich begeistert, später erschien es mir natürlich, daß ich mich in Downtown umhertrieb. Angenehm, die mir befreundeten Schriftsteller wiederzusehen, Nestwärme. Hans Magnus ist nach wie vor der klügste unter uns, daran hat sich nichts geändert. Und die Fürstinnen sind auch weiterhin Fürstinnen. Mit ihrem kindlichen Gemüt, ihrer Eitelkeit, ihrer Prahlerei. Doch sollen die anderen Frauen etwas Vergleichbares sagen wie Susan, Tatjana oder Blaga! Und sollen doch die Männer etwas derart Bedeutungsvolles sagen, daß du es selbst auf polnisch gestottert verstehst oder zumindest verstehen willst. Den Uneingeweihten zuliebe: Auf Michnik spiele ich an. Und der Stammeshäuptling (Miłosz) kann sagen, was er will, er ist unser Doyen, unser Vater, unser Präsident, so scharf und originell, wie es von Zagajevsky erwartet wird, darf er nicht sein. Was er sagt, das ist uns immer ein Anlaß zum Nachdenken, selbst wenn er eine übliche Antwort gibt, denn dann denkst du darüber nach, was an dieser nicht allzu interessanten Reaktion interessant sein könnte, nur weil es sich um ihn handelt, kommt doch sogar dem Sprichwort aus seinem Mund und dem, das er durch die Wiederholung billigt, Bedeutung zu. Wenn ein Gedanke aufblitzt, und wie oft geschieht das!, wenn in den Augen wilde Lichter tanzen, wenn ein Fürst einer Dame das Geleit gibt, dann tauschen die Herren der Schöpfung ein verständnisinniges Lächeln aus. Seit neuestem hege ich für Brodski freundschaftlichere Gefühle, ebenso wie er für mich. Seine Herzoperation hat er hinter sich, inzwischen hat er geheiratet, er ist netter geworden, dessenungeachtet hat er nichts von seiner Arroganz eingebüßt. Drenka, meine Lektorin, ist schon eine alte Verwandte, so manches wissen wir von der Familie und dem Zuhause des anderen. Die Leute des PEN waren liebenswürdig, und drei junge Interviewer machten auf mich einen sehr guten Eindruck. Dan Max und Elisabeth Mitchell suchten mich im Hotel auf und waren gründlich vorbereitet. Das beste Gespräch führte ich im Rundfunkstudio des PBS in der Carnegie Hall mit einer Dame, die in Philadelphia saß und lediglich im Kopfhörer sowie auf einem Foto an der Wand zugegen war. Mit geschlossenen Augen spreche ich sonst mit niemandem, höchstens mit meiner Frau im Bett, dann allerdings ist es auch gestattet einzuschlafen. Das rein auditiv-mündliche Medium, die von maschineller Vermittlung der Schrift freie Formulierung kann eine sehr konzentrierte Kunstgattung sein, und jene imaginär-weibliche Herausforderung, die Neugier einer intelligenten Stimme übt einen günstigen Einfluß aus. Den Namen der Dame habe ich leider vergessen.

Von Los Angeles kommend landet die große Delta-Air-Lines-Maschine auf dem Kennedy Airport, hier sitze ich einige Stunden in einem Kunstledersessel, in der Nähe vom Schuhputzautomaten, in einem vollklimatisierten überdachten Raum, am Schnittpunkt sich verzweigender Hallen, vor mir Händler, über mir Lautsprecher. Ich vertiefe mich in die Lektüre des *Economist*, ich genieße die geistreich freimütige Sprache und die zurückhaltenden Stellungnahmen. Die Eleganz des Klarblicks.

In meinem Beruf rechnet man nicht von vornherein mit dem schnellen Tod der Nachricht. Verschwunden im unendlichen Strom der Tagesnachrichten ist die Gerichtsreportage über den Prozeß eines des Vatermords angeklagten Jungen, Mitja Karamasows Prozeß indes hat die Zeiten unbeschadet überdauert. Der Zeitungsartikel ist für einen einzigen Tag gemacht, und um darüber berichten zu können, hat die Sache, das Ereignis geschehen müssen. Die Ereignisse im Roman dagegen mußten keineswegs geschehen.

Ich döse vor mich hin, manchmal schließe ich die Augen, trinke ein Bier und esse Hot dogs in einer Kneipe. Am Nachbartisch kauen zwei junge Ungarinnen Kaugummi, aus dem Umstand, wie professionell sie über eine dritte herziehen, deren Bauch größer und deren Beine kürzer seien, als auf den Fotos zu sehen sei, aus dieser Beschreibung läßt sich ableiten, daß es sich um angehende Schönheitsköniginnen oder wenigstens Fotomodelle handelt. Auf ihren Gesichtern schon jetzt Hochmut und Langeweile.

Acht Flugstunden bis nach Frankfurt, dort treffe ich Tamás Ungvári, auf einem Barhocker sitzend bei einem Glas Bier, an einem Skirennen der Veteranen in Colorado hat er teilgenommen und den vorletzten Platz belegt, für das Ergebnis schämt er sich etwas, ich dagegen bekunde größte Hochachtung davor, daß er sich auf ein solches Experiment überhaupt eingelassen hat.

Ebenso geht es mir mit Iván Szelényi, der vielleicht gerade heute bei dem großen Marathon in Monterey, dem Ort von Steinbecks sympathischen Halunken, startet. Allmorgendlich joggt Iván durch die Bucht und über Venice durch die Strandpromenade, wo Hahnenkammaskeraden mit geschminkten Gesichtern auf Rollschuhen als bewegungslose Statuen oder dir entgegenwalzende, mit den Zähnen klappernde Vampire in verrücktesten Kostümen versuchen, die Aufmerksamkeit auf sich zu lenken. Alle wollen sie etwas anderes sein, als sie sind, hunderttausend junge Leute zahlen in der Gewerkschaft der Schauspieler Mitgliedsbeiträge, um zur Kaste der Komödianten zu gehören. Was immer sie sonst betreiben, was immer ihr Broterwerb sein mag, die edlere Hälfte ihres Wesens hat sich der Welt des Theaters und der Filmstudios verschrieben.

Und bereits im ungarischen Luftraum. Ein bißchen müde bin ich, seit fünfzehn Stunden sitze ich im Flugzeug, seit vierundzwanzig Stunden bin ich unterwegs, Traum und Wirklichkeit gehen ineinander über, Hegymagas ist das Reiseziel, meine Familie.

Meine Freunde habe ich gehört und die aus der Zeitung bekannten Größen, berühmte Geister, und wieder mußte ich zu dem Schluß gelangen, daß die Welt über uns hinweggeht, nicht das geschieht, was wir für gut halten, was wir planen, was wir uns vorstellen, was wir vorhersehen, sondern etwas anderes, als rätselhafte Wirkung eines Mechanismus verborgener Kräfte, manchmal noch schlimmer als erwartet, manchmal weniger schlimm, der Mensch mit seinem kleinen Verstand hetzt den Ereignissen hinterher, sofern er gerade Lust dazu verspürt.

Etwas anderes die Haltung des Skeptikers, er weiß, daß die eine durch die nächste Torheit abgelöst wird. Daran, daß nach einer Torheit eine Klugheit folgen könnte, denkt er nun wirklich nicht. Wenn es bisher nicht so gewesen ist, weshalb sollte es ausgerechnet jetzt so sein? Diese kühle Bereitschaft zum Bösen, zu den Aktivitäten des Wahnsinns, zu dem heimtückischen Zuschnappen des Krokodilmenschen, diese Überzeugung, daß eine sinnvolle Zusammenarbeit mit vernunftbegabten Wesen nicht möglich ist, weil sie von irgendeinem Wahnglauben besessen sind, sollte diese Resignation vor dem Angesicht des HERRN erbärmlicher sein als die rege Seelenarbeit des Menschen, der fähig ist zu vertrauen und enttäuscht zu sein, begeistert zu sein und Verwünschungen auszustoßen?

Genau über Ungarn reißt die Wolkendecke auf, es bläst der Wind, jagt die Fetzen vor sich her, sie werfen ihren Schatten auf die großen grünen und braunen Fluren, auf die in lockerer Anordnung verstreuten Dörfer, und unter uns ist schon Óbuda zu sehen, die Donau, auch das Wasser wird in unseren Schatten gehüllt, die Maschine bebt und wird durchgerüttelt, ein bißchen sackt sie ab, das schlimmste haben wir bereits hinter uns, Äcker, Wälder, Landung, Taxi.

Beim Betreten der Wohnung klingelt das Telefon, ich nehme den Hörer ab, am anderen Ende Jutka aus Hegymagas, eine Weile später meine Mutter, am Nachmittag werde ich weiterreisen, abends werde ich auf dem Bahnhof erwartet. In der leeren Wohnung ungarische Zeitungen und ein Stoß Briefe, große Veränderungen sind in der Zwischenzeit hier nicht eingetreten, meine politischen Freunde finden allmählich ihr Selbstvertrauen wieder.

Ich blicke zum Zugfenster hinaus, das tut meinen Augen wohl, saftig grüne Felder, blühende Sauerkirschbäume, vorsichtig ihr Laub entfaltende Pappeln und Vertrauen erwekkende richtige Häuser aus Ziegeln und nicht aus Brettern. Im Zug gutgekleidete junge Leute, einige grüßen mich, ich stehe im Gang hinter dem Fenster, und einfach alles empfinde ich jetzt als angenehm. Selbst das hohe Grundwasser längs des Bahndamms, selbst das dezente Rattern am Schilf vorbei, und schließlich der leichte Hochwald bereitet mir einen durch nichts ersetzbaren Genuß. Ich spüre die gleiche Freude wie damals, als ich fünf Jahre alt war und zum Zugfenster hinaussah.

Am Ufer des Plattensees hohe Kastanienbäume, schlanke Tannen, Tennisplätze, Gießkannen, Holzhäuser, Buden, Sträucher, an einen Holzpfosten gelehnt ein verrostetes Wasserfaß zum Duschen, die Kinder haben das Haus gewiß schon verlassen. »Geschenk der Götter«, so ist an der Fassade des einen Hauses zu lesen. Die Leute holen die Gartenmöbel aus der Garage hervor. Zwei Obdachlose streben dem Steg im Schilf zu, sie werden angeln und dann den Fisch braten, wenn einer angebissen hat.

Jemand sitzt in einem Boot, im gelben Schilf ankert eine leere Zille. Zwischen zwei Waggons eines vorbeirasenden Güterzugs der Wasserspiegel des Sees, der in der Ferne bläulich schimmert, tiefblau, in der Nähe grün.

Noch sind die Rolläden der Häuser der Sommerfrischler heruntergelassen, noch haben die Gaststätten nicht geöffnet. Espressos, Plumpsklos, Supermärkte, Segelboote, Wendeltreppen, auf dem Hof Reisig zu Haufen aufgetürmt, in den Laubengängen Brennholz.

Hier das kleine Hotel, in dem ich vor vierzig Jahren mit Vera abgestiegen bin, wo mir im vergangenen Monat ein Lkw-Fahrer sein ganzes Leben erzählt hat. Im Abteil die freundliche Gegenwart einer jungen Frau, sie studiert Strafrecht und fragt mich, ob ich ich sei. Zwischen zwei erloschenen Vulkanen schlängeln wir uns hindurch, auf dem Bahnsteig rennen zwei Kinder ihrem Vater entgegen, Áron und József, wie gewöhnlich, so küsse ich ihren Kopf, und als ich bereits Jutka in den Armen halte, kann ich ehrlich sagen, daß ich jetzt nicht müde sei, absolut nicht.

Bürger sein (II)

Mai 1992. Die Verinnerlichung der Staatsgesellschaft bringt die bürgerliche Gesellschaft hervor. Der Staatsmensch ist eine Art Richter, aus dem kommunistischen Moralismus ist antikommunistischer Moralismus geworden. Verlogen sind sie beide. Wer früher geschwiegen hat, der sollte jetzt nicht schreien. Wer sich früher geduckt hat, der sollte sich jetzt nicht großtun. Wer tatsächlich verboten gewesen ist, der will selbst nicht verbieten. Der wirkliche Intellektuelle will kein Kopfjäger sein.

Niemand kann sich freisprechen von der Schuld des Gehorsams. Mehr oder weniger ist ein jeder als Komplize zu betrachten, hat er sich doch entsprechend den Spielregeln verhalten. Mittäter ein jeder, der bestimmte Funktionsmechanismen akzeptiert hat, legal eine Führungsposition innegehabt, geforscht und publiziert hat, legal Auslandsreisen unternommen hat, weil er in den Genuß von Privilegien gekommen ist, die in einem Rechtsstaat Rechte sind, in einer Diktatur dagegen eine Gnade, die anderen aus politischen Erwägungen entzogen worden ist.

Die moralische Qualifizierung der anderen sollte ein Ende haben! Du hast keinen Grund zu prahlen, sieh dich doch an! Wer heute Rechenschaft fordert, der will nichts anderes als die Kommunisten damals nach der Machtübernahme und im Verlauf der Säuberungen. Niemand hat das Recht dazu, von anderen Rechenschaft einzuklagen. Denjenigen moralisch Unbefleckten, der sich das Recht herausnimmt, über andere zu Gericht zu sitzen, möchte ich sehen.

Wer wahrhaft rein ist, der sagt: Gehe hin und sündige nicht mehr! Zu urteilen steht uns nicht zu, in aller Stille allerdings können wir uns von dem zurückziehen, der unserem Geschmack zuwider ist. Private Ablehnung. Doch es erhebt sich die Frage, ob es nicht ebenso gen Himmel stinkt, wenn du dich von dem zurückziehst, mit dem du im vorangegangenen Regime geplaudert hast. An den eigenen Gestank scheinen wir uns relativ leicht zu gewöhnen, darin besteht unsere Schwäche.

Mit der Systemwende wird die Gunst der Stunde genutzt, um über andere zu Gericht zu sitzen, Neid und Verletztsein feiern rauschende Feste, das neuernannte gute Gewissen erhält ideologischen Aufschwung, wodurch es sich aggressiver verhält als das praktizierte schlechte Gewissen. Alte Mächte hatten bereits ihren Anteil am Verbrechen, weshalb sie sich etwas mehr zurückhalten; die neugebackene aufwärtsstrebende Machtelite dagegen hat das Gefühl, ein moralisches Vorrecht auf die Macht zu besitzen, da sie noch keine Gelegenheit hatte, sich schuldig zu machen. Diese neuen Machthaber sind ausgesprochen gefährlich, da sie den Sündenfall noch nicht hinter, sondern vor sich haben.

Der Ständemensch, der untergeordnete Mensch neigt moralisch fortwährend zur Gewalttätigkeit, überlegen will er sein, triumphieren und verachten. Unpersönlichen Institutionen gegenüber ist der Ständemensch loyal, individueller Gerechtigkeitssinn ist ihm fremd. Ein Individualist ist der Ständemensch nicht, und deshalb interessiert ihn auch am anderen nicht dessen Individualität, sondern dessen Rolle. Der Ständemensch erniedrigt gern den, der gerade eine Niederlage erlitten hat, der am Boden liegt und der von der herrschenden Richtung angegriffen wird. In der Ständegesellschaft herrschen irgendeine Religion und Idee, ein Symbol, deren positive Rolle von den Ständemenschen angeeignet wird, die dagegen Opponierenden indes werden mit den moralisch Bösen identifiziert.

Der Herdenmensch übt sich bei seinem Urteil im vorauseilenden Gehorsam, um nicht selbst verurteilt zu werden. Lieber schließt er sich der brüllenden Masse an, um nicht selbst aufs Korn genommen zu werden. Aus welchem Grunde sollte man annehmen, der Konformismus sei ein Privileg der Kommunisten? Als hätte es in der Zeit vor dem Kommunismus nicht mehr als genug konservative Feigheit und Herdengeist gegeben! Die Ablehnung kommunistischen Ständewesens rechtfertigt in der

Retrospektive die früheren Ständeformen und die damit einhergehenden Unmenschlichkeiten nicht.

Zu viel Politik? Als hätte es früher keine gegeben! Wie artikulierte sich denn das, was keine Politik gewesen ist? Auch das Schweigen war Politik, auch das nach Ausflüchten suchende Verhalten. Die sinnlose Arbeit war Politik, die Anpassung an das Regime von morgens bis abends. Die Menschen steckten voller Politik, und dies äußerte sich gerade in ihrem Schweigen.

Noch ist das politische Kauderwelsch nicht aus der Mode, doch es gibt bereits Leute, deren Stimme einen unverwechselbaren eigenen Klang hat. Und dies läßt sich nicht mehr rückgängig machen. Was wir jetzt gelernt haben, das werden wir nicht mehr vergessen. Die despotische und gelegentlich sogar bis zum Mord gehende Gewalt als Mittel politischen Machterhalts werden die Bürger nicht länger für natürlich halten. Gekommen ist das Ende unwissender Ergebenheit.

Die Befreiung von der Angst erfordert viel Training und viel Zeit. Oftmals vermag es die Gesellschaft nur zum Haß auf den alten Vater zu bringen und dazu, sich in einen jüngeren zu verlieben. Doch noch immer sucht die Ärmste nach einem Vater, nach richtungweisenden Regeln.

Wer sowohl den Faschismus als auch den Kommunismus erlebt hat, der weiß, was den anderen als Erfahrung erspart geblieben ist.

Freiheit ist selbst dann ein hohes Gut, wenn der materielle Wohlstand für eine geraume Zeit ausbleibt. Dauerhafte Freiheit geht im allgemeinen mit materiellem Wohlstand einher, doch auch wenn wir die kommunistische Diktatur mit einigen neuartigen Flüchen belegen, wird noch lange kein üppiger Einkaufskorb aus der Höhe herabschweben. Es ist abstoßend, wie sich die frischgebackenen Demokraten ihren Fahnenwechsel unverzüglich bezahlen lassen wollen. Gerade erst haben wir die eigene Befreiung eingeleitet, und schon erwarten wir dafür eine Belohnung? Als würden wir es gar nicht für uns

selbst tun, sondern deshalb, weil wir nach einem neuen Herrn suchen.

Die Entscheidung für einen neuen Herrn steht nicht zur Debatte, mit der feudalen Unterwürfigkeit ist es vorbei, die Rolle des Satelliten ist ausgespielt. Der Satellit gibt sich mit allem zufrieden, alles, was vom HERRN kommt, gefällt ihm. Zwei verschiedene Knechtschaften, zwei verschiedene Verneigungen vor dem Materialismus: sowjetischer Machtkult und westlicher Konsumkult. Was also sollen wir kultivieren? Allein und zusammen mit unseren Gefährten den *angenehmen Zeitvertreib*. Angenehm? Was ein jeder dafür hält.

Im Gespräch besteht die Macht der Intellektuellen, im Gespräch, das in unserer Umgebung stattfindet. Wer das Gespräch beherrscht, der beherrscht die Gesellschaft. Das Monopol über die Medien reicht für diese Herrschaft nicht aus, etwas zusammenhängend Sinnvolles muß darin mitgeteilt werden. Sieg der Intelligenz: Statt der bisherigen werden nun andere Intellektuelle reden oder dieselben, nur anders.

Die sozialistische Intelligenz ist aus dem intellektuellen Bürgertum hervorgegangen und kehrt jetzt dorthin zurück. Die osteuropäische Intelligenz war auch nach dem Zweiten Weltkrieg darum bemüht, sich an der Lebensweise der früheren, der westlichen gebildeten Mittelschicht zu orientieren. Dorthin führt der Weg zurück, die Intelligenz schließt Frieden mit dem Bürgertum. Ihr ist klargeworden, daß das Geschäft mit dem Kommunismus recht verlustreich gewesen ist. Freiheit und Normalität im westlichen Sinn waren verlorengegangen. Der Staatsintelligenz im westlichen Sinn war es nicht vergönnt, sich normal zu verhalten. Was der Intellektuelle wirklich dachte, durfte er öffentlich nicht aussprechen, in privater Gesellschaft redete er anders als vor einer größeren Zuhörerschaft; dieses schizoide Verhalten – die strenge Trennung von Öffentlichem und Privatem – war kläglich.

Das ständige Abwägen, ob etwas erlaubt oder nicht erlaubt sei, ist krankmachend. Die Bühne des gesamten Denkens und

Selbstbewußtseins der Staatsintelligenz war erfüllt von der Dialektik der Angst und Ermutigung. In zunehmender Anzahl wollten sich die Intellektuellen von diesem Ballast befreien. Gegen Ende erwies sich das Kádár-Regime als ein ziemlich nachgiebiges Ancien Régime. Es griff die Versuchung um sich, im Geist des liberalen Rationalismus ein normales Verhalten an den Tag zu legen.

Das kommunistisch-bürokratische Abenteuer, dieses nicht allzu lange und nicht allzu erfolgreiche Abenteuer, war in der kollektiven Karriere der Intelligenz lediglich ein Abstecher. Zahlreiche Intellektuelle hat es gegeben, die sich vom kommunistischen Radikalismus angezogen fühlten, ebenso wie sie sich vor dem Krieg vom faschistischen Radikalismus angezogen gefühlt hatten. Viele begabte Menschen unterlagen beiden Versuchungen oder nur der einen. Manche widerstanden beiden Versuchungen, viele allerdings nicht. Beide Ehen endeten mit einer Scheidung, keine davon ging mit einer Entfaltung der Intelligenz einher, beide brachten einen kollektivistischen Dienst mit sich, was sich nur auf die Mittelmäßigen günstig auswirkte. Daß sich die Mittelmäßigen in der Mehrheit befinden, muß anerkannt werden.

Möglicherweise ist die Versuchung sehr stark, ja sogar unwiderstehlich gewesen, zumal die eine mit der deutschen, die andere mit der sowjetisch-russischen Hegemonie gepaart war. Einen Beweis dafür, daß die innere Entwicklung der Länder auch ohne die Eroberung von außen zur Realisierung des deutschen beziehungsweise sowjetischen Modells geführt hätte, gibt es nicht. Die bürgerliche Entwicklung war nicht versperrt, das belegt die Zeit der Doppelmonarchie. Sie schloß sowohl eine rechtsradikale als auch eine linksradikale Diktatur aus und gewährte einer allmählichen bürgerlichen Entwicklung Raum. Die mitteleuropäische Integration war ein fruchtbringenderer und organischerer Rahmen als die nationalen Nachfolgestaaten, die der Reihe nach nationalistischer oder kommunistischer Willkürherrschaft zustrebten. Wenn ein breites Bürgertum, wovon die Intelligenz, der gebildete Mittelstand, lediglich ein Teil ist, die Grundlage der Demokratie bildet, dann besitzt die Demokratie in Osteuropa auch heute kein stabiles Fundament. Sollte eine bürgerliche Entwicklung ohne ein beachtliches Besitzbürgertum möglich sein?

Den Intellektuellen könnten wir auch als eigentlichen Bürger beschreiben. Der Schriftsteller ist ein Heimarbeiter. Seine geistigen Produkte will er frei verkaufen und veröffentlichen können, das ist sein ureigenstes Interesse. Daß sich Beamte in dieses freie Tauschgeschäft einmischen, ist nicht in seinem Sinn. Strukturell unterscheidet sich mein Interesse nicht von dem des besitzenden Bürgertums. Und diejenigen unter den Intellektuellen, die jeden erneuten etatistischen Versuch als das betrachten, was er ist, nämlich aggressive Stümperei, sind bereits in der Mehrheit. Dem könnte entgegengehalten werden, daß selbst in der am wenigsten etatistisch geprägten Nation, den USA, ein größerer Teil der Intelligenz vom Staat lebt, daß die Intellektuellen an Universitäten tätig sind, die vom Staat unterhalten werden, oder an Korporationen, die im staatlichen Auftrag arbeiten. Der größere Teil der westlichen Intelligenz ist in großen Konzernen oder bei großen staatlichen Organisationen angestellt und besitzt keine selbständige bürgerliche Existenz. Im allgemeinen ist es für die Intelligenz charakteristisch, daß sie auf staatliche Subventionen angewiesen ist. Den schwächeren Werken garantiert der Markt den größeren Erfolg. Je wertvoller ein Werk ist, desto unsicherer ist es, ob es der Markt zu schätzen vermag.

Das mag so sein, doch wenn ein Schriftsteller sein Buch verkaufen will, hat er nicht vorrangig das Bedürfnis, durch das Honorar eine vielköpfige Familie unterhalten zu können, wichtig ist ihm vielmehr erst einmal, daß der Verkauf überhaupt zustande kommen kann, und zwar frei von Einschränkungen, die mit dem Markt nichts zu tun haben. Es liegt im Interesse des Schriftstellers, beim Verkauf nicht behindert zu werden; in diesem Sinne ist sein Anspruch bürgerlicher Natur.

Im Verkaufsprozeß, im literarischen Kreislauf ist die Zensur ein marktexterner Hinderungsfaktor und somit ein Fremdkörper innerhalb der bürgerlichen Gesellschaft.

Die Intelligenz ist identisch mit der Geschichte des Kampfes um die eigene Autonomie und Heteronomie. Ich bin eins mit meiner Freiheit und meinen Abhängigkeiten. Ich kann mich sogar dazu entschließen, die angemessene Qualität meiner Arbeit über die Chancen ihres Publikumserfolgs zu stellen und folglich ärmer zu sein als viele genügsame Handwerker. Meine relative Armut schließt ein bürgerliches Sein nicht aus, nicht alle Bürger sind erfolgreich und reich.

Dessenungeachtet ist es möglich, daß die überwiegende Mehrheit der Intelligenz mehr an Subventionen interessiert ist als an einer Selbständigkeit, die sich an der rauhen Wirklichkeit des Markts orientiert. Es ist also fraglich, ob die Intelligenz dazu in der Lage ist, der bürgerlichen Entwicklung Impulse zu geben, wenn sie an den Distributionsverhältnissen des Markts nicht wirklich interessiert ist.

Hinzufügen sollten wir, daß auch das Besitzbürgertum nicht eindeutig an der bürgerlichen Freiheit interessiert ist und noch weniger an der liberalen Demokratie, hat es doch schon in verschiedensten Systemen gelebt und Kompromisse geschlossen. In absolutistischen, monarchistischen, konservativen, autoritären und faschistischen Regimen hat das Besitzbürgertum bereits gelebt und sich der herrschenden Politik gegenüber ziemlich unterwürfig verhalten, es hat sich verneigt vor der Aristokratie, den Offizieren und der Gentry, hat Angst vor ihnen gehabt und die Autorität geachtet.

Die kommunistische Variante der bürokratischen Herrschaftsordnung hat abgewirtschaftet, der Weg ist frei für eine andere Herrschaftsordnung, es könnte eine religiös-nationalistische Bürokratie entstehen, wenn die Prioritäten so gesetzt werden, daß Fachwissen der politischen Loyalität, der neuen Ideologie, Ikonographie und Phraseologie untergeordnet wird.

Schon einmal hat es die Intelligenz geschafft, einen Bürokratenstatus anzunehmen, diese Metamorphose könnte sich wiederholen. Staatsintelligenz und Staatsbourgeoisie sind zu einem nicht geringen Teil regierungstreu und haben gegen ein Anwachsen der staatlichen Umverteilungsmechanismen nichts einzuwenden, da dies für sie von Vorteil ist.

Jene Gesellschaft, die noch keineswegs eine kapitalistische ist, da ihre Wirtschaft allzu sehr vom Staat abhängig ist, könnten wir antikommunistischen nationalistischen Sozialismus nennen. Da die Banken größtenteils noch Staatseigentum sind, könnte ihnen die Regierung das Kapital entziehen. Die Kalkulation ist noch immer ein Danaidenfaß, die Regierung hat die Möglichkeit, die Steuern nach Belieben zu erhöhen, die Wirtschaft hat keine Möglichkeit, dem etwas entgegenzusetzen. Die Bourgeoisie erhofft sich staatliche Aufträge, die Selbständigkeit der Journalisten ist im Schrumpfen begriffen.

Es bildet sich eine neue Kaderelite heraus, nun allerdings im Zeichen nationalistischen Etatismus. An die Stelle des sozialistischen Kaders ist der frischgebackene nationalistische Kader getreten, und wenn der Name derselbe geblieben ist, ist das ihm eingegebene Programm ein wenig anders, die persönliche Haltung unterscheidet sich indes nicht sonderlich; ein Kader ist und bleibt er. Als Gegenleistung für Macht und Besitz gibt er Treue, und die besten Siegesaussichten im Wettbewerb bestehen für ihn dann, wenn andere zum Wettkampf erst gar nicht antreten können, und das ist der Grund dafür, daß er zu dem gleichen fundamentalistischen Verhalten neigt wie seine gestrigen Vorgänger. Die zweite, dritte Garnitur der Intelligenz, das unübersehbare Heer derer, die höchstens Mittelmaß zu bieten haben, steht bereit, Dienste anzubieten, die bedingungslose Identifizierung mit der Sache, sie sind gewappnet, auf die Kritiker einen Frontalangriff zu starten, Voraussetzung dafür ist lediglich die Aufnahme als Kader. Spitzel finden sich bei Bedarf immer, die riesige Reservearmee der Dummen hechelt glücklich, wenn sie in der Staatshierarchie befördert wird. Bei jedem Systemwechsel gibt es reichlich Anwärter, die ihren Anspruch geltend machen, daß nun sie an der Reihe seien, daß nun sie die Stufenleiter emporklettern wollten. Die dienstwilligen zweitklassigen Geister überziehen alsbald die sie umgebenden kollektiven Verhaltenspanzer, der ein offenes Gespräch fast unmöglich macht, mit einer Kruste. Auch die neue Herrschaftselite homogenisiert ihre Mitglieder, knetet sie zu einer gleichgeschalteten Masse. Bist du bereit, allem zuzustimmen, was von oben kommt? Bist du bereit, der Obrigkeit zuliebe deine früheren Neigungen zu verleugnen? Bist du bereit, auf Anweisung zu lügen? Wenn ja, dann können wir dich gebrauchen.

Die neue Kaderelite fängt an, sich von der Intelligenz zu lösen, diese ihrerseits fängt an, in einen luftleeren Raum zu gelangen, die Subventionen bleiben aus, Erfolge auf dem Markt sind nicht zu erhoffen, denn der Markt ist arm und eng, selbst die neutrale Sphäre schrumpft, die in der Kádár-Ära bereits ziemlich breit angelegt war und denen gehörte, die weder dem Regierungs- noch dem Oppositionslager zuzuordnen waren.

Es stellt sich die Frage, ob diese Homogenisierungsoperation erfolgreich sein wird.

Es stellt sich die Frage, ob die neue Bürokratie viele religiös-nationalistische Kader hervorbringen wird. Möglicherweise wird eine solche Entwicklung nicht eintreten, da die Kultur des bürgerlichen Pluralismus stärker ist, da die kontrollierende und ausgleichende Macht der verschiedenen intellektuellen Gruppierungen, die ein Fortkommen auch ohne streberhaftes Sich-Anbiedern ermöglicht, gewichtiger ist.

Mit seinen Gegnern, den neuen Unpersonen, versucht der antisozialistische nationalistische Sozialismus so umzugehen, daß es kein Aufsehen erregt, ja nicht einmal die äußeren Rahmenbedingungen einer korrekten parlamentarischen Demokratie verletzt werden. Unpersonen allerdings werden gebraucht, Feinde und Opfer, geben sie doch dem Fundamentalismus einen Sinn. Einen großen Erfolg prophezeie ich solchen Winkelzügen nicht, die Welt ist langsam, dumm jedoch nicht, früher oder später kommt sie einem auf die Schliche.

Bürgerlich würde ich jene Rolle nennen, zu der sich jemand bekennt und die ein persönliches Gepräge aufweist. Der Tischler und der Werkzeugschlosser können ebenso Bürger sein wie der Bankier oder der Schriftsteller, wenn er seinen Beruf beherrscht, ihn ernstnimmt und zuverlässig auf hohem Niveau ausübt.

Es genügt nicht, wenn der Mensch nur über einen Beruf, nur über eine Rolle im Arbeitsleben verfügt. Aus der Sicht des Überlebens wäre es leichtsinnig, alles auf eine Karte zu setzen. Der Tausendsassa, der ohne große Anstrengung verschiedene Berufe erlernt und sich in unerwarteten Lebenslagen zurechtfindet, der mit Hilfe von Gestalt- und Rollenwechsel menschliche Phasen passiert, der menschliche Standhaftigkeit als ein Spiel um Leben und Tod oder jedenfalls als ein Spiel begreift, der Tausendsassa also besitzt mehr Chancen als andere.

Gewiß, von irgend etwas muß du leben, gewiß, mit irgend etwas mußt du deine Familie unterhalten. Noch wichtiger aber sind Vergnügen und Freude an der Arbeit, weil du sie anständig ausführst. Unter Bürger verstehe ich kein Monument der Beständigkeit, das kleinkarierte Festhalten an allem, was man besitzt.

Für bürgerlich würde ich vor allem die Treue zu uns selbst halten, die Fähigkeit, uns selbst neu zu erschaffen, das sich erneuernde schöpferische Potential. Jene Flexibilität, die sich an der realen Welt orientiert, die unter Berücksichtigung der Gegebenheiten das Schiff steuert und über aufkommende Stürme die Oberhand gewinnt. Die Vitalität, dem Unglück die Stirn zu bieten, halte ich für bürgerlich, die Fähigkeit, sich über vorgeschriebene Verhaltensmuster hinwegzusetzen, die Haltung eines Menschen, der nicht in Tradition und Ständedisziplin erstarrt ist, den der Paartanz von praktischer Vernunft und kontemplativer Befreiung junghält.

Ein Fabrikarbeiter oder ein Verkäufer wollen kein Schriftsteller sein. Wer das von frühester Jugend an sein will, der wird es vermutlich auch werden. Ein mehr oder weniger guter, jedenfalls aber ein Schriftsteller. Die Begabung teilt dem Willen mit, was er zu tun hat. Der Mensch wird das, was er mit der ganzen Kraft seines Wesens werden will. Wenn er sich wirklich zu etwas entschlossen hat, wenn er sich eine Arbeit ausgesucht hat, die ihm gefällt und mit der er noch dazu Geld verdienen kann, dann wird ihm sein Vorhaben gelingen. Die Mehrheit der Menschen ist mit ihrer Arbeit zufrieden und hält diese für nützlich. Sonst würde sie vermutlich etwas anderes tun.

Die Menschen für Opfer zu halten, für unterdrückt, hilflos, fremdbestimmt, für Wesen, die unter bösartigen Außensteuerungen zu leiden haben, darin besteht die Schwäche linksorientierten Denkens. Die Linke identifiziert das Gute mit »unten«, das Böse mit »oben«.

Meine Erfahrung dagegen ist die, daß die meisten Menschen ihren Platz im Leben gefunden haben, sie tun das, was sie gelernt, erworben, womit sie sich abgefunden haben. Vom Schalterbeamten bei der Eisenbahn bis zum Schaffner, vom Straßenwalzenführer bis zum Kranführer sehe ich lauter Menschen, denen Selbstachtung bei ihrer Arbeit nicht fremd ist und die auch von ihrer Umgebung Achtung erwarten. Abends beim gemeinsamen Bier in der Kneipe hat der Lkw-Fahrer nicht das Gefühl, mir unterlegen zu sein, er erkennt lediglich an, daß ich das eine und andere weiß, wovon er keine Ahnung hat, doch ohne größere Anstrengung kann er sich davon überzeugen, daß auch er das eine und andere weiß, wovon ich keine Ahnung habe. Auge in Auge sitzen wir uns gegenüber auf der Bank, weder aufsehen müssen wir noch auf den anderen herab.

Opfer sind die meisten Menschen nicht. Arm? Sie sind in guter körperlicher Verfassung, haben ein schönes Haus, der Garten trägt zur Versorgung bei, gern verrichten sie handwerkliche oder Gartenarbeit, manch einer fühlt sich unwohl, wenn er gerade nichts zu tun hat. Mit ihrer gegenwärtigen Lage kommen sie zurecht.

Die traditionelle Ständegesellschaft identifiziert die Statushierarchie mit der Wertehierarchie. Für linkes Denken verhält es sich gerade umgekehrt. Am besten sei es demnach, wenn man außer seinen Ketten nichts verlieren könnte. Das ist ein ziemlich romantisches Bild, denn wer schon ein Einfamilienhaus besitzt, und das trifft für die Mehrheit der Menschen zu, der hat bereits sehr viel zu verlieren. Wir alle haben sehr viel zu verlieren, gehören wir doch irgendwohin, zu einer Firma, zu einer Stadt, zu einem Land, oben und unten, alle sind wir am Geschäft interessiert. Der eine spricht darüber mehr, der andere weniger.

Gegen die Moralisierung der Statushierarchie, gegen deren Identifizierung mit der Wertehierarchie habe ich etwas einzuwenden, gleich, ob rechtsorientiert von oben nach unten, oder linksorientiert von unten nach oben. Die Tatsache, daß jemand in der Hierarchie weiter oben oder unten steht, macht ihn weder besser noch schlechter. Gesellschaftliche Lage und Wert hängen nicht miteinander zusammen. Die Tatsache, daß du etwas besitzt, beziehungsweise die Tatsache, daß du nichts besitzt, macht dich weder besser noch schlechter. Gesellschaftliche und persönlich-qualitative Ungleichheit sind voneinander zu trennen, ein relevanter Zusammenhang zwischen ihnen besteht nicht.

Linksorientiertes Denken ist die Projektion eines von Selbstmitleid geprägten Weltbilds auf die Welt. Auch christliche Metaphysik verbirgt sich dahinter, die das Leben als Jammertal, als Qual betrachtet, die dem Leben irreale Ideale entgegensetzt und dem Leiden eine erfreuliche Seite abgewinnt. Statt von einem Jammertal könnte man auch von einem absoluten Skandal sprechen.

Die Priester sind korporativ daran interessiert, das Leben schlechtzumachen, wird doch dadurch der eigene Bafel aufgewertet. Stets bieten sie statt der gegebenen Welt, in Opposition zu dieser und sie verneinend, etwas anderes an. Ich mag den Duft des Lindenbaums am Straßenrand, wie er sich vermischt mit dem Geruch des frischen Asphalts. Gemäß ihrer Profession neigen die Priester, die politischen Aktivisten, die Bürokraten und die Experten dazu, ihre Aufmerksamkeit von dem abzuwenden, was ihre Augen sehen, ihre Herzen fühlen. Auf eine streng abgegrenzte Dimension heften sie ihren Blick, auf den anderen Menschen als Gläubigen, den Parteianhänger oder Rivalen, als Beobachtungsobjekt betrachten sie ihn. Der noch nicht spezialisierte, ewig kindliche Standpunkt – etwas nach Belieben zu betrachten oder schrecklich davon angezogen zu sein – begleitet den Künstler in seiner Arbeit, günstigenfalls bis an sein Lebensende.

Je intensiver du die Wand gegenüber betrachtest oder das Gesicht deiner Frau, desto mehr hast du zu tun mit der Welt als Bild, mit einem Bild, das sich veranschaulichen, beschnuppern, streicheln, verdeutlichen läßt. Obwohl ich den Kopf meines Urgroßvaters aus dem Karton mit Fotos jetzt gern betrachte, bin ich mir keineswegs sicher, ob ich den alten Herrn hierher in den Sessel zaubern möchte. Viel Kummer würde er mir bereiten. Er soll getrost im Bilderrahmen verharren.

Ein Bild zu sein, das ist keine Schande, die gestrige körperliche Verschmelzung, am nächsten Morgen ist sie bereits ein Bild, nach dem Kaffee ist das Mittagessen nurmehr ein Bild, ich bin keineswegs beleidigt, daß ich selbst in den Augen meiner liebsten Angehörigen lediglich ein Bild bin, denn von meinem körperlichen Selbst sind sie ausgeschlossen, mein Tod ist nicht der ihre, wir sind Einzelwesen, auch allein sind wir lebensfähig, und von den anderen speichere ich Bilder, manchmal nur Traumbilder. Von der Kathedrale zu Amiens bis zur Kneipe in Arács, jetzt, da ich weder in Amiens noch in Arács bin, sind alle Häuser dort ein Bild. Selbst das Zimmer, worin ich mich gerade aufhalte, sobald die Dunkelheit eintritt oder ich die Augen schließe.

Bürger sein (III)

Bürger? Was heißt Bürger? Wir alle sind Bürger im verfassungsmäßigen Sinne als Vertragspartner eines Gemeinwesens. Staatsbürger, Subjekte grundlegender Menschenrechte. Steuerzahler und Wahlvolk. Zivilisten, nicht Soldaten, der Alptraum eines eventuellen Krieges, das ist unser Leben nicht. Menschen sind wir, die Fachkompetenz, für gutes Geld gute Ware, Arbeit und Dienstleistungen zu schätzen wissen. Dorf- und Stadtbewohner sowie Staatsbürger, die an der Entstehung der Dinge beteiligt, also dafür auch verantwortlich sind.

Bürger sind wir, die lernen, mit ihren Rechten umzugehen, die ihre Wohnungen, familiären, kulturellen, religiösen und profanen Verhältnisse seit Jahrhunderten so eingerichtet haben, wie es eher westlich als östlich von uns in der bürgerlichen Welt üblich ist, und obschon der Ausdruck bürgerliche Gesellschaft im offiziellen Wörterbuch der vorangegangenen Epoche eine schlechte Note erhalten hat, haben wir in aller Stille die bürgerliche Entwicklung fortgesetzt, sind Bürger geworden.

Selbst in der kommunistischen Ära ist die bürgerliche Entwicklung nicht zum Stillstand gekommen. Wer teilweise oder vollständig von der Naturalwirtschaft zur Geldwirtschaft übergegangen ist, wer gelernt hat, den Preis für die eigene Leistung in die Höhe zu treiben, wer es in seiner komfortablen Wohnung auch zu einem Kinderzimmer gebracht hat, wer die Einschränkungen überlebt hat, wer für den Unterhalt seiner Familie, die Ausbildung seiner Kinder aufgekommen ist und vielleicht auch gute Bücher gelesen hat, wer sich entsprechend seinen Möglichkeiten in der Welt umgesehen und sich seine eigene Meinung gebildet hat, der war in der Maske des vom Staat abhängigen Staatsmenschen ein Bürger im Wartestand.

Weder Fronherr noch Leibeigener ist der Bürger, weder über dir noch unter dir steht er, er ist dir ebenbürtig. Selbst wenn er reicher, gebildeter und mächtiger ist als du, denn nicht durch die Hierarchie definiert er sich, sondern durch das formale und für jedermann gültige Recht. Des weiteren durch den Tausch: Fähigkeiten, Wissen, Werke, Vermögen besitzt er, wenn nicht in Form von Immobilien oder Bankguthaben, dann in der Geschicklichkeit seiner Hände oder im Kopf, was sich in klingende Münze verwandeln läßt. Der Bürger besitzt ein materielles oder geistiges Kapital, mit dem er im Leben zurechtkommt oder es auf dem Markt wenigstens versuchen kann.

Der Bürger ist auf seine materielle Unabhängigkeit bedacht, ist ihm doch nichts unangenehmer, als anderen ausgeliefert zu sein. Er hat die Erfahrung gemacht, daß materielle und geistige Unabhängigkeit zusammenhängen. Wer nicht ausgeliefert sein möchte, wer sein eigener Herr sein will, wer Vermutungen überprüfen will, wer Selbstbeherrschung der Herrschaft vorzieht, wer Verantwortung empfindet gegenüber den Zeitgenossen und Nachkommen, was anderes wäre der als ein Bürger? Seinen verschiedenen Gemeinschaften, den gegebenen und gewählten Angehörigen gegenüber verhält sich der Bürger loyal, doch gerade deshalb ist er fähig, einen anderen Menschen in seinem Anderssein zu achten, weil er auch sich selbst in seiner Eigentümlichkeit akzeptiert. Der Individualismus des Bürgers ist verknüpft mit dem universellen, ich könnte auch sagen biblischen Individualismus, ohne den es Menschenliebe nicht gibt. Der lernende Bürger kümmert sich um sein Gewissen, mit der geistigen Macht, die über ihn hinausreicht, sich jedoch an ihn wendet, nimmt er den Dialog auf, als Person ist er rechenschaftspflichtig.

Bevor er einen anderen Menschen als eine freundliche oder unfreundliche Abstraktion betrachten würde, überzeugt sich der Bürger davon, mit wem er es eigentlich zu tun hat, und er ist imstande, sogar mit Menschen, die auf der anderen Seite unseres Planeten leben, gemeinsame Projekte zu realisieren. Der Bürger hat territorial-ethnische Bindungen, seinen Platz im Rat nimmt er ernst, er spendet zugunsten seines Gemeinwesens, mit dessen Traditionen er verwoben ist, doch er hat auch ein anderes Gesicht, ein Agent seiner weiteren Umgebung ist er, statt in einem kleinen Bezirk ist der Agent im ganzen Land tätig, statt in einem Land in der ganzen Welt. Zu Hause ist der Bürger in seiner Heimat, und in der Zwischenzeit baut er eine Welt. Lokaler Voreingenommenheit entzieht er sich, sie ist für ihn wie eine Hundeleine.

Zur Definition des Bürgers gehört die Feststellung, daß er nicht ohne weiteres hinters Licht zu führen ist und daß ihm großen Worten und verschiedenen hochherzigen Angeboten gegenüber ein praktischer und humorvoller Zweifel eignet. Dieser Zweifel ist eine die Geschichte beeinflussende Macht. Eine die Willkürherrschaft aufreibende Macht.

Eine Schwäche des Bürgers ist zugleich seine Tugend: Er ist ein Sammler. Kapital, Wissen, Erfolgsinsignien, Auszeichnungen, eigene Werke und Kunstschätze häuft er an. Er richtet ein Diaarchiv ein, worin sich das von ihm geschätzte eigene Leben spiegelt. Vielleicht wird sich die Bilder nie jemand ansehen. In seiner Selbstzufriedenheit mit den Dingen neigt der Bürger dazu, sich selbst mit all dem, was er besitzt, zu verwechseln. Oftmals macht ihn das kleinlich und beschränkt. Davon lebt die Literatur, daß sie aufmerksam macht auf die Zerbrechlichkeit der Hülle. In den Augen eines Schriftstellers sind die historischen Erschütterungen nicht nur Niederlagen, viele Menschen haben erfahren, wer sie eigentlich sind ohne ihre Habe. Selbst nackt bleibt der Bürger ein Bürger, auch vom Nullpunkt aus wagt er einen Neubeginn, er ist ein Stehaufmännchen.

Daß wir uns nicht gegenseitig die guten Happen vom Teller stehlen, versteht sich von selbst. Zu Beginn der Neuzeit war das noch nicht üblich, selbst an den Höfen der Adligen mußte man seinen Teller mit Ellenbogengewalt gegen die schmerzhaft-gierigen Finger der anderen verteidigen. Die meisten bürgerlichen Verhältnisse sind Routine, sind selbstverständlich geworden. Zechprellerei ist ein ähnlich unbürgerliches Verhalten wie das Nichteinhalten üblicher Hygienegewohnheiten.

Bürgerlichkeit geht einher mit tausendfacher Rücksicht und Befolgung von Vorschriften, teils werden die Verhaltensmuster durch die Rahmenbedingungen des Gesetzes, teils durch die der Moral und in nicht geringem Ausmaß durch die des Anstands festgelegt. Die Normen des Verhaltens, der Kleidung, des Umgangs, der gemeinsamen Arbeit, der Geschäftsverhandlung, der Gastfreundschaft und der Höflichkeit sind auf vielerlei Weise beschrieben worden, das heißt, es ist vorstellbar, beziehungsweise es ist eine Tatsache, daß die Bürger etwas mit den Formen und Normen zu tun haben, die im allgemeinen nicht durch Buchlektüre vermittelt werden, doch selbst wenn, so werden sie doch persönlichen Gesichtspunkten angepaßt, wie auch immer, die bürgerliche Gesellschaft wird durch diese Umgangs- und Verhaltensformen, die sich als Routine stabilisiert haben, aufrechterhalten; die Gesellschaft ließe sich auch als eine Ritualordnung von Fest- und Alltag beschreiben, die von dem als frei gesetzten Menschen gebilligt und praktiziert wird.

Die Normen werden vom Bürger auch deshalb akzeptiert, weil sie ihm zugleich Sicherheit gewähren. Wenn er sich daran orientiert, wenn er keine Konflikte herbeiführt, dann wird er nicht angreifbar sein. Wenn er sich an die Verkehrsvorschriften hält, dann hat er größere Aussichten, mit seinem Wagen unversehrt nach Hause zu gelangen. Höflichkeit, Zuvorkommenheit, ein kleines Lächeln, angenehmes Benehmen, objektiv und dezent herzlicher Signalaustausch garantieren unkompliziertes Funktionieren.

Die Annahme indes, in jeder Lebenslage würde sich eine erlernte und verinnerlichte Reaktionsform anbieten, wäre übertrieben. Ein großer Teil des Lebens ist automatische Routine, ein kleinerer Teil Entscheidung, Wahl, Abwägen und Aufgabe ohne eindeutige Vorschrift, unter Umständen sogar mit widersprüchlichen Vorschriften, so daß wir gewissermaßen allein gelassen werden und improvisieren müssen. In solchen Situationen stellt sich heraus, wer wir eigentlich sind. Wie können wir Freiheit und Verantwortung, Interesse und Wahrheit, Unabhängigkeit und Solidarität miteinander vereinbaren? Dann stellt sich heraus, ob wir Bürger sein können.

Denn das ist es ja gerade, was den Bürger ausmacht. Er ist ein Mensch, der sich ohne Schwierigkeiten anpassen kann, wenn dies erforderlich ist, und der individuelle Entscheidungen treffen kann, wenn eben dies erforderlich ist. Die bürgerliche Persönlichkeit ist eine sich aus gegensätzlichen Kräften zusammensetzende Schöpfung. In der zweiten Bedeutung des Wortes ist der Bürger eine relativ autonome Persönlichkeit, in deren Entscheidungen und Improvisationen sich Charakter, Stil und gedachtes Verhältnis des einzelnen zu den anderen spiegeln.

Allein kann ich ein Bürger nicht sein. Nur im Dorf und in der Stadt, nur unter den anderen kann ich es sein, in Abhängigkeit davon, wie ich von den anderen gesehen werde, was für ein Bild ich in der Erinnerung meiner Mitmenschen hinterlasse. Ein Teil meines sozialen Wesens wird durch die Sicht der anderen bestimmt. In dieser zweiten Bedeutung des Wortes gehört zu dem Begriff, daß der Bürger Anstand besitzt, daß er von den anderen für einen anständigen Menschen gehalten wird, daß er in verschiedenen Lebenslagen seine Charakterfestigkeit unter Beweis gestellt hat.

Kann der Bürger ein Verbrecher sein? Ja, das kann er. Typisch aber ist das nicht. Kann er ein Wendehals sein, ein Prahlhans, ein Kriecher? O ja. Alles mögliche kann er sein. Doch Wendehälse, Prahlhänse und Kriecher sind für das Bild des Bürgers nicht charakteristisch. Bezeichnender für den Bürger sind ernsthafte, gründliche, pflichtbewußte und aufrichtige Menschen, die sich in den Grenzen ihrer Rolle einem anderen gegenüber als Gleichgestellte verhalten, die sich als Bürgermeister nicht anders geben denn als Bürger, die sie ehedem gewesen sind, um auch nach Ablauf der Amtszeit das bleiben zu können, was sie sind, aufgrund ihrer Leistungen und Äußerungen anerkannte Bürger.

Nach dieser Beschreibung bewahrt sich der Mensch die Unabhängigkeit von seiner Position und muß nicht mit aller Gewalt an einem Posten festhalten, verleiht doch nicht der Posten dem Menschen die Würde, sondern der Mensch dem Posten. In einer Stadt gibt es viele Bürger, doch in dieser skizzierten zweiten Bedeutung des Worts ist es nicht jedermann gleichermaßen.

An diesem Punkt angelangt, spüre ich, wie sich die bürgerliche Seite meines Ichs aufbläht. Aha! Hat sich die vom Korpsgeist durchdrungene Eitelkeit der großen Männer, Ehrenbürger und Stadtgründer in Bewegung gesetzt? Bürger ist ein jeder, doch es gibt Bürger, die es in besonderem Maße sind? Und wer nimmt die Benotung vor? Und was für Privilegien gehen mit den guten Noten einher? Diese Fragen stellt sich die andere Hälfte meines Wesens, sagen wir, der Romanschriftsteller, der für seinen Dorfroman den Bürgermeister ebenso braucht wie den Dorftrottel.

In seiner ersten Bedeutung können wir den Begriff des Bürgers auch neutral und wertfrei benutzen. Das rechtliche oder soziale Kriterium des Bürgers sagt nichts aus über dessen Vortrefflichkeit oder Nicht-Vortrefflichkeit. Citizen, Citoyen, Bürger, Grashdanjin, Állampolgár ist ein jeder, der als solcher registriert worden ist. Bürger kann ich im sozialen Sinne sein, zunächst neben dem Adel und dem Priestertum als Angehöriger des Dritten Stands, dann als Repräsentant meiner Klasse durch Loslösung von der Ständeordnung als rechtlicher Bindung, allerdings ohne Befreiung vom Kodex der Tradition. Jede gesellschaftliche Klasse und Gruppe hat ihren eigenen statistischen Bestand, gemäß der neutralen Bewertung der dazugehörenden Individuen. In der Ära des Kommunismus galt jeder Inhaber eines Diploms als Angehöriger der Intelligenz. Diese Kategorisierung wurde von anderen in Frage gestellt, sie vertraten die Auffassung, daß man den Begriff der Intelligenz nicht ausschließlich von einem Diplom oder einer Stellung, die intellektuelles Wissen voraussetzt, abhängig machen könne, vielmehr besäße das Wort »intellektuell« einen besonderen qualitativen Inhalt, und dazu gehörte die Gesamtheit der durch das Wort heraufbeschworenen Bilder.

Ich verstehe diesen Standpunkt, doch oftmals verbirgt sich hinter der Statistikfeindlichkeit eine Anschauung, die gern urteilt und Noten verteilt: »Ich werde dir schon sagen, wer ein Intellektueller ist und wer nicht! Also du, mein Freundchen, ganz bestimmt nicht. Auch du nicht. Du auch nicht.«

Jeder Stand und jede Klasse, jede Zunft und jedes Handwerk besitzen ein eigenes idealisiertes Selbstbildnis, das in sich das Element der Illusion birgt, ohne indes verlogen zu sein, funktioniert es doch als wahrhaft moralisches Postulat; Heuchelei und Schuldbewußtsein sind die Folgen. Der Bürger verfügt also über ein Idealbild, ebenso wie der Priester, der Soldat, der Wissenschaftler und auch der Athlet, allesamt haben sie in Verbindung mit ihrer Rolle bestimmte Moralvorstellungen. Bürger sein ist in diesem Sinne nicht einfach ein Zustand, sondern vielmehr eine Arbeit, ein Bemühen, ein Lernprozeß und eine Abneigung, Beachtung und Klärung der Normen, das Bestreben, vernünftige und würdige Verhältnisse zu schaffen, zumindest das Bestreben um eine derartige Rhetorik. In diesem zweiten, eingeschränkten Sinn des Wortes ist ein Mensch einzig deshalb, weil er viel Geld besitzt, noch keineswegs ein Bürger. Bürgerliche Identität spiegelt die Arbeit mehrerer Generationen wider. Akkumulation. Auf dieser Grundlage bildet sich innerhalb des Bürgertums das sensible System von schichtenspezifischer Integration und Desintegration, von Aufnahme und Ausschluß. Wer trifft wo mit wem zusammen? Wer lädt wen ein? Wie berechtigt sind die bürgerlich-fiktiven Hierarchien, und inwiefern habe sie Bestand? All das wissen wir nicht. Jedenfalls gibt es die verschiedensten Rangordnungen. Sie funktionieren und konfrontieren uns mit den Normen bürgerlicher Moral und Etikette. Bürger ist, wer diesen Normen in den Augen der anderen entspricht.

Da sich die Menschen zumeist unsicher sind, belohnen sie

die markanten und kohärenten Persönlichkeiten einmal mit den Emblemen der Zurückweisung, ein andermal mit denen höchster Wertschätzung. Plötzlich werden sie Mode. Was suchen und finden die anderen in ihnen? Vielleicht gerade die Persönlichkeit, die eine Ansammlung vieler Faktoren ist und noch etwas mehr, etwas Unbegreifliches. Sollte eben hierin das Wesen des Bürgers zum Ausdruck kommen?

Bürger ist also ein jeder, und so richtig ist es eigentlich niemand. Denn der Bürger ist sowohl Realität als auch Ideal, und schuld daran ist nicht zuletzt die Literatur. Die Lebenden messen sich an Romanfiguren, und das ist durchaus in Ordnung. Von Anfang an wurde ihr Verhalten vom Mythos geleitet. Der Mensch ist die Summe seines Lernens, die Summe dessen, was er seit frühestem Kindesalter mit Wohlgefallen betrachtet und für nachahmenswert hält. Die Meister des bürgerlichen Romans haben den Bürger gemacht, den Gründer und den Erben, den Einfaltspinsel und den Raffinierten, den Geizhals und den Großzügigen, den Robusten und den Dekadenten. Und das 20. Jahrhundert bot den jungen Bürgerlichen Muster an, wie sie ihre Väter in den Sack stecken könnten, Berufsrevolutionäre könnten sie sein, von materiellen Dingen hatten sie keine blasse Ahnung, abstrakte Wesen waren sie, radikale Künstler oder reine Theoretiker, alles Spielarten des Bürgerlichen.

Was sonst wären Kommunismus und Faschismus gewesen als die Überwältigung des Bürgers? Sagen wir, der Versuch von intellektuellen Bürgersöhnen, ihre Väter zu überwinden, zu beherrschen, zu unterwerfen. Die Ablösung des regulativen Besitzprinzips durch das regulative Machtprinzip. An der Spitze von Diktaturen können die Sozial- oder Nationalrevolutionäre alles in ihre Hand nehmen.

Als nationalsozialistische oder als bolschewistisch sozialistische Nomenklatura war es den Gestalten intellektuellen Aufruhrs vergönnt, den Einsatz in einer Größenordnung festzusetzen, wovon Privatunternehmer nicht einmal zu träumen gewagt hätten. Wenn wir die Libido der Machtvollkommenheit nicht begreifen, wenn wir nicht begreifen, was diejenigen empfanden, die an der Macht partizipierten, wenn wir uns darüber nicht im klaren sind, daß sich in der Sittenlehre und Ästhetik eines Amts eine ganze Welt widerspiegelt, in deren Rahmen es auch eine Militärästhetik und -ethik gibt, dann machen wir uns der nachträglichen Fälschung schuldig, weil wir den größeren Teil des 20. Jahrhunderts nur als Leidensgeschichte beschreiben.

Dieses großangelegte Spiel ist ein verlustreiches Spiel gewesen. Diese beiden romantischen Experimente des 20. Jahrhunderts, den Besitz durch die Macht zu ersetzen, sind verraucht, aber vielleicht noch nicht ganz, und es kann sein, daß sie in anderer Form wiederbelebt werden.

Wünschenswert wäre, wenn die Intelligenz in die Arme des Bürgertums zurückkehrte, wenn der verlorene Sohn zum Vater zurückkehrte und sie die Firma mit vereinten Kräften betrieben, wenn der Sohn verstünde, daß er der Erbe ist und daß auch er Erben haben wird, wenn er seinen Platz und seine Verantwortung in der Kette verstünde, wenn er sich in gebotener Bescheidenheit mit der Betreuung der ihm hinterlassenen Erbschaft beschäftigte und in seiner Überheblichkeit nicht unbedingt glauben wollte, mit ihm habe die Geschichte begonnen, die neue Zeitrechnung, was vor ihm stattgefunden habe, sei ein Schmarren, und was mit ihm seinen Anfang nehme, das sei phantastisch. Derartiges von sich zu denken, ist eine große Dummheit. Wenn jedoch darauf ideologische Doktrinen und politische Kurse begründet werden, dann entstehen Schieflagen, dann wird die politische Sprache verlogen.

Es gibt keine ödere und unproduktivere Aufgabe, als offiziell den Beweis antreten zu müssen, daß wir das Morgenrot der Geschichte seien, oder nach Ablauf einer gewissen Zeit, daß wir nicht das größte Übel seien. Auf Dauer gesehen hat sich daraus noch nie etwas Gutes ergeben, wenn die Beamtenintelligenz dem Bürgertum im Nacken saß.

Zu Beginn der allerneusten Zeitrechnung schleicht sich der Bürger voran, in einer Zeit, da die Führungspositionen der parlamentarischen Demokratie von verschiedenen Intellektuellen besetzt werden, da jedermann den Bürger protegieren, unterstützen und ermutigen möchte, mit Worten zumindest, in einer Zeit jedoch auch, da die Macht noch immer mehr Gewicht hat als der Besitz, da der Bürger noch abhängig ist, da dem Unternehmer das Leben schwergemacht wird, und wenn er gar dem Lager der Opposition zuzurechnen ist, ganz besonders, in einer Zeit, da der Chef der neugegründeten Privatfirma gestern noch Arbeiter oder Intellektueller war.

Im Westen ist der Bürger aus dem Bauernstand hervorgegangen, hierzulande ist der Bauer erst einmal Arbeiter oder Intellektueller geworden, und über diesen Umweg gelangte er zur bürgerlichen Unternehmung oder wenigstens zur bürgerlichen Denk- und Verhaltensweise. Möglicherweise ist dieser Abstecher auch als Bereicherung aufzufassen. Diese Aufeinanderfolge und Vermischung von gesellschaftlichen Rollen schlägt sich in den Lebensläufen nieder und bringt vielschichtigere Persönlichkeiten hervor.

Die bürgerliche Gesellschaft in Mittel- und Osteuropa neigte schon immer dazu, sich in eine Staatsgesellschaft zu verwandeln, und innerhalb dieser Auseinandersetzung gewann die letztere mit dem Beginn des Zweiten Weltkriegs für einen Zeitraum von zirka fünfzig Jahren die Oberhand. Als sich die Möglichkeit ergab, erst den Juden und dann schließlich auch den anderen im Namen einer höheren Idee, im Namen irgendeines Geschwafels den Besitz wegzunehmen, hatte die Macht einen Sieg über den Besitz errungen und das Land in die Armut getrieben.

Solange unser Wirtschaftsgebaren derartig abhängig ist vom Verhalten der Regierung, leben wir eher in einer politischen Gesellschaft als in einer bürgerlichen Gesellschaft, solange wird es statt einer dezenten und korrekten Gewaltenteilung als herrschende – unbürgerliche – Tendenz deren Verflechtung geben.

Wir haben die Prophezeiung gewagt, daß wie aus dem Ei das Kücken aus dem Menschen der Staatsgesellschaft, aus dem Staatsmenschen der Bürger schlüpfen wird. Nun, der Staatsmensch und der Bürger leben auch weiterhin gemeinsam in einem Körper und einer Seele, Schicht für Schicht miteinander vermischt, wie ein heller und ein dunkler Streifen in einem Schokoladenkuchen. Was der postfeudale und postkommunistische Staatsbürger hier und jetzt sein soll, diese Frage ist nicht so leicht zu beantworten. Soll er ein verantwortlicher, selbsttätiger und seine eigenen Ziele verfolgender Bürger sein? Doch was wird passieren, wenn ihm wieder irgendwelche neuen Boxer einen Tiefschlag versetzen, zur Abwechslung diesmal vielleicht die antikommunistischen Nationalisten.

Was erwartet ihn? Eine echte bürgerliche Entwicklung oder eine erneute Verstaatlichung? Letzterer Prozeß verstärkt sich, wenn sich der Lehrer, der Richter, der Bankier, der Journalist nicht vor allem auf seine spezifische Arbeit konzentrieren muß, sondern auf die Regierungsvertreter, auf den um sich greifenden neuen Machtstil, der in alle Bereiche eindringt und ein neutrales Terrain nicht anerkennt. Die neue etatistische Sprache mit ihrer erhabenen Leere ergreift wieder Besitz von den Hirnen und homogenisiert gewissermaßen öffentliches Denken. Wenn es eine staatliche Sprache gibt, dann wird es wieder kleine Privatsprachen geben, verborgen in den Winkeln sogenannter Innerlichkeit, die sich gegen die Macht zu behaupten wissen. Durch die nachhaltig aufstrebende Ideologie pathetischer Nationalisierung des Staats werden die bürgerlichen Werte in der gesamten osteuropäischen Sphäre zu einer Nebensache degradiert.

An der Peripherie des westlichen Kapitalismus bieten sich zahlreiche gesellschaftliche Sackgassen an, und eine jede geht einher mit der Rhetorik saurer Trauben. Des weiteren bieten sich die autoritär-zentralisiert-etatistisch-antikommunistischnationalistisch-militaristischen Strategien des Übergangs und des Anschlusses an, die es außerhalb der westlichen Hemisphäre in Hülle und Fülle gibt, in der sogenannten Dritten Welt, wo der Bürger ein Teil des großen Geflechts werden kann; dennoch dürfte der Bürger gut beraten sein, das durch Wahlen restaurierte Einparteiensystem mit seinem Filz nicht in Frage zu stellen, denn unter den vielen herumlungernden Armen einen Meuchelmörder zu dingen ist eine Kleinigkeit, und die Polizei wird nicht imstande sein, Licht ins Dunkel zu bringen, wer dich beseitigt hat. Der geringe Wert des Lebens um dich her schadet der bürgerlichen Würde.

Entweder Verbürgerlichung oder Verstaatlichung. Letzteres führt zu einer Mafiaisierung des zivilen Lebens. Der Westen bedeutet Rechtsstaatlichkeit, die Trennung von Macht und Standpunkt, die relative Achtung von Formen und Spielregeln. Die Verflechtung von Interessen und Herrschaftskreisen im Zeichen einer staatlichen, diesmal nationalstaatlichen Ideologie kann die bürgerliche Entwicklung beträchtlich zurückwerfen. An uns liegt es, an den im Werden begriffenen Bürgern, ob wir zurückfallen in die Welt der Staatsleibeigenschaft, die wieder mit den üblichen Verhaltensweisen von Leibeigenen einhergehen würde, mit der Verantwortungslosigkeit, der Gemächlichkeit, dem Schlendrian, der nur halbherzig ausgeführten Arbeit, was schließlich auch den Menschen selbst und deren Wohnungen anzusehen ist. In einem sich selbst aufgebenden und heruntergekommenen Bürgertum spiegelt sich die Verstaatlichung wider.

Ein Demokrat habe keine Angst, sagte Bibó. Und der Bürger? Daß er keine Angst haben darf, behaupte ich nicht, aber er beherrscht seine Angst, er setzt Projekte fort und initiiert neue, Tag für Tag geht er irgendwelche Risiken innerhalb bestimmter von der Vernunft diktierter Grenzen ein. Was er für vernünftig hält, das ist seine persönliche Entscheidung. Ein selbstbewußter Mensch stellt seine geistige Kost selbst zusammen. Warum auch sollte er beispielsweise seine Umgebung vernachlässigen? Wenn ein Haus Anzeichen von Verlassensein zeigt, dann leben dort vermutlich auch Menschen, die sich selbst aufgegeben haben. In jüngster Vergangenheit entdecke ich in unseren Städten, daß das typische Grau der Fassaden unter frischen Farben verschwindet. Rivalität zwischen Form und Stil, noch ist der Ausgang der Partie nicht abzusehen. Alles ist offen.

An Europas Horizont kichert der Wahnsinn

Europa ist verunsichert? Das kann es brauchen. Allzuviel Selbstsicherheit macht dumm. Tritt Integration als Religion in Erscheinung, so ist dies nicht verheißungsvoller, als wenn Desintegration in religiösem Gewand auftaucht. Wie Ameisenhaufen im Garten, so drängen die neuen Partikularismen aus dem Dunkel ans Licht. Die Teile mißtrauen dem Ganzen. Vor allem dem Nachbarn. Fahnen werden geschwenkt. Mit den Teilen ist nicht gut Kirschen essen. Dem überlegenen Ganzen und der immer irgendwo anders existierenden Zentrale werden sie schon zeigen, was Sache ist. Bis hierher und nicht weiter! Ganz wirst du mich nicht schlucken! Einzigartig bin ich! Etwas Ureigenes! Es verlangt mich nicht danach, im gesamteuropäischen Schmelzkäse aufzugehen. Akzeptiert werden wollen wir in unserer Besonderheit. Eines nur macht uns Kummer, daß sich auch bei uns die Teile regen und wir früher oder später ebenfalls Zerfallserscheinungen zu befürchten haben. Im Galopp geht die Reduktion über uns hinweg und wird ad absurdum geführt. Allem Anschein nach hat jedes Ganze viele Teile, und jeder Teil ist das Ganze vieler anderer Teile, weshalb aus ein und demselben Mund einmal die Leidenschaft des Verletztseins unterdrückter Teile und ein andermal der zynische Rationalismus des aggressiven Ganzen zu hören ist.

Der Kult des Teils ist zweifellos irrational. Die einzelnen Kollektive versteifen sich auf die fixe Idee, Zweifel an ihrer Existenz nachhaltig ausräumen zu müssen. Und niemand von ihnen will unter dem Sternenhimmel staats-obdachlos sein. Aus unseren Reihen soll sie hervorgehen, die Obrigkeit, die über unser Leben zu bestimmen hat! Beherrscht werden wollen wir nur von unseren Brüdern! Nackt und schutzlos werde ich sein, wenn du den Baldachin des Nationalstaats über mir einreißt. Viele meinen plötzlich, Sicherheit gebe es nur in eigenen Staatsgrenzen. Einer militärischen Großmacht bedürfe es nicht, nicht vor Panzern, sondern vor Verbrecherbanden habe sie der Staat zu schützen. Und die vielen beschämten und verschwiegenen Untergrundegos, jene zahlreichen Zugehörigkeiten, jene mannigfachen und unantastbaren Teile, sie betreten die Weltbühne, pflanzen sich vor dem Souffleurkasten auf und wollen endlich loswerden, was sie zu sagen haben. Jawohl, auch sie gibt es, einen jeden gibt es! Die Nationen, die kollektiven Individualitäten, nicht mehr verschwinden wollen sie von der Bildfläche. Sie sind sich keineswegs sicher, ob sie für die Homogenisierung in jener vielleicht gar nicht so phantastischen Gesellschaft entschädigt werden. Es ist fraglich, ob die Europäer mehr voneinander brauchen, als sie ohnehin schon abbekommen haben.

Manchmal wird Nichthandeln durch höherrangiges Handeln aufgewogen. Nichthandeln ist die Selbstbeherrschung der Mächtigen. Die Kleinen bitten die Großen, ihren Tatendrang zu zügeln. Sie sollen nicht großmäulig in Dinge hineinreden, von denen sie nichts verstehen. Törichte und voreilige Aktivitäten resultieren daraus, wenn jemand unter Beweis stellen will, daß er sich wirkungsvoll in lokale Konflikte einzumischen vermag, stets auf der richtigen Seite, für das Gute, gegen das Böse. Dabei ist noch nicht einmal entschieden, was besser ist, der Zusammenschluß oder die Loslösung. Hier dieses und dort jenes? Westeuropa sehnt sich fortwährend nach Vereinigung, in der Sowjetunion aber und in Jugoslawien ergriff es dennoch für eine Trennung Partei. Gewiß, dahinter stand die Absicht, helfen zu wollen, ging man doch von der Annahme aus, daß die östlichen Föderationen in allen Fasern schlecht gewesen seien und daß sie keinerlei vernünftige Funktionen besessen hätten. So wird also zwischen den Teilen, die triumphierend ihre Unabhängigkeit erreichen, der Eisenbahnverkehr eingestellt, die Telefonverbindungen werden unterbrochen, die Vermögens-, Finanz- und Schuldenfragen sind ungeregelt, statt Privatisierung Verstaatlichung, die Häuser von Bürgern der anderen Republik sind unser Volksvermögen, ein jeder genießt die vorverdaute Nahrung des eigenen Fernsehens, wo sich bisher eine Promenade befand, dort wird nun eine Festung errichtet, vor den Mauern der Nachbarstadt werden Paß- und Zollkontrollen vorgenommen. Das Leben der Bürger wurde durch den Wandel ungefähr so sehr erleichtert, als würde beispielsweise die Bundesrepublik Deutschland in ihre Teile zerfallen. Nach Hillel besteht das Wesen der Thora in folgendem: »Was dir unlieb ist, das tue auch deinem Nächsten nicht, dies ist die ganze Thora, alles andere ist nur Erklärung.«

Andererseits geht die triumphale Zerstückelung in den osteuropäischen Ländern auch ohne Fremdeinwirkung vonstatten. Länder, Regionen, Bezirke, Städte, Firmen, Netzwerke, alle zerfallen sie in Einzelteile, zahlreiche Minderheiten melden sich zu Wort. Größere Organisationen werden durch konkurrierende Fraktionen gespalten. Ebenso wie nach dem Krieg durch das Volk Schlösser ausgeschlachtet wurden, so kann jetzt das Staatsvermögen auseinandergenommen werden; wer die Augen auftut, dem steht die Welt offen. Durch billige und politisch geschickte Umwandlung sozialistischen Gemeineigentums in Privateigentum sind einige reich geworden, wem aber kein Anteil vom Staatsvermögen zufiel, der ist ärmer geworden. Noch gibt es keinen Kapitalismus, vielmehr haben wir es mit einem antisozialistischen Sozialismus und vielen nicht abgeschafften alten Ämtern zu tun. Ebenso wie der Demokratie die Zerstückelung nicht guttut, so ist es auch nicht wünschenswert, wenn die Zentralisierungsversuche der bürokratischen Administrationen zu neuem Leben erwachen. Feierlich düstere Chefs möchten den Geist des Widerspruchs Mores lehren. Türhüter in archaischen Galauniformen schirmen sie vor der Öffentlichkeit ab. Vielleicht läßt sich das schlechte Allgemeinbefinden der abrutschenden Mittelklasse durch religiös-patriotische Rhetorik lindern. Gekommen ist die Zeit der Achtung vor den auferstandenen Symbolen, die Blütezeit der Ahnenforscher.

Wo ist Europa zu Ende? Wo wollen wir die Grenze ziehen? Wo sollen wir das Tor schließen? Im Osten und auf dem Balkan steht Europa offen. Von dort können alle möglichen gefährlichen Typen hereinströmen, Leute, die lieber etwas holen als bringen wollen. Provinzielle Ruhestörer sind sie, dummes Zeug geben sie von sich, betrinken sich und fallen übereinander her. Durch die Ritzen dringt der Virus der Partikularisierung ein. Was fällt den Schotten und den Dänen ein?! Von Unruhe erfaßt, blasen sie sich alle auf. Wir sind nicht weniger wert als die anderen! Zu einer Geheimschrift wird unsere Literatur verkommen? Macht nichts. Dann wird sie wenigstens wirklich uns gehören. Solches ist zu hören. Die Dialekte erheben sich in den Rang der Literatursprache. Die Provinzen streben Autonomie an, die Großstädte halten es zusehends für unbegründet, sich der Hauptstadt unterzuordnen, demgegenüber haben die Amtsträger der Zentrale Angst vor einer Balkanisierung. Mit ihrem aufrührerischen Ethnozentrismus können obskure Figuren einigen Erfolg verbuchen, an Europas Horizont kichert der Wahnsinn.

Irgendwo in Jugoslawien, im Kaukasus oder anderswo wird sich ein Vater allmählich bewußt, daß er seinen Sohn erschossen hat. Ein Kind wird gefragt, auf wessen Seite es steht, auf der des Vaters oder der der Mutter. Entscheide dich zwischen deinen Eltern! Und scheiden lassen sich auch Ehepaare, der eine geht in diese, der andere in jene Richtung. Meine Familie hast du ausgerottet? Warte nur, ich werde deine Familie ebenso vernichten! Im Krieg der Großväter bekämpften sich das Unter- und das Oberdorf, mit Minenwerfern beschossen sie sich gegenseitig, steckten ihre Häuser und Scheunen in Brand, fremder Besitz wurde hin- und hergeschleppt. Und was bietet sich ihren verwunderten Blicken nun dar? Duro, der Gefährte von einst, rennt mit einer Fackel in der Hand umher und legt Feuer in unseren Hausern. Was könnte Pero dagegen unternehmen? Auch er besorgt sich eine Fackel, und nunmehr flitzt er gleichfalls umher und läßt die Häuser der anderen brennen. Anfangs ist die nationale Idee ein unschuldiges Mädchen, um schließlich die mörderische Maske des Wahnsinns anzulegen. Angefeuert wird Peros und Duros vorauseilender Gehorsam von geistigen Wortführern.

Wie kann man sich in gemischten Siedlungsgebieten uneingeschränkte nationale Selbstbestimmung vorstellen? Muß man nicht vielmehr damit rechnen, daß sich innerhalb jedes abgefallenen Teils weitere Teile artikulieren werden, die sich ebenfalls loslösen wollen? Warum sollte die nationale Souveränität ein unantastbares Prinzip sein, insbesondere dann, wenn es gegen die nationale Souveränität der anderen verstößt, die im selben Gebiet leben? Die Achtung der grundlegenden Menschenrechte macht die Einschränkung der nationalen Souveränität erforderlich. Ein und derselbe europäische Mund kann nicht gleichzeitig zwei verschiedene Melodien pfeifen. Er kann nicht die Menschenrechte befürworten und zugleich politische Bestrebungen unterstützen, aus denen notwendigerweise die Verletzung der Menschenrechte resultiert.

Wenn eine föderative Teilrepublik ohne vertragliche Abmachung mit den anderen, ohne jede formale Loslösungsprozedur aus der Föderation ausscheidet, einseitig ihre Unabhängigkeit erklärt und konstitutionell einen Staat der Mehrheitsnation ausruft, wenn allerorten die dort geltenden ethnischen Proportionen zählen, dann wird es in diesen politischen Gebilden Staatsbürger zweiter Klasse geben, die ratsamerweise ihre nationale Identität leugnen und sich beeilen sollten, die nun an die Macht gekommene Mehrheitsnation ihrer Loyalität zu versichern. Durfte sich jemand bisher als gleichberechtigter Bürger der Bundesrepublik fühlen, und zwar unabhängig davon, in welcher Teilrepublik er lebte, so sieht er nun schwere Zeiten nahen, ist doch die politische Klasse von der territorialpolitischen Definition des Staats zu dessen ethnisch-nationaler Definition übergegangen. Ob der Angehörige einer Minderheit die Staatsbürgerschaft erhält, das hängt davon ab, wie deutlich er für die Mehrheitsnation – unter Umständen sogar gegen die eigene Nation – Stellung bezogen hat. Und auch später muß er der Mehrheit gegenüber Ergebenheit bekunden, um nicht sein eventuelles Recht zu verwirken, dort leben zu dürfen, wo er bisher gelebt hat. Je jünger ein Nationalismus, desto ungeduldiger fordert er von der beherrschten Minderheit die Assimilation, die Selbstverleugnung. Dabei gehört das Assimilationsbegehren noch immer zu den zivilisierteren Verhaltensmustern. Auch einfachere Methoden sind bekannt! Beispielsweise das halbe Dorf ausrotten, die Kunde davon in den anderen Dörfern verbreiten, um diese angesichts einer drohenden Wiederholung einer solchen Maßnahme in Angst und Schrecken zu versetzen, so daß die Minderheit daraufhin Hals über Kopf die Flucht ergreift, alles zurücklassend. Ein probates Mittel, das künftigen Ärger darüber ausschließt, ob sich die andersartigen Ethnien endlich gehörig anpassen oder nicht.

Millionen Menschen werden heimatlos, und schuld daran sind die Politiker. Die Verabsolutierung nationalen Selbstbestimmungsrechts in Gebieten mit gemischter Bevölkerungsstruktur sowie die Unterstützung des Separatismus an Stelle des föderativen Prinzips sind ein äußerst gefährliches Spiel. Es kann einen Flüchtlingsstrom von mehr als zehn Millionen Menschen und Kriege zwischen verschiedenen Staaten auslösen. Angesichts der Verlustliste müssen sich die Politiker die Frage ihrer Verantwortung für die gegenwärtige Entwicklung und die schreckliche Ausweitung der Konflikte stellen. Wer die neuen Nationalismen – ohne daß die Kriterien und Bedingungen dafür in korrekten und internationalen Verträgen ihren Niederschlag gefunden hätten – unterstützt, der trägt an dem dadurch hervorgerufenen menschlichen Leid mittelbar auch selbst Mitverantwortung, der muß die Toten sehen, die Heimatlosen, die bisher eingetretenen und für die Zukunft zu erwartenden Rechtsverletzungen.

Weder Pero noch Duro sind aufgefordert, am Waffengang internationalen High-Techs zu partizipieren. Ich als ein anderer Europäer, ich als jemand, der in der Nähe des Konfliktherds lebt, also als fast betroffener Nachbar, warum sollte ich im Bruderzwist eindeutig für Pero oder Duro Partei ergreifen? Daß sich die anderen Europäer als dritte oder vierte Partei in die Auseinandersetzung hereinziehen lassen, wünsche ich mir nicht. Auf einem Gebiet, auf dem aus allen Ecken und Kanten geschossen wird, würde der friedliebende Soldat das Feuer erwidern, schießen würde er auf den, der ihn angegriffen hat, und schon wüßte er nicht mehr zu unterscheiden zwischen Freund und Feind. Warum sollten Ausländer auf ferne Gebirgsbewohner schießen müssen, wenn die aufeinander das Feuer eröffnen?

Warum sollte das Selbstbestimmungsrecht der einen Nation weniger wert sein als das der anderen? Erkennen wir die Übereinstimmung eines Staats mit seinen international festgelegten Grenzen nicht an, warum sollten wir dann innerhalb dieses Gebildes die ziemlich willkürlich gezogenen Binnengrenzen als gültig hinnehmen, wo diese doch den ethnischen Siedlungsgegebenheiten nicht entsprechen und durch internationale Verhandlungen nicht abgesichert sind? Warum sollten im ehemaligen Jugoslawien ausgerechnet nur sechs legitime Republiken existieren? Warum sollten es nicht acht sein? Oder noch mehr? Und warum sollte die internationale Öffentlichkeit nicht das Recht der Albaner und der Ungarn auf Autonomie beziehungsweise Anschluß an andere Länder anerkennen? Wenn sich die Kroaten von Jugoslawien trennen dürfen, warum dürfen sich dann die Krainer Serben nicht von Kroatien loslösen, die bosnischen Serben nicht von Bosnien, die Albaner nicht von Serbien und Mazedonien, die Ungarn nicht von der zu Serbien gehörenden Wojwodina? Wenn die Europäische Gemeinschaft neue Grenzen als internationale Grenzen anerkannt hat, warum könnte sie dann den eingeschlagenen Weg nicht weiter verfolgen, mit dem Ziel nämlich, die ethnischen Gemeinschaften durch den Grenzverlauf möglichst wenig zu beeinträchtigen? Und wie groß müßte eine ethnische Gruppe sein, um als Nation akzeptiert zu werden? Die Nation ist eine Frage der Selbstdefinition, eine kulturell-ethnische Gemeinschaft bezeichnet sich als politische Gemeinschaft. Wenn du mit zwei Millionen Menschen eine Nation sein kannst, warum solltest du es nicht auch mit einer halben Million sein können? Wenn jenes größere Stück abbröckeln konnte, warum sollte das nicht auch mit jenem kleineren Brocken möglich sein?

Wie läßt sich eine solche einseitig deklarierte Loslösung von außen legalisieren, wenn sie nicht auf einem bilateralen Abkommen der Parteien basiert, wenn in Sachen Aufteilung des

Staatsgebiets, der Bevölkerung, der Güter, Außenstände und Schulden weder vertragliche Absprachen getroffen noch gerichtliche Entscheidungen gefällt worden sind? Ist es ein Wunder, wenn die unmittelbar Betroffenen mangels gesetzlicher Regelungen mit Waffengewalt versuchen, ihren vermeintlichen Rechten Geltung zu verschaffen, und so das Recht des Stärkeren die Oberhand gewinnt? Akzeptieren wir in ein und demselben Gebiet mehrere Legitimitäten und gehen wir ohne konstitutionelle internationale Rechtsprozedur von einer Souveränität zur Anerkennung einer anderen über, dann übernehmen wir für den Krieg der Milizen unvermeidlich Verantwortung.

Wenn ohne Vereinbarung nationale Milizen entstehen, warum wundern wir uns dann, daß deren Legitimität von der bisher allein legitimen Armee nicht anerkannt wird, daß diese sich erst dann mit deren Existenz beziehungsweise mit dem Verzicht auf das gesetzlich verankerte Bewaffnungsmonopol abfindet, wenn sie zum Nachgeben gezwungen wird, wie andererseits die Milizen erst gezwungen werden müssen, sich der Übermacht zu beugen, nicht aber der Verfassung des Staatenbunds, nicht dem auf Verhandlungen und Verträgen basierenden internationalen Recht? Warum also wundern wir uns, daß sogar in Dörfern eigene Milizen aufgestellt werden, die gelegentlich Räuberbanden gleichen? Im allgemeinen sind die irregulären Militärverbände bemüht, sich von allen möglichen anderen bewaffneten Organisationen unabhängig zu machen, weil sie sich mit ihrer wechselseitig in Abrede gestellten Legitimität allesamt gewissermaßen auf ein und demselben Niveau befinden. Da von waffenkundigen und draufgängerischen Gebirgsbewohnern die Rede ist und da die Rechtsordnung nun einmal gestört ist, sind die Kräfteverhältnisse zwischen den Waffenträgern ausschlaggebend. Doch ein jeder von ihnen, das müssen wir uns bewußtmachen, hat Angst um sein Haus, um seine Familie, und alle meinen sie, sich für den Tod der Ihren zu rächen. Bevor wir irgendeine Entscheidung treffen, sollten wir an den Libanon, an Afghanistan, an Sizilien denken. Und warum sollten wir nicht eben an den Balkan denken?

Unausweichliche Folge der Ungesetzlichkeit, der Zerrüttung der Autorität und der wechselseitigen aggressiven Entfremdung ist die territoriale Homogenisierung geworden. Erkennen wir das Prinzip des homogenen Nationalstaats an – und dies haben wir getan, beziehen wir uns doch auf Regierungen, die verfassungsmäßig einen homogenen Nationalstaat repräsentieren –, dann sind wir verantwortlich für die nationale Homogenisierung der Territorien mit gemischter Bevölkerungsstruktur, dann sind wir verantwortlich für militärische Aktionen zwecks ethnischer Säuberung, das heißt dafür, daß die Minderheiten wechselseitig aus jenen Gebieten vertrieben werden, die der Mehrheitsnation gehören oder die gute Aussichten besitzen, mit Hilfe einer erhofften Grenzregulierung in deren Besitz überzugehen, geleitet von der Überzeugung, daß der internationalen Öffentlichkeit letztlich nichts anderes übrigbleiben wird, als geschaffene Fakten zur Kenntnis zu nehmen.

Die Konfliktparteien wissen, daß die Milizen der infolge der deutschen Besatzung auseinanderfallenden südslawischen Nationen während des Zweiten Weltkriegs wechselseitig jeweils annähernd eine halbe Million Menschen abgeschlachtet haben. Die Konfliktparteien erinnern sich daran, daß sich die guten Nachbarn die schrecklichsten Ungeheuerlichkeiten zuschulden kommen ließen. Auf den Kirchen lastet wegen der zerrütteten Verhältnisse eine außerordentliche Verantwortung. Noch steht uns deutlich die Zeit des Kriegs vor Augen: Katholische und orthodoxe Priester hetzten ihre Gläubigen aufeinander los, und unter Anrufung Gottes heiligten sie die fiktiven nationalen Grenzen zwischen denen, die wegen der gemeinsamen Sprache Brüder und Schwestern waren. Kann es als weise bezeichnet werden, in ethnischen Stammeskonflikten durch ein Machtwort Stellung zu beziehen? Sollte es nicht weiser sein, darauf zu beharren, daß die Rechte eines jeden Bewohners dort garantiert sein müssen, wo er lebt, und zwar unabhängig davon, welcher Religion und Nation er angehört?

Die Botschaft der internationalen politischen Gemeinschaft war halbherzig; universalistisch die Rhetorik, partikularistisch die Praxis. Und nun ist diese internationale Gemeinschaft verwirrt, weiß sie doch nicht, bis zu welcher Grenze sie partikularistisch sein soll, wo ein Punkt zu setzen ist, wo dem Zerstückelungsprozeß Einhalt geboten wird, werden muß, den man übrigens innerhalb der Europäischen Gemeinschaft mißbilligt. Doktrinen freilich vermögen die Wirklichkeit nicht zu überwinden. Und wer versucht, bei den Betroffenen statt der einen blödsinnigen Doktrin eine andere blödsinnige Doktrin durchzusetzen und um derentwillen nicht einmal vor Gewaltanwendung zurückschreckt, der setzt sich dem Verdacht aus, daß seine Schritte manch andere Beweggründe haben mögen, keinesfalls aber dazu angetan sind, die betroffenen Völker und das Leben der Menschen zu schützen.

In der östlichen, vielleicht aber auch in der westlichen Hälfte Europas muß man mit einer romantischen Gegenströmung rechnen. Wer bisher offen sein wollte, würde sich jetzt lieber verschließen. Menschen, die Angst vor Unbestimmtheit haben, klammern sich an die Fahnenstange. In den Rang der Religion möchte sich das kollektive Ego erheben. Zum Sterben entschlossene Jünglinge opfern ihr Leben auf dem Altar der nationalen Gottheit, angesichts des Waffengetöses scheint der Herr der Heere in Mode gekommen zu sein. Je weniger Zeit eine Nationalkultur zur Verfügung hat, desto eher neigt sie zu romantischer Überschwenglichkeit. Besitzen wir keinen gängigen nationalen Bafel, dann wollten wir wenigstens eine nationale Mythologie unser eigen nennen, ja selbst eine Gottheit. Unausweichlich schöpft der Schwache den Verdacht, daß der Starke unter dem Vorwand europäischer Ziele nationale Ziele zu verwirklichen trachtet. Die Vorstellung, daß die westliche Hälfte Europas vom Geist der Zerstückelung unberührt bleiben wird, ist ein Irrtum. Solange es jemanden gibt, der besser, und jemanden, der schlechter fährt, werden Ressentiments und vielerlei Partikularismen immer und immer wieder aufeinanderstoßen, und das mit viel Mühe errichtete und dennoch unvollkommen bleibende Gebäude vorhandener Integrationen wird in Frage gestellt werden.

Es kommt vor, daß Nichthandeln und Nichtparteiergreifen von mehr Weisheit zeugen als Handeln und Parteiergreifen für eine Konfliktpartei. Europa sollte sich nicht erst dann als Friedensstifter versuchen, wenn das Feuer ausgebrochen und der Tanz bereits in vollem Gange ist. Das Feuer darf sich nicht zu einem Flächenbrand ausweiten, darf nicht in Windeseile die gesamte Region erfassen. Gräben müssen das Überspringen der Funken verhindern, der Brand muß isoliert werden; darin besteht die Aufgabe der dritten Seite. Die Flammen lodern auf und erlöschen, die Wogen der Leidenschaften schlagen hoch und stürzen in sich zusammen. Wer nicht abwarten kann, und sei es resigniert, bis die kämpfenden Parteien müde werden und zu sich kommen, der verpaßt den geeigneten Zeitpunkt des Einschreitens, wenn sich das Ziel mit den geringsten Menschenverlusten erreichen läßt. Die Moral der Kriegspartei unterscheidet sich von der des internationalen Polizisten: Der kämpfende Gegner schadet dem Großen über die vielen Kleinen, der internationale Polizist dagegen versucht, der Rädelsführer habhaft zu werden. Im Idealfall würden die zur Gewalt aufrufenden Wortführer von der europäischen Polizei zwecks Prävention vorübergehend in einer geschlossenen Anstalt untergebracht werden. Sollen sie ihren Haß doch bei erstklassiger gastronomischer Versorgung in intimer Atmosphäre unter ihresgleichen versprühen. Europas Sache ist es, die Konfliktparteien an den Verhandlungstisch zu bringen und eine Plattform für einen Vergleich vorzuschlagen. Von Voreingenommenheit und ideologischem Engagement muß sich die dritte Seite freimachen. Die Entwicklung komplexer und einmaliger vertraglicher Formeln sowie die Überzeugung der Konfliktparteien vom Sinn der Vorschläge, darin besteht unsere Aufgabe. Zu nicht mehr und nicht weniger sind wir verpflichtet. Und dort, wo der mannhafte Geist nationaler Herrschaft und Würde hemmungslos tobt, hat das Rote Kreuz im Dienst ewiger Barmherzigkeit gewaltfreie Hilfe zu leisten.

Da die Unsicherheit der Ostgrenze jenen grenzsensiblen Teil der Europäer, der sich nachhaltig abzuschotten wünscht, in

Schwierigkeiten bringen kann und da sich der Eiserne Vorhang in seiner ursprünglichen Form nur schwer wiederherstellen läßt, bildet sich eine allmähliche Abgrenzung heraus. Die Integration ganz Osteuropas in die Europäische Gemeinschaft ist ein Ding der Unmöglichkeit. Das Prinzip stufenweiser Annäherung wird auf die Landkarte projiziert, und die verschiedenen Zonen vorhandener Chancen werden markiert. Die Peripherie wartet auf Einlaß. Da drinnen und da oben werden die Generalstäbe, wenn sie die Zeit für gekommen halten, darüber befinden. Manch einen verwirrt das Warten, und schon geben sie die Hoffnung auf, sie kommen auch so zurecht, sie richten sich ein. Und wenn sich das Warten allzu lange hinzieht, kann das Objekt des Liebessehnens seine Anziehungskraft verlieren. Den Wartenden in den Randbezirken fällt ein, daß es dereinst eine Monarchie gegeben hat, die vom siegreichen Westen demontiert worden ist, als hätte den der Gemeinsame Markt Mitteleuropas gestört. Die Nationalismen Osteuropas sind postföderative Nationalismen, und darin besteht ihr Schönheitsfehler. Statt in den vorhandenen Föderationen würdige Formen des Zusammenlebens zu entwickeln, zerschnitten sie ungeduldig und beleidigt die bestehenden Beziehungen. Den Rat für gegenseitige Wirtschaftshilfe, den Comecon, gibt es nicht mehr. An seine Stelle ist nichts anderes getreten. Die für den RGW-Markt produzierenden Fabriken sind stillgelegt worden, die Arbeitslosen genießen die Aussicht, in ferner Zukunft vielleicht zum Westen zu gehören.

Osteuropa braucht auch weiterhin konföderative Lösungen. Sie würden den Lostrennungen einen Rahmen geben. Ihr könnt nicht leben in Jugoslawien? Ihr könnt nicht leben in der Tschechoslowakei? Dann lebt in Mitteleuropa, das sich nur stufenweise aufbauen lassen wird. In einer größeren Gesellschaft kommen auch unausstehliche Nachbarn miteinander aus. Dieses große ethnische Gebiet und dieser beachtliche Wirtschaftsraum sind nicht von der Bildfläche verschwunden, und gewiß ist es nicht klug, ihn lediglich als einen Trümmerhaufen zu betrachten. Die Öffnung über den Balkan zum Nahen Osten und über Rußland nach Asien, darin ist für Europa eine Herausforderung zu sehen. Sich verschreckt einzuigeln ist ähnlich schlimm wie die gesamteuropäische Besserwisserei. Nachbarschaft geht mit besonderer Verantwortung einher. Die demokratische Bewegung Osteuropas hat es geschafft, ohne Gewalt auszukommen und die demokratische Wende eigentlich ohne Blutvergießen zu erreichen. Der Geist der Gewaltfreiheit und der praktische Widerstand sowie die spätere Strategie der Vertragsverhandlungen haben sich bewährt. Sollten die Nationalismen in ihrer Ungeduld darauf verzichten und den gegebenen Konflikt auf waffensensible Gebiete übertragen, so werden sie nicht nur eine Flut von Leiden hervorrufen, sondern auch auf längere Sicht eine beschwichtigende Handhabung des für sie existierenden Konflikts verhindern.

Auch weiterhin erscheint es lohnenswert, über einen mitteleuropäischen Ausgleich nachzudenken, der über eine Zwischenstufe zu einer gesamteuropäischen Integration führt, zu einer demokratischen Verfassung Europas, damit wir nicht meinen, uns wegen der Nervosität, die angesichts der Spannung des Wartens um sich greift, gegenseitig totschlagen zu müssen.

Die Strategie der Verständigung

Noch keine zwei Jahre sind vergangen, daß fremde Truppen in Ungarn nicht mehr stationiert sind und wir unsere nationale Souveränität zurückgewonnen haben. Wir unterstehen keiner Vormundschaftsgewalt und sind niemandes Satellit. Nun stellt sich die Frage, ob wir uns schöpferisch-experimentell der Gesellschaft europäischer Demokraten anschließen werden. Über die Frage von Frieden oder Krieg wird seither nicht durch eine fremde Befehlsgewalt entschieden, sondern von den gewählten Vertretern der ungarischen Nation. Seither lastet auf jedem einzelnen ungarischen Bürger eine größere Verantwortung.

Wenn wir klug sind, dann steigern wir unsere Lebenschancen, wenn wir uns dumm verhalten, dann beschwören wir eine Todesgefahr herauf. Die Sicherheit des Lebens ist ein zu hoher Wert, als daß wir ihn den Berufspolitikern anvertrauen könnten, denen es in diesem Jahrhundert einige Male gelungen ist, das Land hinters Licht zu führen. Die anmaßende Behauptung, uns könne nichts passieren, zeugt von keinem großen Verstand. Unter Übergeschnappten, so ist von den Alten zu hören, ist Vorsicht geboten.

Die erste Frage der unabhängigen Ungarn lautet: Welche nationale Strategie sollen wir verfolgen, wie sollen wir unseren Nachbarn begegnen? Wir könnten von unterschiedlichen Werten ausgehen. An erster Stelle sollte der Wert des Friedens stehen. Die Rolle eines regionalen Friedensstifters könnten wir für Ungarn wählen.

Es gibt auch eine andere Strategie, deren entscheidender Punkt die Ablehnung des Vertrags von Trianon aus dem Jahre 1920 ist, was bedeutet, daß wir zwar keine gewaltsame Veränderung der Grenzen anstreben, jedoch die Möglichkeit einer friedlichen Revision nicht ausschließen, insbesondere dann nicht, wenn die Nachbarstaaten verunsichert sein sollten, während Ungarns relatives Gewicht in der Politik zunimmt. Wer so denkt, der träumt ebenso von einem Groß-Ungarn wie andere von einem Groß-Rumänien, einem Groß-Serbien, ja sogar von einem Groß-Albanien. Die Expansionsträume ähneln sich derart, daß man schon fast darüber lächeln könnte, würden wir nicht die Totenglocke läuten hören.

Auf längere Sicht wollen die Anhänger einer harten Politik ein bis zwei Millionen Ungarn zusammen mit deren Siedlungsgebieten zurückgewinnen. Die internationale Gemeinschaft, so sagen sie, könnte auch im Fall der Ungarn dasselbe anerkennen, wozu sie bei den Nachbarländern bereit gewesen ist, nämlich das Recht auf Selbstbestimmung. Und darin haben sie recht. Warum, so fragen sie, sollten wir bescheidener sein als die anderen?

Am Denkmal des hingerichteten ersten verantwortlichen ungarischen Ministerpräsidenten Batthyány im vorigen Jahrhundert ist es nicht unbegründet, an drei Jahreszahlen zu erinnern: 1849, 1919, 1945. Daten militärischer Niederlagen. Verlorene Kriege, die mit den ungeregelten Lagen im Donauraum zusammenhängen. In allen drei Fällen führten wir Krieg gegen unsere Nachbarn, doch es gelang nicht, die Oberhand über sie zu gewinnen.

Es liegt nicht im Interesse Ungarns, in den Verdacht des Ruhestörers zu geraten. Wenn wir uns zu den internationalen Grenzen zweideutig äußern, dann werden wir zwangsläufig in die Rubrik Sicherheitsrisiken eingeordnet. Dann werden wir abgeschrieben und vermehren den Klub der unzuverlässigen Kantonisten Osteuropas um ein weiteres Mitglied.

Nun stellt sich die Frage, ob sich der Balkan Europa oder Europa dem Balkan anpassen wird. Ob wir unsere Nachbarn besiegen oder für uns gewinnen wollen.

Worin wollen wir Ungarn groß sein, wenn offensichtlich ein jeder groß sein will? Geben wir uns nicht zufrieden mit ein bis zwei Millionen Menschen, machen wir uns hundert bis zweihundert Millionen Freunde! Unter den Nachfolgestaaten der Monarchie besaßen Wien, Prag und Budapest gute Chancen, die Rolle eines regionalen Organisators zu übernehmen. Wien liebäugelte auch in jüngster Zeit mit einem solchen Gedanken, doch die deutschsprachigen und wirtschaftlichen Verbindungen sind so stark, daß aus der südöstlichen Orientierung keine nationale Strategie geworden ist. Prag hat gerade die Scheidung hinter sich gebracht, und in solchen Zeiten ist das Gemüt verdrießlich, und der verlassene Partner denkt nicht gern an eine neue Verbindung, und außerdem gibt es anderswo keine tschechischen Minderheiten. Budapest allein verbleibt eine Rolle, die anzunehmen sehr ratsam ist, nicht unbedingt in der Hoffnung zu erwartenden Wohlstands, obwohl auch dieses Moment zu erwägen ist, sondern zum Schutz des Lebens, nämlich die Vermittlerrolle in Mittel- und Südosteuropa.

Zwischen zwei nationalen Strategien können wir uns entscheiden; die eine ist hochmütig und die andere freundlich. All unseren Niederlagen folgten Hochmut und Verächtlichmachung der Nachbarn. Die ungarische Führung zur Zeit des Zweiten Weltkriegs, der sich die heutige Elite verbunden fühlt, schaffte es, Hochmut mit Vasallenunterwürfigkeit zu vereinbaren. Im Unterrichtsfach gleichberechtigte und friedliche Souveränität sind wir noch nicht allzu stark.

Wenn wir lebensklug sein wollen, dann sollten wir für einen Bruchteil dessen, was wir für das Militär ausgeben, aus den Nachbarländern diejenigen einladen, deren Meinung im eigenen Land etwas gilt.

Prinzipiell und aus Eigeninteresse sollten wir in den Konflikten der anderen zurückhaltende Neutralität wahren, wir können uns nicht für die eine oder andere Konfliktpartei engagieren. Wenn wir uns nicht in einem ungarischen Nationalismus isolieren, steht uns der Weg offen, regional eine interessante initiative Rolle zu übernehmen, und darin kann um die Jahrtausendwende die ungarische Erfolgschance liegen. Es kommt vor, daß der Mensch zum Schutz seines Lebens Freundschaften schließt. Entweder Freundschaft oder Konflikt. Es hat den Anschein, als hätte die amtierende Regierung in diesem Dilemma noch keine eindeutige Entscheidung getroffen. Die Strategie des Kampfes führt zum Untergang, die Strategie der Verständigung zum Wachstum.

Die großspurigen Äußerungen werden von der Presse der Nachbarländer sogleich verbreitet, wie dies umgekehrt auch von der ungarischen Presse getan wird. Was hält uns davon ab, die Ähnlichkeiten zwischen den Nachbarn und uns zu entdekken? Was hält uns davon ab, ihre Verunsicherung zu entdekken? Was hält uns davon ab zu entdecken, daß sie gerade erst dabei sind, die Angst vor uns zu überwinden? Auch sie sagen, daß sie nicht weniger wert seien als andere.

Der Weg der Verständigung ist der Weg zum Erfolg. Sehnt sich doch jeder Partner nach berechtigter Selbstachtung, und wenn ihm dies in unserer Gesellschaft gelingt, dann sind wir ihm willkommen. Die nationale Identität zu begreifen ist schwer, leichter ist es, die nationale Strategie nachzuvollziehen.

Was heißt Niederlage? Menschenleben, geistige und materielle Werte verlieren.

Es genügt nicht, wenn unsere Strategie gegenüber unseren Nachbarn, gegenüber denen, mit denen wir zusammenleben, nicht feindselig ist. Freundschaft bedarf der Initiative. Einladungen müssen ausgesprochen, Besuche müssen durchgeführt, Kooperationen, zu denen eine Bereitschaft besteht, müssen realisiert werden. Wenn Ungarn wollte, könnte es eine Mittelmacht der Kulturvermittlung sein.

Wir leben an der Kreuzung vieler Integrationszonen. Je mehr man über die Region weiß, desto eher kommt man auf einen grünen Zweig. Es macht nichts, wenn unsere Führer in angenehmer Atmosphäre mit den Chefs der NATO verhandeln, doch wir erwarten von ihnen, daß sie in nicht minder angenehmer Atmosphäre auch mit den Führern unserer Nachbarländer verhandeln, und das selbst dann, wenn der eine oder andere dieser Politiker im Zivilleben keineswegs zu ihren Busenfreunden gehörte. Den ungarischen Minderheiten können wir nichts besseres geben als eine wechselseitig größere Durchlässigkeit der Grenzen.

Statt wortgewaltige Reden zu halten könnten wir den jenseits der Grenzen lebenden Ungarn, die ohnehin durch viele

Fäden mit den Nachbarländern verbunden sind, besser durch Bankfilialen, Kurse auf Vereinsebene und Schulbibliotheken helfen.

Sind wir großzügig genug, Lösungen vorzuschlagen, die geeignet sind, die Feindseligkeiten zwischen den Nachbarn zu überbrücken? Beim Abbau der südslawischen Konflikte könnten wir eine von uns selbst zu bestimmende Rolle spielen.

Einen neuen Eisernen Vorhang zu erfinden, eine neue ideologische Trennlinie zwischen West und Ost, Länder dem einen oder anderen Block zuzuordnen, je nach Zugehörigkeit zum römischen oder byzantinischen Christentum, die ersteren als Freunde und die letzteren, die Griechisch-Orthodoxen, als Gefahrenquelle zu bezeichnen, wäre ein Fehler. Seit neuestem ist eine derartige Sicht Mode geworden, nur entspricht sie nicht der Wirklichkeit, und durch sie würde zwischen Ungarn und Siebenbürgen beziehungsweise zwischen Ungarn und der Woiwodina eine künstliche Grenze gezogen. Wir müssen darüber nachdenken, wie wir Kossuths Idee, den südosteuropäischen Runden Tisch, mit neuem Leben erfüllen können. Dadurch würden wir uns unsere Freunde im Westen keineswegs entfremden, im Gegenteil, die Bindungen würden enger werden, wird doch ein Ort, an dem gute nachbarschaftliche Beziehungen gepflegt werden, interessanter als ein Ort, an dem die einsamen Hausbewohner versauern und gegen die Nachbarn intrigieren.

Ein Südosteuropäischer Runder Tisch nach dem Muster des Nordischen Rats – der Konsultationsorganisation der Skandinavier und der Finnen – würde für die Konfliktparteien der Völker des Balkans einen annehmbaren emotionalen Integrationsrahmen schaffen. Gegen den Willen der Mehrheit, über diese triumphierend, lassen sich die Ziele der Minderheit nicht durchsetzen. Deshalb ist die Minderheit gut beraten, wenn sie der Mehrheit ihre Absichten erklärt, so daß die Möglichkeit ausgeschlossen wird, die einfachen Menschen der Majorität gegen die Minorität aufzuhetzen. Verunsicherte nationale Selbstwertgefühle stehen sich gegenüber, davon müssen wir ausgehen. Prinzipielle Separierung macht den anderen mißtrauisch. Eine weise Minderheit macht sich Gedanken darüber, welche Persönlichkeiten aus dem Kreis der Mehrheit relativ verständnisvoll sind und als gemeinsame Basis die Menschenrechte anerkennen.

Doch wenn auch die Minderheit selbst verschlossen ist, wie sollte sie dann auf offene Partner stoßen? Und wie sollte man eine gerechte Beziehung zur Mehrheit aufbauen, wenn wir die gemäßigten Persönlichkeiten der Mehrheit keines Wortes würdigen? Die Ungarn stellen im Karpatenbecken lediglich ein Drittel der Bevölkerung, wenn wir durch anmaßendes Verhalten die guten Beziehungen zu den anderen zwei Dritteln gefährden, sitzen wir auf einen Pulverfaß.

Dann können wir die in nicht allzu gutem Zustand befindlichen sowjetischen Panzer zählen. Im Vergleich zu den Nachbarn ist das Niveau der Fremdsprachenkenntnisse in Ungarn nicht allzu hoch. Statt Ausländer zu verprügeln, haben wir national eingestellten Jugendlichen Besseres zu empfehlen: Mit der gleichen Konzentration wie beim Karate sollten sie Fremdsprachen lernen.

Unser Bild eines anderen Volks identifizieren wir mit dem Bild der zum anderen Volk gehörenden Person, ein jeder ist ein Botschafter. Wenn ich in einem anderen Volk drei Freunde besitze, dann kann ich nicht mehr daran glauben, daß das andere Volk mein Feind wäre. Es wäre anstößig, würden wir nur die Freundschaft der Reicheren suchen, würden wir nur dem Westen zulächeln und den von uns aus weiter östlich unter widrigeren Umständen lebenden Völkern in der Art hochmütiger Lakaien den Rücken kehren. Wie sollten wir von den reicheren Westlern ein Lächeln erwarten, wenn wir nach Osten blicken, als würde man uns gerade einen Zahn ziehen?

Die Russen haben das Land verlassen, es gibt keine Entschuldigung dafür, wenn die Ungarn jenseits der Grenzen beim Gedanken an unser Land eher beschämende Verwirrung überkommt als dankbare Zufriedenheit.

Es lohnt sich, über eine nationale Strategie zu diskutieren, wenn jemand reden und nicht lediglich Verwünschungen ausstoßen will. Da in der Umgebung Feuer ausgebrochen ist, ist es vernünftig, der freiwilligen Feuerwehr seine Dienste anzubieten.

Große Worte zu gebrauchen und allzu klagend überall den Wolf zu wittern, ist nicht vernünftig, weil dadurch unsere Glaubwürdigkeit untergraben wird. Möglicherweise erreichen wir das, was heute nicht zu realisieren ist, auch wenn es recht und billig wäre, in zehn Jahren. In der Zwischenzeit sollten wir machbare kleine Schritte ins Auge fassen. Auch im folgenden Jahrtausend werden die Ungarn mit denselben Nachbarvölkern zusammenleben.

Die demokratische Variante einer nationalen Strategie gelingt am ehesten Demokraten. Menschen, die den anderen als ebenbürtig betrachten. Verständigung als Schlüsselwort der ungarischen nationalen Strategie, darin wird das Geheimnis für einen ungarischen Erfolg zu erblicken sein. Wenn wir unsere Freunde nicht durch einen kämpferischen Nationalismus verstoßen, könnte Budapest eine kulturelle Hauptstadt Europas werden. Und dann müßte man auch keine Angst haben, daß das Umherirren der begabten und flexiblen Jugend auf Kosten der geistigen Substanz gehen könnte. Die Ungarn werden in der Welt für ein mobiles Volk gehalten. In der Zeit des Luftverkehrs spielt die Tatsache, daß wir kein Meer besitzen, eine untergeordnete Rolle.

Es läßt einen erschaudern, aber wir müssen begreifen, daß unser Wohlergehen von uns selbst abhängt, daß es an uns liegt, uns für eine richtige Strategie zu entscheiden. Wählen wir eine schlechte Strategie, gefährden wir das Schicksal unserer Kinder.

Das Verhältnis zu den Nachbarn entkrampfen und atmosphärisch beruhigen, die Ausbreitung von Hysterien verhindern, die Hassenden in einen Dialog verwickeln, zum Land der Gastfreundschaft und manchmal zum Land des Lächelns werden, das ist die ungarische Herausforderung um die Jahrtausendwende.

Globalisten sind wir alle (Aphorismen-Pingpong zu der Frage: Ist ein globales Denken vorstellbar?)

Jeder einzelne Mensch ist für die ganze Menschheit verantwortlich. Liebe deinen Nächsten wie dich selbst! Dieses Gebot unterscheidet nicht zwischen eigener und fremder Nationalität. Kann man angesichts der ethnischen Bürgerkriege auf dem Balkan und im Kaukasus, kann man in einer Zeit, da die Teile nach Unabhängigkeit streben, auch weiterhin global denken?

Möglich ist es, wenn auch schwer. Schwierigkeiten können aber kein Grund sein, unseren universalen Individualismus aufzugeben und uns als Sprachrohr irgendeines kriegerischen Partikularismus benutzen zu lassen.

Das haben wir auch nicht in der Ära des Blocksystems getan, obwohl die Forderungen ziemlich stark waren. Die demokratische Bewegung in Osteuropa vor 1989 war der Versuch eines neuen Universalismus, worin die tatsächlichen Empfindungen der Osteuropäer zum Ausdruck kamen. Es zeigte sich ein radikaler Universalismus innerhalb verhafteter Gesellschaften und geschlossener Anstaltshaushalte. Ein Gefangener war ich ebenso wie du. Loyalität gegenüber dem Blocksystem empfand ich in keinem der Generalstabslager.

Obwohl ich mir die Beseitigung der Bevormundung durch das Sowjetsystem wünschte, war ich nicht an einem militärischen Sieg über das Sowjetimperium interessiert, denn dies hätte mit der Vernichtung von Hunderten von Millionen einhergehen können.

Eine solche Option schloß ich in den für mich relevanten Drehbüchern grundthesenartig aus. Ich ging von der Annahme aus, daß die überwiegende Mehrheit der normalen Menschen der gleichen Meinung sei, daß sie unter dem Einfluß einer politischen Selbstzensur lediglich nicht den Mut habe, so etwas auszusprechen.

Das befand sich im Einklang mit unserer Gewaltfeindlichkeit, wonach wir militärische Gewalt prinzipiell als Verbrechen betrachten, zu dem wir uns vermutlich nur ausnahmsweise bekennen und auch dann ohne Hoffnung auf Absolution. Der Mensch kann sich für den Sündenfall entscheiden, doch daß die Sünde eine Tugend sei, das kann er sich nicht vormachen.

Wer Universalist geworden ist, der ist berechtigt, jedweder Teilgemeinschaft Verständnis und Liebe entgegenzubringen, den Gesichtspunkt der Menschlichkeit indes aufzugeben, dazu ist er nicht berechtigt. Er kann nicht darauf verzichten, auch die andere Seite anzuhören, und er kann sich nicht der einseitigen Propaganda irgendeiner Partei überantworten. Das Denken fängt jenseits von Selbstrechtfertigung an.

Globaler Individualismus ist vermutlich eine aristokratische Haltung, ebenso wie die des Arztes, der sich durch seinen Eid verpflichtet, jedem Kranken ohne Ansehen der Person medizinische Hilfe zukommen zu lassen.

Aus den globalen Zusammenhängen folgt die erschütternde Begegnung mit dem Erlebnis globaler Verantwortung.

Wen ein Stein, ein ausgesprochener oder niedergeschriebener Satz wie trifft, das weißt du nicht.

Die Verpflichtung zu einer globalen Anschauung können wir auch als ein religiöses Gebot begreifen.

Globaler Humanismus denkt in der Perspektive der gesamten Menschheit, und das läßt sich von den großen Weltreligionen nicht ohne weiteres behaupten, erheben sie doch in ihrer Weise Anspruch auf Exklusivität.

Globalismus ist selbstverständlich ein ebensolches Gebot wie jenes, in dem es heißt, du sollst deine Eltern, deinen Gatten, deine Kinder lieben.

Offen sein auch gegenüber dem Wildfremden. Die Nähe des noch nie Gesehenen zu dir selbst spüren.

Mr. Globist ergreift Partei für die Erde und deren Bewohner, und in seiner Phantasie hält er manchmal die Menschheit im Arm, gleich einem Säugling.

Globales Denken kann ich mir nur als ein künstlerisches Denken vorstellen.

Möglicherweise gibt es auch heute noch junge Menschen, in deren Kopf sich die Erdkugel dreht.

Warum sollte Globalist ein häßlicheres Wort sein als Fußballer? Auf die Erde und auf das Kostüm der Biosphäre deutet es hin – zusammen mit uns.

Mit dem Begriff des Humanismus wäre ich vorsichtiger, weiß ich doch nicht, ob wir diese schmeichelhafte Sonderstellung unter den Lebewesen verdienen. Der Begriff des Humanismus beinhaltet nicht die Selbstkritik der Gattung Mensch. Eher schon etwas Prahlerisches verbindet sich damit. Der Stolz darauf, Mensch sein zu dürfen.

Da aber die Menschheit wegen ihrer streitsüchtigen, zur Mordlust neigenden und heuchlerischen Natur von vornherein moralische Kritik verdient, könnte ich sagen: Jeder Säugling ist verdächtig. Jedes Baby birgt in sich einen Heiligen und einen Mörder; und manchmal werden beide Elemente durch die Erziehung miteinander vermischt.

Andere mögen die entschiedenen Globalisten schon allein deshalb verachten, weil sie auch die entschiedenen Partikularisten mit leutseligem Verständnis betrachten.

Doch wer würde jenes Spiel aufgeben, in seinem Privatraumschiff zwischen zwei beliebigen Punkten der Erdkugel in Lichtgeschwindigkeit hin und herfliegen zu können? Den Globalisten kostet das keinen Heller. Selbst in der Gefängniszelle bieten ihm Raumfahrten Zerstreuung. Grenzen erweisen sich für die eingesperrte Phantasie als lächerlich.

Globalistische Phantasie entbehrt nicht des Sinns für anarchistischen Humor. Das zu bestreiten wäre nicht anständig.

Nehmen wir einmal an, ich sei schon in Melbourne und Malmö gewesen; wegen der Alliteration und der ziemlich großen Entfernung voneinander fiel meine Wahl auf sie. Hopp, in einem einzigen Augenblick sind wir jetzt von Melbourne nach Malmö hinübergesprungen.

Kein Fahrzeug ist schneller als die Phantasie. Doch wer wollte behaupten, die Phantasie sei weniger wirklich als jene schnell veraltenden Vehikel, deren bevorstehende Verschrottung schon vorprogrammiert ist?

Die Phantasie schöpft aus der Erinnerung, das ist natürlich. Mit den vorhandenen Karten legt sie eine Patience. Die Erinnerung ist immer etwas Gegenwärtiges: Alle Orte befinden sich in einem einzigen konzentrierten Raum, in dem man sich zu jeweils anderen Zeiten aufgehalten hat. Aus dem Nacheinander ist ein Nebeneinander geworden. Schließt du die Augen, dann bist auch du ein Globalist. Jeder von uns besitzt einen Weltatlas, er ähnelt dem der Luftfahrtgesellschaften. Alle Punkte, an die es uns bereits verschlagen hat, sind darauf verzeichnet. Ein wenig schwebst du, und schon, während du einschläfst, erscheint dir der bläulich grüne Ball als homogenes Gebilde.

Zur Menschheit gehört eine mobile Minderheit; zu ihr zählen die Seeleute, die Globetrotter, die Kaufleute und die Künstler, die Hochstapler und die Philosophen, die Abenteurer und die Wissenschaftler, die Stars und die Spione, die Piloten und die Diplomaten, die Bankiers und die Politiker. Sie alle erleben die Verwobenheit der Erde, die irdische Welt als Ganzes, während ihrer alltäglichen Arbeit.

Auf zwei verschiedene Weisen kann man sich verhalten gegenüber dem Fremden, mit dem einen das Leben zusammenführt: Eine primitive Reaktion ist in innerer und äußerer Abneigung zu sehen. Großzügiger ist die Geste verständnisvollen Brückenbaus, der Kennenlernen und Moral in sich vereint.

Erkenntnis, das ist Liebe. Sein Gegenüber zu umarmen heißt, er hat es erkannt. Die Erde zu umarmen, das ist für Mr. Globist eine Kleinigkeit. Er braucht nur vom Zimmer in die Küche zu gehen, und schon hat er sie zweimal umkreist.

Aus dem Zimmer nebenan vernimmt Mr. Globist sarkastische Bemerkungen: Ein Flughafen, das fehlte noch! Was willst du eigentlich? Eine Erdkugel? Alle möglichen Rundungen? Ein bequemer Lesesessel reicht dir nicht?

Aber gewiß, murmelt Mr. Globist. Auch von dort aus kann er seine Haken schlagen, wenn sein Naturell nun einmal so sprunghaft ist, wenn er will auch in die Weiten von einigen tausend Jahren; ein Griff ins Bücherregal genügt.

Globalist wirst du nicht durch eine entsprechende Weihe oder Mitgliedschaft in einem Klub, sondern dadurch, daß so manches in deinem Kopf zusammentrifft.

Modernität, universelle Demokratie, biblischer Rationalismus, politische Gleichberechtigung und metaphysische Ebenbürtigkeit der Menschen, Autonomie und Solidarität, die vertraglich geregelten Beziehungen zwischen Gemeinschaften, die auf unseren Identitäten basieren, die Trennung von Macht und Seinssphäre, das Einhalten von Spielregeln, Formalismus, grundlegende Menschen- und Bürgerrechte, die Interessen des einzelnen berücksichtigender Liberalismus, metaphysischer Personalismus, all das ist im großen und ganzen ein und dasselbe.

Universale Demokratie? Verantwortlich bin ich für die Lebenden diesseits und jenseits der Grenzen.

Wobei kann ein Intellektueller helfen? Die Verbindungen herstellen zwischen den Menschen. Und er geht bis zu dem Punkt, an dem es völlig ohne Bedeutung ist, ob ein Mensch Hethiter oder Assyrer ist.

Rembrandt und Spinoza waren bei aller lokalen Verwurzelung globale Intellektuelle. Große Reisende waren sie nicht, dennoch, wieviele einstige Flugreisen wären auf diese beiden Menschen zurückzuführen gewesen!

An einige in ihrem näheren Umkreis wandten sie sich, das tut nichts zur Sache, gehört werden sie auch von denen in der Ferne. Wieviele Menschen haben die letzte Rembrandt-Ausstellung besucht?

Allem Anschein nach ist die Bewegung gewisser Federn und Pinsel ein globales Ereignis.

Möglicherweise wird das vertraute Wort auf Flügeln in die

Ferne getragen, woraus zu schließen ist, daß es Grenzen nicht gibt und die Maschinenpistolenkulisse eine Illusion darstellt. Seit die Berliner Mauer verschwunden ist, glaube ich nicht mehr an Grenzen. Dabei gab es dort Beton und grau gestrichenes Eisen, graue Baracken und Uniformen zur Genüge, ja, auch immergrüne Gummibäume gab es, und dann verschwand plötzlich all das, keine Spur davon kann ich entdecken. Oder sollte ich die ganze Sache nur geträumt haben?

Sollte der Eiserne Vorhang ein Wahnglaube, genauer gesagt ein Trugbild einer paranoiden Menschheit gewesen sein? Na, und die jetzigen Grenzen? Zu beiden Seiten sich ähnelnde Dörfer, deren Dachziegel und Straßenschilder sich vielleicht in Farbnuancen unterscheiden?

Anfang dieses Jahrhunderts brauchte man mit dem Pferdefuhrwerk für die fünfundzwanzig Kilometer, um von der Kleinstadt meiner Mutter in die Kleinstadt meines Vaters zu gelangen, zwei bis drei Stunden, heute kann die Autofahrt wegen der dazwischen errichteten rumänisch-ungarischen Grenze sechs Stunden und mehr dauern.

In meiner Kindheit hielt ich die Grenze für einen interessanten Blödsinn. Sogar eine Betonbefestigung mit Schießscharten auf der anderen Seite gehörte dazu. Die Prozeduren von Zollformalitäten und Zwangsumtausch sind 1993 in die Kategorie volkskundlicher Spuren entrückt.

Überall in der Gegend schießen ethnische Gruppierungen wie Pilze aus dem Boden. Wenn es so weitergeht, wird auch zwischen unserer und der Nachbarstraße ein Schlagbaum errichtet werden. Gern stellten meine Söhne im Garten einen Schlagbaum auf und kassierten Zoll, bis sie es schließlich satt hatten. Sittliche Glorifizierung tut der Folklore nicht gut, bei Überdosierung gleitet sie leicht in den Kitsch ab, und noch dazu entsteht daraus etwas anderes, beispielsweise eine Zoll- und Grenzstation.

Seuchenartig breitet sich in meiner Umgebung die Uniform- und Zollfolklore aus. – Angstsymptome und Größenwahn. Mit der einfachsten Sehnsucht des Menschen treiben die nationalistischen Politiker Schindluder, nämlich damit, daß wir alle ein sicheres Zuhause haben wollen, ohne Angst und Erniedrigung. Und da wir es bewohnen, kultivieren und lieben, wollen wir uns dessen nicht schämen müssen, und wenn jemand versucht, es herabzusetzen, sind wir ein wenig beleidigt.

Natürlich genügt ein grippaler Infekt, um den Globalismus zu einem lächerlichen Wort zu degradieren, und dann, in der Zeit des ausklingenden Winters, braucht der Mensch nicht mehr als eine warme Zimmerecke und eine Tasse heißen Tee. Aktivität und Beschaulichkeit – alles hat seine Zeit. König Salomon, der für den Autor der alttestamentarischen Sprüche gehalten wird, weiß, daß der Mensch zusammen mit der Pendelbewegung das ist, was er ist, und auf keinen einzigen Schwung kannst du verzichten, denn hört diese zweitaktige Bewegung auf, so erkaltest auch du.

Zynismus und Liebe zugleich enthält diese Weisheit in sich. Den Schlager des Lokalindividualisten dudelt sie und fliegt mit dem Regenschirm zwischen den Erdteilen hin und her. Eine wogende Wirklichkeit ist er, der Globalismus, die meisten Aktivitäten und Erfindungen, wie beispielsweise der Computer, das Kopier- und das Faxgerät, entwickeln sich zu einem Weltgeflecht. Vor zehn Jahren noch machte die Polizei Jagd auf meine Manuskripte. Sollte sie es heute doch versuchen! Per Telefon verschicke ich die Schmuggelware von einst, und noch bevor jemand schaltet, ist sie schon angekommen beim Adressaten. Und die Moral von der Geschichte: Längst kann der Textverkehr nicht mehr so eingeschränkt werden wie zu Zeiten der alten schönen Diktaturen. Die Welttechnik arbeitet gegen die Zensur. Im internationalen Austausch nimmt die Bedeutung des Staats ab, großteils wird dieser sogar ausgeschaltet.

Die Intelligenz organisiert ihre eigenen Zusammenkünfte, manche Berufe verfügen über ihre eigene Weltgesellschaft. Von einer Vereinigung der Länder ist noch keine Rede, auf internationalen Konferenzen aber versteht es sich von selbst, daß es eine Weltöffentlichkeit gibt, mit der zu rechnen die lokale öffentliche Meinung gezwungen ist.

Außenminister ist ein jeder auf eigene Faust. Es hat keinen Sinn, die Außenminister zu beschimpfen, mehr zu leisten sind sie nicht imstande, alles andere fällt uns zu. Und einige ungeregelte Angelegenheiten können wir auch unseren Urenkeln hinterlassen.

Was die Technik zuläßt, das wird erledigt werden. Das internationale Gespräch ist nicht zu umgehen. Schlupfwinkel und Raumfahrt, beide bestimmen sie unsere Lebenszeit.

Die Kohärenz des Menschen wird durch die Pendelbewegung gegeben. Ein Leben mit Paradoxien, hin und hergerissen sind wir, manchmal schaffen wir es, sie zu bändigen, dann herrscht überall Ruhe.

Jeder von uns macht die Welt, Europa, unsere Heimat, unser Haus, das Abendessen der Kinder auf seine pfiffige Weise.

Alles in allem, so meint ein jeder, wie ich festgestellt habe, ist es dort am besten, wo er lebt. Die Tatsache, daß ich dort lebe, wo ich lebe, beinhaltet zugleich eine Entscheidung für einen Ort, und wenn ich mich nun schon einmal entschieden habe, bleibt mir nichts anderes übrig, als an den lokalen Mythen mitzuweben.

Der Ort meines Lebensbereichs sollte auf die eine oder andere Weise interessant sein. Und in der Tat, interessant machen läßt er sich. Interessant wird ein jeder Ort durch die Geschichten, die sich mit ihm verbinden. Daraus setzt sich die Literatur zusammen. Das Tiefland ist schwindelerregend, weil es flach ist, und der Berg ist anziehend, weil er erhaben ist.

Von jener Empfindung, die sich mit einem bevorzugten Ort verbindet, ist die Kränkung nicht zu lösen.

Scheußliche Taten, selbst wenn sie fünfhundert Jahre zurückliegen, können auch heute noch, festgehalten im Gedächtnis der Geschichte, schmerzen.

Gelitten haben die meisten Gemeinschaften im Verlauf ihrer Geschichte, auf manche von ihnen trifft dies in besonderem Maß zu, voller Wunden steckt ihre Vergangenheit. Eine unvorsichtige Bemerkung, du weißt nicht, woran du gerührt hast. Zwei solche Wesen, deren Vergangenheit geprägt ist von Verletzungen, verstehen sich hervorragend darauf, dem anderen Schmerzen zuzufügen.

Die Ähnlichkeiten zwischen uns, insbesondere im Hinblick auf die Streitigkeiten, sind desillusionierend. Und weder unsere Speisen noch unsere Gedanken unterscheiden sich wesentlich voneinander, jede Sprache verfügt über eine kollektive, international gebräuchliche Rezeptur der Selbstbeweihräucherung. Auf der Welt wimmelt es von Neunmalklugen, die das Gras wachsen hören.

Sehen wir uns doch um in der globalen Familie, wieviele Arten von Wahnsinn es gibt, die den Konfliktfall auslösen können! Es hat den Anschein, daß die mörderische Vorgeschichte des Menschen auch mit diesem Jahrhundert noch nicht abgeschlossen sein wird.

Im Namen der großen Ideologien – Kommunismus und Demokratie – wird bereits weniger gemordet, jetzt können viele im Namen der Nation und mancher Religionen ins Jenseits befördert werden.

Vor zehn Jahren noch galt ein ferner Feind als Popanz, den versuchte die Propaganda zu verunglimpfen, nun aber befindet sich das Schreckgespenst in der Nähe. Die Propaganda – das jeweilige Sprachrohr gesellschaftlichen Argwohns und Hasses – ist dazu übergegangen, die eine oder andere Ethnie, mit der man zusammen oder in unmittelbarer Nachbarschaft lebt, in ein schiefes Licht zu rücken. Sie entwirft eine Karikatur von ihr, Angst breitet sich aus. Die eigentliche Herausforderung ist der Partner in der Nähe.

Wenn wir neben der Einflüsterung Gottes auch der Einflüsterung des Teufels Gehör schenken, dann ist von ihm wahrscheinlich zu vernehmen: Hasse deinen Nächsten wie dich selbst! Mit uns selbst kommen wir nicht zurecht, ergo auch nicht mit anderen, genau das ist das Problem mit uns armen Geschöpfen. Durch diese oder jene Normen verdorben, schaffen wir es nicht, unsere Schwäche in den Griff zu bekommen. Da sind die Betrunkenen noch erträglich, können sie doch wenigstens über den eigenen Unsinn lachen.

Jegliche Klassifizierung und Gruppierung der Menschen wird durch deren Zählung begünstigt. Viele statistische Kennziffern gibt es, wonach wir gezählt werden können: Alter, Geschlecht, Hautfarbe, Religion, Staatsbürgerschaft, Nationalität, Klasse, Wohnort, Schulabschluß, Beruf und Einkommen. Ich aber meine, daß wir nicht auf unsere statistischen Kennziffern zu reduzieren sind, und noch weniger denke ich, daß wir wen auch immer als einen besonderen Wert oder als einen Antiwert betrachten können. Mit keiner meiner statistischen Kennziffern bin ich identisch. Menschen gibt es, die jedwede ihrer statistischen Kennziffern zum Gegenstand einer famosen kollektiven Sentimentalität machen.

Offensichtlich ist uns diese kollektive Sentimentalität ein Bedürfnis, diese Fähigkeit, von uns selbst ergriffen zu sein, die Verschmelzung unserer Erfolglosigkeit mit dem kollektiven (nationalen, religiösen oder einer Klasse verbundenen) Selbstmitleid, womit befreiend der tiefsitzende Groll gegen andere einhergeht, um nicht mehr zu sagen. Wenn die kollektiven Werte erschüttert werden (und das ist die allgemeine Lage in Osteuropa), dann tritt an seine Stelle kein anderes intaktes kollektives Wertesystem.

So manches bricht zusammen, wir aber möchten nicht zusammenbrechen. Ein kohärentes Wertesystem müssen wir hervorzaubern, das jedoch nicht auf kollektiver Erniedrigung basieren darf, denn eine Weile erträgt es der Mensch, eine Zeitlang hört er es sich an, daß er der letzte Dreck sein soll, bis plötzlich das Maß voll ist.

Jeder unserer Identitäten eignet das Bedürfnis, sich selbst zu setzen.

Zu all den erwähnten statistischen Kennziffern gehören Identitäten, Rollen, Organisationen und Welten. Und alle erobern sie Raum, stets auf Kosten anderer, und alle schließen sie Kompromisse.

Und alle Kompromisse zwischen den Rivalen und den im Tanz vereinten Identitäten sind äußerst persönlicher Natur. Das ist die Realität. Schließlich gibt es beschreibende Schemata, und es gibt Forderungen, die als kollektiv hingestellt werden, deren aggressive Verkündung sich immer in Allianz mit irgendeiner Unfähigkeit artikuliert. Jemand schafft es nicht, in einer Sache gut genug zu sein, und dann sekkiert er andere. Je mittelmäßiger er selbst ist, desto fordernder gebärdet er sich gegenüber anderen. Auf ähnliche Mechanismen gehen die Ideologien zurück, die intellektuell ausgearbeiteten kollektiven Selbstrechtfertigungen, die organisierte Verbreitung von Ideen in eigener Sache. Selbstrechtfertigung ist für den Geist das, was für den Hunger dessen Stillen ist.

Erst danach fangen die guten Gespräche an. Das Wesentliche fängt jenseits von Selbstrechtfertigung an.

Doch auch während eines üppigen Abendessens und einer freien Konversation sind wir uns in einem Winkel unseres Gehirns bewußt, daß da draußen hinter der verschlossenen Tür, in der Nähe oder weiter weg, die Hungrigen und die Durstigen stehen. Nicht immer werden sie von der Tür verdeckt. Eine durchsichtige Tür ist der Bildschirm des Fernsehers. Unter der Türschwelle sind das Verbrechen und die Leiche vergraben.

Schuld und Sühne unser ganzes Leben, Dienst und Gegendienst, selbst wenn wir schlafen oder fröhlich sind.

Ohne Demut keine Größe

Budapest am 29. 3. 1993. Schon vor rund zehn Jahren sagte mir ein älterer deutscher Journalist: »Wissen Sie, für uns Deutsche war die Größe immer ein Problem. Daß wir groß sein wollten, hat im letzten Jahrhundert zu nichts Gutem geführt. Jetzt sind wir bemüht, auf allen Gebieten, so könnte man sagen, ein Mittelmaß zu bewahren. Und deshalb vermeiden wir es, uns mit der nationalen Frage zu beschäftigen, denn dies würde uns sofort mit dem Dilemma der Größe konfrontieren. Wir besitzen eine Begabung zur niveauvollen und redlichen Mittelmäßigkeit, doch wenn uns die Hybris überkommt, wenn wir uns rekken, gehen wir zu Boden. Natürlich kann uns die Hybris deshalb verführen, weil wir eigentlich ziemlich groß sind. Die tatsächliche Größe indes ist Einsamkeit, und einsam wollen wir nicht sein. Verantwortung wollen wir nicht mehr allein tragen, die Einsamkeit verleitet zu Torheiten. In der Dichtung mag sie vorteilhaft sein, in der Politik aber nicht. Wir sind mehr am Mannschaftsspiel interessiert. Zuverlässige und nette Kollegen wollen wir sein.«

Wenig später erzählte mir Hans Magnus Enzensberger von der Idee zu seinem hervorragenden Buch *Mittelmaß und Wahn*. Gewinnend an beiden Gedankengängen war das Zusammenspiel von Selbstbewußtsein und Selbstironie. Ich spürte, daß sich die deutsche Intelligenz mit der menschlichen Welt der Bundesrepublik versöhnt hatte. In Gesprächen mit Westdeutschen konnte ich eine ernsthafte Sehnsucht nach einer Wiedervereinigung nicht ausmachen. In Übereinstimmung mit der politischen Klasse der Deutschen war in deutschen Intellektuellenkreisen selbst 1988, als eine Schriftstellerkonferenz in Berlin von einem ungeteilten Europa träumte, der eventuelle Fall der Berliner Mauer kaum ein Thema, die Frage, was in einer solchen Situation geschehen sollte, die Konzeption einer soliden Strategie der deutschen Nation. In der deutschen Gesellschaft herrschte große Selbstdisziplin: Fall der Mauer ohne Waffengetöse, ohne Einsatz von Mittelstreckenraketen? Das war schwerlich vorstellbar. Zweimal kam ich in den Genuß kultureller Gastfreundschaft Deutschlands, 1977 und 1982 in Westberlin dank einer Einladung des DAAD und des Wissenschaftskollegs. Freunde fand ich dort, interessante und aufmerksame Gesprächspartner. Die zurückhaltende Eleganz der Parkanlagen, Schaufenster und Berliner Zimmer wußte ich zu schätzen, doch ich sah mir auch gern die Großstadt aus Ziegeln und Eisen an, die Sehenswürdigkeiten der harten Realitäten.

Auf einem Spaziergang mit meiner Frau Judit um den Grunewaldsee machten wir als erstes die Erfahrung, daß uns die Entgegenkommenden anlächelten. Sozusagen ohne Gegenleistung schenkten sie uns ein flüchtiges Lächeln, Partner waren wir an jenem schillernden Herbstsonntag. Die Häufigkeit des Lächelns war damals, 1982 in Berlin, größer als in Budapest.

Ich bewunderte die jungen Leute, welch höfliches Interesse sie an Filmen und Lesungen bekundeten, an den Arbeiten noch unbekannter Künstler. In Bibliotheken und zahlreichen Gaststätten genoß ich das angenehme geschliffene Benehmen, das ich mit der osteuropäischen Verdrießlichkeit verglich, denn östlich des Eisernen Vorhangs hatte sich tatsächlich ein Menschenschlag herausgebildet, der die Institution des Lächelns ablehnte, der Grenzbeamte ebenso wie der Avantgardekünstler.

Damals waren in Deutschland die französische Kochkunst und der angelsächsische akademische Stil heimisch geworden. Man konnte spüren, daß wir uns in einem großen lernenden Land aufhielten, das kulturell, obwohl es hervorragende Geister besitzt, an einer Autarkie nicht interessiert ist, sich eher nach Öffnung sehnt und gleichermaßen zur Wanderschaft wie zur Aufnahme bereit ist.

Die Deutschen, denen wir begegneten, waren normale Menschen, so manches beschäftigte sie, die Idee nationaler Größe jedoch nicht. Hölderlin und Kleist liebten sie, allerdings nicht statt Shelley und Keats oder statt Puschkin und Lermontow.

Die widersprüchlichen Einflüsse in den Jahrzehnten der Nachkriegszeit hatten sich schließlich gesetzt, und das, was man englisch als »civility« bezeichnen könnte, gewann in Westdeutschland zusehends an Wert. Ich verkehrte in den verschiedensten Kneipen, für einen aufmerksamen Blick schienen die Kellnerinnen nie zu müde zu sein, und auch an dem, was sie servierten, gab es nichts auszusetzen. Mehr oder weniger befand sich die deutsche Politik im Einklang mit dem deutschen Alltag. In den Größenverhältnissen zwischen Staat und Bürger gab es keinen ins Auge springenden Unterschied.

Mit ihren zivilen Tugenden, so sagten wir daheim in Ungarn, seien die Deutschen jetzt überall in der Welt präsent, und das sei gut so. Die Dezentralisierung, die Föderation, die innere Gliederung des großen Staats in Selbstverwaltungen, das gesamte Verfassungsgebäude, das Spiel der eingebauten Macht-Balance-Faktoren und auch die Zuverlässigkeit der modernen Demokratie, über die traditionellen deutschen Tugenden hinausgehend, schienen nachahmenswert zu sein.

Ich hatte größte Hochachtung davor, daß sich die Goethe-Institute weltweit der Konkurrenz der Institut Français stellten. Wenn sich Größe und Zeremoniell begegnen, sollen sie getrost die Frankfurter Buchmesse schmücken. Es gefiel mir, daß die deutschen Intellektuellen mit Hilfe staatlicher Stipendien die Welt erkunden können, daß die tonangebenden Theater und Museen durch öffentliche Gelder unterhalten werden, daß es in mehreren deutschen Städten ein dichtes Geflecht transnationalen geistigen Austauschs gibt, in Berlin eine bunte kosmopolitische Szene, die an das intellektuelle Wimmeln der zwanziger Jahre erinnert. Eine Metropolis ohne Konzentrierung einer internationalen Künstlerwelt, ohne die anreisenden Schwärme von Künstlern ist nicht vorstellbar. Anziehend ist diejenige Stadt, die gern von merkwürdigen Menschen aufgesucht wird. Wo sie nichts zu befürchten haben.

Und dann begab es sich, daß den Westdeutschen Ostdeutschland in den Schoß gefallen ist. Allem Anschein nach war das große nationale Problem gelöst worden. Nicht dank militärischer Vorbereitung des Westens, sondern dank irgendwelcher anderer Kräfte. Die osteuropäischen Gesellschaften hatten die militärische Panzerung gesprengt. Die psychischen Kräfte der Bürger hatten zu-, die der Diktatur abgenommen.

Allerdings hatte niemand eine durchdachte und ausgereifte Antwort auf die Herausforderung parat. In der neuen Lage verbargen sich mehrere Verlockungen. Die eine war die als Geschenk erhaltene Größe. »Herr Konrád, haben Sie keine Angst vor uns?« wurde ich an ein und demselben Tag von mehreren Journalisten gefragt. »Warum sollte ich Angst haben?« fragte ich einfältig. »Nun, weil wir so groß geworden sind.« »Das muß sicher komisch sein, wenn jemand von einem auf den anderen Tag wächst. An Ihrer Stelle würde auch ich vor mir selbst Angst haben«, tröstete ich den Fragenden.

Ohne einen Krieg geführt zu haben, sind die Westdeutschen von einer Verlierer- zu einer Siegernation geworden; die ostdeutsche Gesellschaft, die eine Nation nur zu sein schien, es jedoch nicht war, hatten sie besiegt und sich einverleibt. Zur Größe gesellte sich die Versuchung des Triumphalismus. Nach einem Sieg gibt es Grund zum Triumphieren, das vor allem darin besteht, daß der Sieger den Verlierer verachtet, während er mit sich zufrieden ist.

Hinzukommt eine dritte Versuchung: den Verlierer abzuwickeln und zu bestrafen. Die Überlegenheit auszukosten. Der Triumph, so heißt es, sei eine größere Heimsuchung als die Niederlage. Besonders ein solcher Deus-ex-machina-Sieg. Kann der Sieger gegenüber dem Verlierer Rücksicht, ja sogar Demut predigen? Kann man die mit der Säuberung betraute Kommission zur Empathie ermuntern? »Gnade? Später. Erst muß schnell Ordnung geschaffen werden.«

Wie hätte sich der Säuberer verhalten, würde ihn das Schicksal nach Ostdeutschland verschlagen haben?

An anderer Stelle gab ich meiner Freude darüber, daß es ein West-Ungarn nicht gibt, bereits Ausdruck. Zur Vergangenheit ein ehrliches Verhältnis zu entwickeln ist ohnehin schon schwer genug, es ist unkomplizierter, wenn unsere Emigranten nach

Ungarn kommen und keinen großen westungarischen Staat hinter sich haben. Sehen wir uns die Westdeutschen an, wie sie sich gegenüber den Ostdeutschen verhalten. Sollten wir in Abhängigkeit von ihnen geraten, dürften wir erwarten, besser als ihre Brüder und Schwestern behandelt zu werden?

Die kahlköpfigen Anzünder von Asylantenunterkünften haben wir gesehen, und wir haben die friedlichen Hunderttausenden mit Kerzen in der Hand gesehen. Präsident und Kanzler an der Spitze des Demonstrationszuges waren ein beruhigendes Gefühl.

Wer Gutes will für Deutschland, der wünscht ihm vor allem, daß es mit der dreifachen Versuchung von Größe, Sieg und Bestrafung fertig werden wird. Zusammengehalten werden diese drei Phänomene vom Hochmut. Schafft es der einfache und normale deutsche Bürger, der Verlockung der Arroganz zu widerstehen? Jener Bürger, der in seinem Leben weder groß noch triumphierend, noch rachsüchtig ist und dem die Posen im allgemeinen fremd sind?

Auf die Frage, ob sie bei sich zu Hause eine für die Umgebung annehmbare Demokratie zustande bringen, haben die Westdeutschen mit einem praktischen Ja geantwortet. Was sie und gemeinsam mit ihnen auch die Ostdeutschen für die Demokratie der östlich und südöstlich von ihnen lebenden europäischen Völker tun können, ob sie fähig sind, sich auf fremdem Parkett als Demokraten auszuweisen, als Garanten der auf persönlicher Freiheit des Menschen basierenden westlichen Wertegemeinschaft, das ist die große Frage, die das kommende Jahrhundert den Deutschen stellen wird und deren positive Beantwortung für sämtliche Interessenten eine Genugtuung wäre. Ich nutze die Gelegenheit, um meinen deutschen Freunden und den Lesern dieses Briefes aus Budapest einen vergnügten Frühling zu wünschen.

Brief an die ehemaligen Häftlinge des Konzentrationslagers Buchenwald

Budapest, den 18. 4. 1993. Ich verneige mich vor Ihnen angesichts der bloßen Tatsache, daß Sie im Konzentrationslager gewesen sind. Allein das ist schon ein moralisches Verdienst, daß Sie dorthin geraten sind. Wer dort eingesperrt worden ist, kann des Guten verdächtigt werden, vielleicht etwas gegen die Tyrannei getan zu haben, und dies haben Sie im Namen der Freiheit getan, auch wenn dieses Wort auf verschiedenste Weise interpretiert worden ist.

Vollkommen vermag die Brüderlichkeit zwischen den Menschen niemals zu sein, dennoch ist die der Opfer an der Hinrichtungsmauer mit Sicherheit vollkommener als die des Hinrichtungskommandos.

Daß Sie, Ihrem vorgerückten Alter die Stirn bietend, sich treffen, um sich gemeinsam zu erinnern, beweist die Solidarität der ehemaligen Lagerinsassen. Ihre ehemaligen Bewacher treffen sich vermutlich nicht. Die Gefangenschaft, die Sie durch die Gnade des Schicksals überlebt haben (hinzuzufügen wären die Standhaftigkeit und der Zusammenhalt), belegt, daß Sie damals eingestanden haben für jene Wahrheiten, die gefährlich gewesen sind, Sie haben jenes besondere Wesen repräsentiert, das damals zum Tode verurteilt gewesen ist.

Ehrfurcht gebührt den zum Tode Verurteilten und den am Leben Gebliebenen, Juden und Christen, Gläubigen und Ungläubigen, Menschen, die wegen ihrer politischen Überzeugung von der Diktatur hinter Stacheldraht gehalten worden sind.

Die Leiden des Lagerinsassen garantieren keineswegs den direkten Weg zur Wahrheit, das um so weniger, als zur Wahrheit ein direkter Weg nicht führt, zur Wahrheit führt das Labyrinth der Irrungen.

Wer dort gewesen ist, der hat etwas in Erfahrung gebracht,

doch nicht allein dadurch ist er zum Hüter der Wahrheit geworden. Er ist einer Wahrheit teilhaftig geworden. Hat dem Faschismus ins Gesicht geblickt. Hat die faschistische Rhetorik und den Zusammenhang der Vernichtungsmaschinerie verstanden.

Der Frage, wo welche Technik zwecks Massenvernichtung schutzloser Menschen angewandt worden ist, kommt keine Erstrangigkeit zu, vom Gas bis zum Knüppel oder Hungertod hat das fieberhafte oder lediglich fahrlässige Morden viele Möglichkeiten.

Der Mensch kann allein um seiner puren Existenz willen getötet werden, darin besteht das primäre Faktum. Einfach wegen seines Andersseins. Weil er Jude ist. Weil er Demokrat ist. Weil er Kommunist ist. Weil er einen Witz erzählt hat. Weil er jemanden versteckt hat. Weil er jemanden nicht angezeigt hat. Weil er kein Verräter gewesen ist. Ich weiß, daß es in Buchenwald Kommunisten gegeben hat, ich weiß auch, daß sie sich organisiert haben, und dank ihres Eingebundenseins in die Häftlingshierarchie halfen sie sich gegenseitig beim Überleben, gelegentlich auf Kosten der nicht-kommunistischen Häftlinge.

Ich weiß auch, daß mehrere unter den ehemaligen Häftlingen die Tatsache, daß es in der Sowjetunion ebenfalls Konzentrationslager gegeben hat, nicht zur Kenntnis nehmen wollten, im Zeichen des Kampfes gegen Faschismus und Imperialismus billigten oder förderten einige sogar die Hinrichtung oder Gefangennahme von Menschen, einzig deshalb, weil sie Demokraten, weil sie andersartige Kommunisten waren, weil sie einen Witz erzählten, weil sie so waren, wie sie waren.

Nicht alle haben das getan, vielleicht waren sie sogar dagegen. Doch unter Umständen haben sie andere Gewaltmaßnahmen gegen andere gebilligt, die zu einer für feindlich gehaltenen Gemeinschaft gehörten, obgleich sie keine Kriminellen gewesen sind. Daß Staaten anständigen Menschen, die anderen nichts angetan haben, einzig deshalb, weil sie zu einer bestimmten rassischen, religiösen, gesellschaftlichen oder politischen Gruppe zuzurechnen waren, eine Kollektivschuld zuschrieben und ihre Vernichtung anstrebten, darin bestand die große Entartung des 20. Jahrhunderts.

Dieses Jahrhundert brachte erneut die barbarische Idee einer allgemeinen Schuld in Mode, die Vorstellung, daß man Menschen organisiert allein deshalb hassen kann, weil sie hierhin oder dorthin gehören, daß eine weiße Handschuhhand infolge törichter Klassifizierungen und Kategorisierungen eine Person nach rechts oder links winken, innerhalb weniger Sekunden zum Tode oder zum zeitweiligen Überleben verurteilen kann. Und daß es nicht um den Menschen, sondern um ein Klischee geht, um eine abstrakte Vorstellung im Kopf derer, die über die bewaffnete Macht verfügen, daß eine Abstraktion das Massengrab oder das Krematorium hervorbringt, das muß uns alljährlich zu erneutem Überdenken des Geschehenen veranlassen.

Wer Menschen in Konzentrationslager schickt, der bildet für einen gewissen Kreis seiner Mitmenschen viele Metaphern, um so unter Beweis zu stellen, daß er sie nicht für Menschen, sondern für Tiere hält, für Ungeziefer oder nicht einmal für das.

Nazismus, das war der ideologische Rückzug der Empathie, Mitgefühl für den Häftling kann nicht aufkommen, ist er doch letztendlich kein Mensch. Auch der bolschewistische Berufsrevolutionär war verpflichtet, sein Mitgefühl für den Häftling zu verleugnen, denn ein Mensch war der andere nicht, vielmehr ein Ungeheuer und noch dazu verfault. Wenn ich an diese beiden primitiven Reduktionen zurückdenke, an den Entzug des menschlichen Rangs im Namen einer vermeintlichen Wahrheit der Nation oder der Klasse, fällt vor allem die Einfachheit der Argumentation auf, ich könnte auch sagen, die Dummheit.

Wie wir sehen, kann man auch weiterhin organisiert und vernichtend hassen, jetzt wieder im Namen der Nation, im Namen dieser oder jener Nation. Die heute im Namen ihrer Nation schießen, sind alle überzeugt davon, dies für eine gerechte Sache zu tun, und finden es äußerst beleidigend, wenn andere Ähnlichkeiten zwischen den Konfliktparteien entdecken.

In dem Lagerhäftling sehe ich das potentielle Opfer, den Menschen, dem man das nicht antun dürfte. Die faschistischen

Lager sind insofern einmalig, als dort industriell Kinder getötet worden sind. Für den Gulag war das nicht typisch. Das durch Gas erstickte Kind war das absolute Opfer, die industrielle Ausrottung der jüdischen Kinder war das absolute Verbrechen des Jahrhunderts, an dem gemessen sämtliche anderen organisierten Morde ein niedrigeres Niveau erreichen.

Auch die anderen Morde sind scheußlich, doch am scheußlichsten waren die an den jüdischen Kindern. Manchmal, wenn ich ein kleines Kind ansehe, steigen diese Bilder in mir auf, und es überkommt mich eine innere Düsternis.

Ich verneige mich vor dem Häftling, der, nach Hause zurückgekehrt, nicht bestrebt war, andere gefangenzusetzen. Denn wenn die Pendelschwingung leidenschaftlicher Gerechtigkeitsliebe immer neue Gruppen bestraft und zu Opfern macht, dann springt die Rache hin und her, läßt fehlbare Menschen abwechselnd zu Gefangenen und Gefängniswärtern werden.

Ich neige mein Haupt vor allen meinen Mitmenschen, ist doch in jedem von ihnen das Opfer anwesend. Ist doch niemand frei von Todesangst.

Nicht neige ich mein Haupt vor den Tätern, auch dann nicht, wenn sie in einer vorangegangenen Periode ihres Lebens Opfer gewesen sind.

In einer Zeit der Systemwechsel und politischer Wenden weckte auf erlittenes Unrecht sich berufendes Triumphieren stets Zweifel bei mir.

Es gibt eine Atmosphäre, die neue Verbrechen begünstigt, weil sie den Handelnden in einen selbstzufriedenen Stumpfsinn stößt: der Triumphalismus. Wenn in unserer Umgebung Schandtaten begangen werden, sollten wir erschaudernd in unser Innerstes blicken. Vielleicht hätten auch wir darin verwikkelt werden können. Wie in eine Massenkarambolage.

Wer das Konzentrationslager überlebt hat, der hat möglicherweise verstanden, wie man sich seinen Mitmenschen gegenüber nicht verhalten darf. Die Mehrheit der ehemaligen Lagerinsassen wünschte sich selbst und ihren Mithäftlingen vermutlich ein Land ohne Lager. Daß im demokratischen Europa Lager gebaut und Menschen in Lager gesperrt werden, ist unwahrscheinlich. Es gibt Länder, in denen es noch Lager gibt, und dort überkommt die lokalen Führer nicht ohne Grund ein Gefühl der Beklommenheit, ihr Ruhm wird nicht von langer Dauer sein.

Am Festtag ihrer Befreiung sollten die ehemaligen Häftlinge die Anstrengung nicht scheuen, die ihnen das Studium der Lagerphilosophie und der Lagerpsychose verursacht.

Vertrauenswürdig ist ein Land, in dem es Konzentrationslager nicht gegeben hat und diese auch nicht möglich sein werden.

Ob eine Gesellschaft von der Krankheit, ihre Mitmenschen in Lager einzusperren, genesen ist, das läßt sich nur nach einer langen Genesungszeit feststellen.

Die alte Brücke

Mitteleuropa hat es gegeben, gibt es und wird es vielleicht auch geben, unabhängig davon, ob es diesen Namen tragen wird oder nicht, unabhängig davon, ob man darüber sprechen wird oder nicht, ebenso wie es auch die Donau gegeben hat, bevor sie so genannt worden ist, und daß sie uns überleben wird, ist nicht auszuschließen. Existenz und Wirklichkeit Mitteleuropas sind von der Mitteleuropa-Rhetorik unabhängig, davon, was man über diesen Raum gerade erzählt, Gutes oder Schlechtes, ob man ihn für schön oder häßlich hält, rätselhaft oder langweilig, ob er in Mode ist oder nicht, unabhängig davon, ob die dortigen Völker untereinander heiraten oder sich gegenseitig töten, wie es auch den Balkan gibt, in Friedens- und in Kriegszeiten gleichermaßen, wie es auch den Nahen Osten gibt, gleich ob es eine israelisch-arabische Aussöhnung zu geben verspricht oder nicht, wie es auch die GUS gibt, obwohl nicht nur das zaristische Rußland, sondern sogar die Sowjetunion bereits Schnee von gestern ist. Ja, sogar die Österreichisch-Ungarische Monarchie gibt es noch; in Bildern, im familiären Erinnerungsdepot von uns allen. Geschmäht, gelobt, wissenschaftlich untersucht – vergessen kann man sie nicht. Landschaften, Regionen, Nachbarschaften sind beständiger als aktuelle staatliche Rahmenbedingungen. Die Vergangenheit verschwindet nicht spurlos aus unserem Bewußtsein, sie hat ein fluktuierendes Nachleben. Vorstellungen sind es, die für den Fortbestand von Staaten von Bedeutung sind. Die schlichte Tatsache indes, daß die Donau fließt und daß an ihrem Ufer verschiedene Völker siedeln, ist mehr als eine bloße Vorstellung.

Mitteleuropa ist eine Gegebenheit. Ein Zwischenzustand, etwas Intermediäres. Weder Westen noch Osten. Sowohl das eine als auch das andere. Ihre gespannte und ironische gleichzeitige Präsenz. Experiment eines Mehrparteiensystems und

Gewohnheiten eines Einparteiensystems. Kapitalismus und Sozialismus, Privateigentum und Markt, Staatseigentum und Redistribution. Bürgerliche Entwicklung und Etatismus. Kritische Intelligenz und paternalistische Politik. Kleinere Völker zwischen zwei größeren, den Deutschen und den Russen. Unruhige kollektive Egos, vorläufige, im Schwebezustand befindliche Identitäten zwischen instabilen, strittigen und mehrfach regulierten Staatsgrenzen. Warten auf etwas, Warten auf eine absolut geklärte Zugehörigkeit. Neigung zur Sentimentalität der Einsamkeit, die uns als Träger einer einzigartigen Mission erscheinen läßt und natürlich als Opfer, als Zielscheibe intriganter Nachbarn und internationaler Verschwörungen. Mitteleuropa ist eine Wirklichkeit. Utopie oder Schreckgespenst. Für manche Dichter war es eher eine Fieberphantasie. Eine Wirklichkeit, die nicht allzu sehr daran interessiert ist, sich über sich selbst Klarheit zu verschaffen, will sie doch nicht unbedingt das Abbild ihrer selbst sein, zumal sie sich in dem Glauben wiegt, ein edleres Ebenbild, ein Porträt aus einem Goldenen Zeitalter zu besitzen, woran gemessen der heutige Anschein, selbst wenn er eine statistische genaue Widerspiegelung sein sollte, ein Zerrbild und eine falsche Maske wäre.

In einer Welt der Diskrepanzen leben wir, stürzen uns in kriegerische Auseinandersetzungen, obwohl die Existenz ohne den anderen nicht vorstellbar ist. Auf unseren inneren Paradoxien beharren wir, deren Lösung mittels der Logik eines Entweder-Oder, mit Hilfe eines operativen Eingriffs nicht in Frage kommt. Jahrhundertealte Ruhmesmythen und Jahrestage nationaler Trauer schaffen es auch heute noch, ein kollektives Ergriffensein hervorzubringen. Allem Anschein nach brauchen die Nationen, deren Existenz miteinander verwoben war, zumindest in der anfänglichen Phase autonomen Seins unterstützende Mythen. Als Entschuldigung für die Schwächen der augenblicklichen Leistungen müssen historische Erklärungen herhalten. Nationen suchen nach verheißungsvollen kollektiven Lebensläufen, es besteht der Anspruch erhabener Selbstgefälligkeit, selbst pseudorationale Rechtfertigungen werden hierfür bemüht. Zu Wort meldet sich die nationale Besonderheit, die nicht zu assimilierende Identität verleiht ihrer Sondermeinung Ausdruck. Solange eine Besonderheit schweigt, bleiben die Bomben verborgen. Durch den Dialog werden die Bomben neutralisiert. Angst um den eigenen Staat haben sie, die souveränen nationalen Subjekte, oder sie wollen erst einmal einen Staat haben. Eines rechtlichen Rahmens, so meinen die Gemeinschaften, bedarf es, um die Autonomie abzusichern. Die Konzipierung der inneren Identität tritt dagegen in den Hintergrund.

Identität? Sicher ist sie nicht in jenen wenigen erhabenen und kraftlosen Sätzen zu fassen. So einfach können wir uns nicht aus der Affäre ziehen. Die Identität des Individuums: Mit unserer Geschichte sind wir identisch. Mit unseren Taten, mit unseren Strategien, wie sie in unseren Plänen und Aktivitäten ihren Niederschlag finden, sind wir identisch. Wir selbst sind es, von denen unsere Strategien geformt werden, und dafür sind wir verantwortlich. Wenn nunmehr unangenehme Regierungen unsere Geschicke lenken, so sind uns jene nicht von den Großmächten aufgezwungen worden, nicht von außen sind sie eingesickert, nein, das ist es, was in uns gesteckt hat, um unsere Eigenschöpfungen handelt es sich. Sollten jetzt Selbstisolation, Feindseligkeiten und arrogante Hierarchien die Oberhand gewinnen, so hätten wir uns das selbst zuzuschreiben, wäre das die Realisierung unserer eigenen Vorstellungen. Aus der Koexistenz, aus der Tatsache der Nachbarschaft resultiert die große Herausforderung: Sind wir in der Lage, miteinander auszukommen, sind wir in der Lage, eine gemeinsame Werteordnung aufzustellen, sind wir in der Lage, die Ökologie und die Ethik der Nachbarschaft zu erlernen? Unser Raum braucht die Wissenschaft vom Zusammenleben des Besonderen. Ebenso wie eine bunt zusammengewürfelte Reisegesellschaft können wir nicht umhin, unsere Nachbarn zu akzeptieren. Sowohl morgen als auch übermorgen werden wir den neuen Tag in ihrer Nähe begrüßen. Mit jedem Sonnenaufgang sind die Gesten der Annäherung und der Versöhnung fällig. Wirkliches Wissen von der Geschichte der Nationen ermuntert nicht zur Aggression, sondern eher zur weisen kontextuellen Einordnung. Unfreundliche Politik dagegen erfordert nebulöses Wissen von der Vergangenheit. Jetzt stellt sich die Frage, ob wir es schaffen, als Demokraten friedlich miteinander auszukommen. Wenn sich der radikale Nationalismus dazu bekennt, Menschen töten zu müssen, so hat er die Wurzel eines solchen Verhaltens bereits in sich getragen. Der Haß auf den Nächsten, den Nachbarn, den Andersgläubigen, den Anderssprachigen, den Andersheißenden – dieser Haß ist heute der Satan. Kollektive Ressentiments, gespeist aus den unvermeidlichen Verletzungen, jener trunkene und unnahbare Groll, der etwas gegen die Anwesenheit des anderen hier einzuwenden hat, der den anderen nirgendwo sehen möchte, und das ist das Minimum, womit er sich zufrieden gibt, das ist heute der Satan.

Mit unverstelltem Blick läßt sich eine nationale Identität nicht erkennen, obgleich sie aller Wahrscheinlichkeit nach tatsächlich vorhanden ist, erkennen hingegen lassen sich unsere Städte und Dörfer, die untereinander viele Ähnlichkeiten aufzuweisen haben. Straßen und Stadtviertel in ganz Mitteleuropa sind sich häufig zum Verwechseln ähnlich. An den Häuserwänden der Plattenbauten sowjetischen Typs Leuchtreklame internationaler Firmen, über den nationalen Charakter der verschiedenen Zahnpasta- und Sandwichsorten kann man ins Grübeln geraten. In den Dingen findet sich Mitteleuropa wieder. Eine mitteleuropäische Wirklichkeit gibt es selbst dann, wenn sich Mitteleuropa seiner selbst nicht bewußt ist und auch nicht unbedingt sein will. Jenes alte Ehepaar, auch wenn es dieses Wort vielleicht in seinem ganzen Leben niemals ausgesprochen hat, zeigt, ebenso wie sein Zuhause, ein typisch mitteleuropäisches Gepräge. Unsere heruntergekommenen Städte nehmen allmählich wieder Farbe an, die wichtigsten öffentlichen Gebäude sind renoviert worden, die Kirchen in der gesamten Region haben einen neuen Anstrich erhalten, die örtlichen Selbstverwaltungsorgane haben innerhalb weniger Jahre etwas vorzuweisen. Die Bürger der jungen Demokratien haben während dieser drei bis vier Jahre so manch Neues gelernt. Dem Westen möchten sie gleichen, dabei ähneln sie sich vor allem gegenseitig. Mitteleuropa, das ist auch ein Ensemble ähnlicher Bilder, Gerüche, Verhältnisse und Verhaltensweisen. Selbstverständlich kann man auf ihr Selbstwertgefühl bedachten Subjekten schwerlich eine Freude damit machen, wenn man sie miteinander vergleicht. Komparatisten sind in ihren Augen unverschämte Gesellen. Es erhebt sich die Frage, inwieweit Gesellschaften Lust dazu verspüren, einen Blick in den Spiegel zu werfen und die sich gleichenden Gesichter darin zu mustern. Erinnert das nicht fatal an eine Pflichtlektüre oder an den Pflichtbesuch bei einer Tante? Langweilig vielleicht. Vertraut vielleicht.

Nach den hochfliegenden Hoffnungen, so ist des öfteren zu hören, stimme einen das heutige Mitteleuropa verdrießlich. Was mich selbst betrifft, die Amplituden des Sich-Verliebens und der Desillusionierung habe ich weniger am eigenen Leib verspürt, die Bemühungen habe ich gesehen, an Wunder aber glaube ich nicht. Ich deutete an, daß die Schwerkraft wirksam sei, daß wir uns unserer verletzlichen und streitsüchtigen Natur nicht entledigt hätten. Die Frage, ob Mitteleuropa, so wie es ist, schön oder häßlich ist, lasse ich offen. Ich begnüge mich mit der Feststellung, daß jene Mischung von östlichen und westlichen Elementen, die sich dem Auge darbietet, in der Tat seinesgleichen sucht und die Bezeichnung Mitteleuropa verdient. All meine früheren Wohnungen scheinen mir schön gewesen zu sein, obwohl sie es gewiß nicht gewesen sind. Uns, die wir hier leben, vermag ein solcher Anblick, so wie er eben ist, schön vorzukommen, vielen Reisenden ebenfalls, die auf den Bahnhöfen und in den Gaststätten, in den Bädern und in den Amtsstuben die stilistischen Merkmale jenes gemeinsamen Etwas wahrnehmen. Ob es dieses Mitteleuropa gibt oder nicht, wird nicht allein durch die Worte der Politiker entschieden, für die Beantwortung dieser Frage sind die Eindrücke der Touristen ebenso ausschlaggebend. Jedenfalls finden transpolitischer Austausch und Konversation unabhängig von einem Staat, in dem verschiedenartige kulturelle und wirtschaftliche Subjekte agieren, statt. Menschen kommen und gehen, importieren und exportieren, verhandeln miteinander und nehmen an Konferenzen teil, in Gesellschaft mit anderen wird reichlich gegessen und getrunken, Universitäten und Verlage, Theater und Schulen, Klubs und Werkstätten, Parteien und Reisebüros, sie sind es, die Mitteleuropa miteinander verknüpfen, die Mitteleuropa schaffen. Nicht die gönnerhaften Erklärungen hochgestellter Persönlichkeiten sind es, die Mitteleuropa ausmachen. Auch wenn es für seine Erschaffung einen staatlichen Plan nicht gibt, dennoch existieren Menschen, die in dieser Richtung aktiv sind. Wissenschaftler und Unternehmer sind an dieser Region interessiert, die Verflechtungen des Raumes auf dem jeweiligen Fachgebiet regen ihre Phantasie an. Ein gesetzlicher Rahmen kann nur tatsächlich vorhandenen Beziehungen gegeben werden. Erst lange nach der Verdichtung des bürgerlichen Beziehungsgeflechts folgt die politische Integration.

Gemeinsame Eigenschaften gibt es und wird es geben. Zwischen Offiziellem und Persönlichem, zwischen Büro und Gaststätte ziehen wir keine pedantische Trennungslinie, bei der Bearbeitung zahlloser Akten setzen wir auf den Faktor Zeit, sie wird das Problem schon lösen, die Zuspitzung moralischer Dilemmata interessiert uns nicht sonderlich, und konsequentem Verhalten schreiben wir auch keine außerordentlich große Bedeutung zu. Jeden Sommer schwärmen sie aus, komische Menschen, um unsere Landstriche zu bevölkern, das kann ich bezeugen, missionarische Touristen, für Asketen halte ich sie nicht unbedingt, das ist eben ihr Geschmack. Für den sensiblen Reisenden ist Mitteleuropa eine originelle Kombination von Gesichtern und Erlebnissen, viel Schönes umfängt ihn in allen Abschnitten des Donautals, er lauscht der Weisheit des großen Flusses, den Torheiten der Uferbewohner, der Ruhe des Wassers, den ungestümen Willensbekundungen der Menschen. Jener Reisende hält unser Netzwerk für normal und die Separierung für verkrampft.

Gehört nicht die Intelligenz zu jener Schicht, die in einer gemeinsamen oder in einer dritten Sprache miteinander Umgang pflegen kann? Daß die Interessen der Intelligenz und der politischen Bürokratie übereinstimmen, ist keineswegs sicher. Die Intelligenz hat auch gemeinsame Interessen, die über die Staatsgrenzen hinausreichen. Politiker – die Ausnahme bestätigt die Regel – zeichnen sich nicht dadurch aus, daß sie kühne Visionen entwerfen, sondern dadurch, daß sie diesen sukzessive nachgeben, wenn sie sich mit Leben füllen. Niemandem möchte ich die Idee von Mitteleuropa aufdrängen, doch wenn ich mir die Autonummern in meiner Umgebung ansehe, so muß ich feststellen, Mitteleuropa gibt es. Wem Marienbad und Zakopane, die Tatra und der Plattensee etwas bedeuten, wer an diesen Landschaften Gefallen findet, wer sich in diesen Dörfern wohlfühlt, der ist ein wenig Mitteleuropäer, der gehört ein bißchen hierher.

Es bleibt das in dem Begriff verborgene Rätsel, und ein Schlüssel, durch den es endgültig gelöst werden wird, existiert nicht. Mitteleuropa wird es auch dann geben, wenn dieser Begriff in den Zeitungen seltener vorkommen sollte. Eine aristokratische Metapher, Wut und Haß sind unter seiner Fahne nicht möglich, er umfaßt eine verständnisvolle Beziehung zur Wirklichkeit, das Kriegerische indes rechtfertigt er nicht. Ich glaube nicht, daß sich dahinter große Massen von Wählern scharen ließen, baldiger politischer oder wirtschaftlicher Nutzen ist ungewiß, der Nutzen auf längere Sicht ist vielversprechend, doch die Politiker haben es eilig. Als nationalstaatliche Führer haben sich Intellektuelle zur Annahme eines Mandats verpflichtet, dem die Durchsetzung nationalstaatlicher Interessen zugrundeliegt. Mitteleuropa ist ein intellektueller Gedanke, ich vertrete die Hypothese, daß sich das intellektuelle Interesse vom nationalstaatlichen Interesse unterscheiden muß. Durch nichts ist der Denker dazu verpflichtet, irgendwelche Interessen zu vertreten, sich irgendwelchen letzten Wahrheiten zu unterwerfen, sich a priori irgendeinem absoluten Prinzip gegenüber loyal zu verhalten. Für die Hypothese nationalstaatlichen Interesses kommt nichts anderem höhere Bedeutung zu als der lockenden Versuchung eines wahr scheinenden Gedankens.

Hinsichtlich der Frage, ob Mitteleuropa eine Utopie sei, gehen die Meinungen weit auseinander. Einem dezidierten Standpunkt zufolge gehört dem Nationalstaat das letzte Wort, und wenn schon seine Souveränität zu beschränken sei, dann natürlich zu Gunsten der Europäischen Gemeinschaft beziehungsweise der NATO. Worin sich formal das Dogma von gestern spiegelt, wonach dem Nationalstaat das letzte Wort gehört, und wenn er schon Beschränkungen hinnehmen müsse, dann zu Gunsten des RGW und des Warschauer Vertrags. Im Rat für Gegenseitige Wirtschaftshilfe und im Warschauer Pakt indes besaßen die mittel- und osteuropäischen Länder eine Mitgliedschaft, während sie eine solche in der EG und in der NATO lediglich anstreben und fortwährend Enttäuschungen hinnehmen müssen, weil sie selbst von den sanftesten westlichen Politikern – unabhängig von Nationen und Parteizugehörigkeit – nicht mehr als ungewisse Versprechungen herauspressen können. Spürbar ist die Ambivalenz der Versprechungen: Die östlichen Nachbarn sollen einbezogen werden, ohne wirklich dazuzugehören. Einlaß finden sollen sie nur ins Vorzimmer. Die östliche Seite ist überzeugt davon, daß die Integration in ihrem Interesse liegt, die westliche Seite dagegen ist davon nicht überzeugt. Wenn nun aber eine Vollmitgliedschaft nicht zu erreichen ist, dann besteht die östliche Seite auf einem Stufenplan, einer Prüfungsserie, einer planbaren Zukunft, und genau das ist es, was sie der westlichen Seite nicht abtrotzen kann, die sich auf mehr als ein ahnungsvolles »später« nicht einläßt.

Vielleicht wird dieser Zustand der Vertröstung und Enttäuschung von Dauer sein, ebenso wie eine verdrießlich erwiderte Liebe, die eigentlich für beide Seiten günstig ist. Aus dem Osten ist fortwährend zu hören: »Jetzt! Jetzt! Jetzt!« Aus dem Westen: »Später! Später! Später!« Das läßt sich so aufrechterhalten, wie im allgemeinen die ungleichen Beziehungen. Der draußen vor der Tür bleibende östliche Partner kann sich immer damit trösten, daß seine Kollegen noch weiter von der Einlaß verheißenden Tür entfernt sind als er, daß er einer Aufnahme relativ am nächsten steht. Und unter denjenigen, denen die Aufnahme verwehrt wird, bleibt die Rivalität um die Rangfolge bestehen, wer als erster aus der Rumpelkammer herauskriechen kann, in die Havel die Visegráder zurückgeworfen sieht, ist doch Visegrád aus seiner präsidialen Sicht nicht an sich, sondern lediglich als Vorzimmer interessant. Während wir auf Einlaß warten, sehen wir uns nach Möglichkeit nicht allzu intensiv um und wechseln untereinander nichtssagende Worte. Unsere Leidenschaft gilt dem, der sich hinter der Tür aufhält und sich gelegentlich unser heißes Bekenntnis anhört, demzufolge wir gern schon da drinnen wären.

Vorstellbar ist aber auch, daß das Warten zur Schlauheit verleitet und die angelockten, jedoch abgewiesenen Länder von anderswoher eine Aufforderung zum Tanz erwarten. In erster Linie tanzen sie miteinander, in zweiter Linie mit allen anderen, mit Amerika und Japan, mit der Gemeinschaft unabhängiger Staaten und dem Nahen Osten. Mit ihrer Moral läßt sich diese Polygamie vereinbaren. All diese Regionen können durchaus daran interessiert sein, im Schatten der Deutschen in Mitteleuropa Fuß zu fassen, und sie drängen keineswegs auf eine schnelle Integration unseres Raums in die Europäische Gemeinschaft. Möglicherweise wird der mitteleuropäische Raum in dieser multilateralen Bindung zu seiner Souveränität finden, möglicherweise werden die Mitteleuropäer dadurch, daß sie nicht mehr so heftig um Freundschaft buhlen, an Haltung gewinnen. Die langersehnte Hochzeit mit der schönen Europa wäre mir durchaus angenehm, doch an Beischläferinnen mangelt es auch jetzt nicht, weshalb die Abweisung diesmal weniger schmerzt. Schon gut, meine Liebe, natürlich, später, daran haben wir uns gewöhnt, das tut unserer Freundschaft keinen Abbruch, irgendwie kommen wir auch so zurecht. Die Quantität der tatsächlichen Beziehungen nimmt trotzdem zu. Erst die informelle Verflechtung und danach, wenn die Zeit dafür reif geworden ist, wenn nicht mehr gefordert werden muß, wenn ein Blick genügt, um sich zu verstehen, dann werden sie die Ehe eingehen. Ich an Stelle des Bräutigams würde nicht so hartnäckig darauf beharren, das Gespons wird sich einfinden, auch wenn wir uns mit anderen anfreunden, das heißt auf eigenen Füßen stehen werden.

Die Europäische Gemeinschaft und die NATO gehören zusammen, die Integration setzt wirtschaftliche, kulturelle, politische und militärische Zuverlässigkeit voraus, wechselseitiges Vertrauen, und diese Ebenen sind voneinander nicht zu trennen. Daraus folgt, daß die neutralen EFTA-Länder um des Beitritts willen ihre Neutralität aufgeben müssen, was sich vorzustellen einfacher ist als durchzuführen, insbesondere wenn die Russen zu verstehen geben, daß sie sich darüber auch jetzt nicht freuen würden, zumal die geopolitischen Interessen der Nationen dauerhafter seien als politische Systeme. Doch selbst wenn dies bewerkstelligt werden sollte, dann erst könnten die postkommunistischen Staaten verhandelt werden, und es ist eine große Frage, ob sie auf einmal zu schlucken angesichts ihrer wechselseitigen ethnischen Antipathien ein wünschenswerter Happen wäre. Besteht eine Sehnsucht nach jugoslawischer Romantik? Vielleicht doch lieber nicht. Besteht eine Sehnsucht nach erbitterten Konflikten zwischen Minderheiten und Mehrheiten, vielleicht nach Grenzstreitigkeiten? Bei allen guten Geistern, nur das nicht! Schafft Gerechtigkeit zwischen uns, und verteidigt uns, wenn wir übereinander herfallen! Wenn möglich, fallt lieber nicht übereinander her!

Österreich kann die EG noch aufnehmen. Und Österreich kann uns zuraunen, wir sollen uns an seinem Rockzipfel festklammern, doch so groß ist der Rock nicht, daß wir zu vielen darunter Platz hätten. Jenseits der Zollschranken wird deutsches Sprachgebiet sein, wir dagegen befinden uns diesseits. Wie auch immer, für die mit uns in Berührung kommenden westlichen Länder kann der mitteleuropäische Raum in vielerlei Hinsicht interessant sein, für Deutsche, Österreicher, Italiener an jeweils anderen Orten, in glücklichem Konkurrenzkampf mit den verschiedenen Ländern. Sein Spielfeld, die eigene Autonomie auszudehnen, liegt im Interesse eines jeden

Spielers. Und zugleich soll er die Sicherheit und die Vorteile der Assoziation genießen. Empfindungen und Vorurteile, Traditionen und Kalkulationen können Österreich gleichermaßen dazu bewegen, trotz eindeutigen EG-Beitritts in einem Umfang Beziehungen zu seinen östlichen Nachbarn aufrechtzuerhalten, wie dies die Bedingungen des Beitritts erlauben oder wie dieser sich eben inspirativ auswirkt, will doch ein jeder gern Brückenkopf sein im großen Ostgeschäft, wofür die Zeit zwar noch nicht gekommen ist, vorbereiten aber muß man sich darauf.

Vorstellungen, wie schön eine österreichische, tschechoslowakische, ungarische, kroatische und slowenische Assoziation sein könnte, zusammengesetzt aus den Bestandteilen der einstigen Monarchie, solche Vorstellungen mag es gegeben haben, ein solcher Plan indes ist der Öffentlichkeit nicht unterbreitet worden. Jugoslawiens Teilung allerdings in einen katholischen und einen orthodoxen Teil hat sich als schwieriger erwiesen, als die zuständigen Instanzen gedacht hätten. Es bleibt also bei Mittel- und Südosteuropa, der Zone der ehemaligen Volksdemokratien, diesem Nord-Süd-Streifen, den Ostdeutschland verlassen hat und in den die baltischen Staaten hineingelangt sind und wozu eigentlich auch Jugoslawien gehört. Alles selbständige Staaten, einer des anderen nervöser Rivale: Wer wird als erster die Schranken überwinden? Wer wird als erster aus der Rumpelkammer hervorgezaubert werden?

Vielleicht niemand. Auch diese Möglichkeit muß in Betracht gezogen werden. Oder alle auf einmal im Rahmen irgendeiner umfassenden Scheinlösung. Sollten die Westmächte die Bewohner dieser Zone tatsächlich auf unterschiedlichen Stufen ansiedeln, so würden dadurch die Spannungen untereinander geschürt und somit zugleich die Instabilität erhöht, das müssen die Westmächte wissen. Ich vermute, daß man zwischen den neuen Demokratien keine klare Grenzlinie ziehen wird, um die Draußengebliebenen nicht zu reizen. Entweder alle oder niemanden. Alle? Das wäre zu viel? Nun, dann leider gar niemanden.

Einen Grund dafür, diese Möglichkeit nicht in Betracht zu ziehen, gibt es nicht. Da nicht sein kann, was nicht sein darf, sollten wir also auch das Gespräch darüber vermeiden? Sollte dennoch eintreten, was nicht sein darf, so wäre dies ein starkes Argument für eine mitteleuropäische Integration, nicht um Sieger zu sein, sondern vielmehr um bei gegenseitiger Unterstützung die größten Schwierigkeiten zu überbrücken, ohne unsere Souveränität zugunsten einer benachbarten großen Nation aufzugeben, während wir heranreifen für eine europäische Integration, unser Marktwert also dadurch steigt, daß wir in der Lage sind, miteinander und mit der weiten Welt zu kooperieren. Westeuropa stellt sich Osteuropa lieber als Gastgeber denn als Gast vor. Eine adäquate Antwort darauf ist das Gaststättengewerbe, insbesondere dann, wenn sich jemand in der Rolle des Hausherrn wohler fühlt als in der des Gasts. Optimist zu sein heißt, unseren Gegenstand, jetzt gerade Mitteleuropa auf dem vorgegebenen Kurs, nicht wahrzunehmen. Optimist zu sein heißt, unsere Zukunft als offen zu betrachten, als abhängig von uns, von unseren Entscheidungen für einen Weg, von unseren Werken.

Trotz allem und im Bewußtsein dessen sagen wir dies, daß wir in voller Absicht unsere Aufmerksamkeit von der kollektiven Katastrophe des ehemaligen Jugoslawien abgewendet haben, deren Verantwortung sich nur wenige betroffene Politiker entziehen können. Den Zerfall von Staaten und funktionierenden Föderationen zu begünstigen, zeugt von großer Unbedachtheit, weil damit das Risiko zügelloser Mordbrennerei einhergeht. Entwicklungen einzuleiten, die wir nicht unter Kontrolle zu halten vermögen, hat mit Weisheit nichts zu tun. Und noch weniger mit Weisheit hat es zu tun, die Augen vor der Tatsache zu verschließen, daß es nicht ohne Entstehung großer Ängste, also nicht ohne Anwendung von Gewalt abgehen kann, wenn aus einem Vielvölkerstaat, aus einem Staat mit gemischter Bevölkerung ohne wechselseitige Vereinbarungen neue Nationalstaaten herausgelöst werden. Logische Konsequenz davon wird der mehr oder weniger brutale Austausch der Bevölkerung sein, die sogenannte ethnische Säuberung. Ein politisches Projekt, wofür das bisherige Sterben und Leiden nicht allzu überzogene Kosten wären, kann ich nicht entdekken. Was ist es, das so viele Tode lohnend erscheinen läßt, und wem nutzen sie? Frieden wird es in Bosnien in absehbarer Zeit nicht geben, auch wenn schon alle müde geworden sind, doch offensichtlich sind alle drei Parteien der Meinung, daß nur eine militärische Lösung möglich ist, daß sie im letzten Gefecht aller Wahrscheinlichkeit nach den Sieg davontragen werden. Die Kriegsparteien zeigen allesamt Merkmale eines Wunsch-Denkens, sich selbst betrachten sie als Opfer, den aktuellen Gegner als faschistisches Scheusal, das sie letztendlich in der Gestalt des heiligen Georg überwältigen müssen. Die Waffen und der Hunger werden viele Menschen vernichten, schutzlose Menschen, Geiseln ihrer Kriegsherren, denn die Befehlsgewalt über die Zivilisten liegt in den Händen der Militärs. Bosniensyndrom nennen wir die wechselseitige Verrohung, den dreikantigen Dolch, das Stilett der Unerbittlichkeit, die Politik, die aus normalen jungen Männern Mordgesellen gemacht hat. Wenn sich nunmehr weitere Friedhöfe füllen werden, wenn der Zustand wechselseitigen Erschöpftseins eine noch unbekannte Grenzlinie erreichen wird, wenn die zu Boden gesunkenen Krieger bereit sein werden, sich die Hände zu reichen, dann werden die Verhandlungspartner am selben Punkt angelangt sein wie zu Beginn der Partie, und als Lehre aus den Jahren des Blutvergießens wird dann vielleicht wieder davon die Rede sein, worum es auch anfangs ging, von einer Konföderation, von einem Abkommen zwischen souveränen Subjekten, wenn es beliebt, zwischen souveränen Bandenführern. Dann wird die Geschichte einen blutigen Abstecher unternommen haben, um doch wieder vor derselben Aufgabe zu stehen, die nur durch einen politischen Kompromiß zu lösen ist. Lauter Hypothesen. Ich vermute, das Stimmungspendel in Jugoslawien wird zur Idee der Konföderation zurückschwingen, und ausgerechnet von Bosnien aus wird diese Entwicklung ihren Lauf nehmen, Bosnien wird das Modell sein, die gemeinsame Bezeichnung für die verschiedenen Varianten der lokalen Kompromisse. Aller Wahrscheinlichkeit nach werden es Intellektuelle sein, von denen die Reintegration initiiert werden wird, erst auf der Ebene eines freien Dialogs und schließlich wer weiß in welcher Form. Und dieses Beispiel kann Schule machen, kann ansteckend wirken in Mitteleuropa, ist doch die kulturelle Konföderation die billigste und praktischste Art und Weise der Zusammenarbeit. Das ist auch für sich genommen fast ausreichend, schon jetzt ist die Metapher allzu sehr institutionalisiert, und das andere wird die Zeit zurechtrücken.

Die Masken kehren zurück

Die Schaffung der Europäischen Gemeinschaft und was damit einhergeht: die allmähliche Herausbildung der mannigfaltig und auf allen Ebenen gegliederten europäischen Nation, ist für die Aufbauarbeit der liberalen Demokratie, wir könnten auch sagen: für die europäische Aufklärung, eine Neuerung von revolutionärer Tragweite. In seiner Bedeutung steht dieser Wandel den antifeudalen Reformbewegungen und Revolutionen in nichts nach und eröffnet einen neuen Abschnitt europäischer Modernität.

Daß sich gegen dieses Novum die rechte und die linke Romantik gleichermaßen empört, das Ethos des rechten und des linken Etatismus, dessen extreme Form im Hitlerismus und im Stalinismus ihren Ausdruck fand, ist nicht mehr als logisch.

Die dazwischenliegenden Varianten sind breit gefächert, doch allen gemeinsam ist das Bestreben, die Macht des politischen Staats und in Verbindung damit der Bürokratie (inklusive des Militärs und der Polizei) im Namen irgendeiner Idee auf die Wirtschaft und die Kultur auszudehnen. Die ideengelenkte Politik versucht, den Markt und die Pluralität der Kulturschaffenden zu überwinden und zu bezwingen.

Diese militanten, kollektivistischen und diktatorischen Strömungen in der Politik erwähnen wir im allgemeinen unter dem Sammelbegriff des Fundamentalismus. Jeder Fundamentalismus ist bemüht, die Conditio sine qua non der liberalen Demokratie, die Gewaltenteilung, zu beseitigen, und er möchte die Freiheitsrechte des einzelnen irgendeiner materialistischen, religiösen oder kollektivistischen Weltanschauung unterordnen, wie beispielsweise der Nationalismus, der kommunistische Sozialismus oder neuerdings der Islamismus.

Darin liegt das Fundament eines in sich geschlossenen Ideenpakets, Dogmenensembles, heiligen Buches, das die Revolutionäre, Kader und Priester dank eines unerschütterlichen Selbstvertrauens höher bewerten als die Wahrheit, eine als zufällig beschriebene, eine formale Demokratie, die viele Möglichkeiten in sich birgt. Dagegen setzen sie irgendeine substantielle Demokratie, deren höchster Wert nicht das Freiheitsrecht des einzelnen ist, sondern die neue Ordnung, das sozialistische Lager, die islamische Republik, das heißt der ideale Staat, der geistig zur totalen Erziehung und Kontrolle ermächtigt ist, wenn es anders nicht möglich ist, als Instrument der Umerziehung sogar zur Einrichtung von Konzentrationslagern.

Die Transzendenz besiegt die Immanenz.

Der Fundamentalismus kann durchaus über mittelmäßige Köpfe verfügen, seine Wortführer aber sind eindrucksstarke Demagogen. Fundamentalismus und Engstirnigkeit beziehungsweise Halbbildung schließen einander nicht aus.

Nach vielerlei Vereinfachungen hat sich die Empörung gegen das Gebäude des europäischen Friedens gerichtet. Religionskriege, nationale Kriege, Weltkriege haben diesen kleinen aufeinander angewiesenen Kontinent mit Hilfe von Wahnglauben und Wahnbegriffen in Teile zersplittern lassen, die gegeneinander Krieg führen.

Was an Haß auf unserem Erdteil zur Verfügung gestanden hat, das alles fand bis in die jüngste Zeit Platz in den großen politischen Antagonismen, beispielsweise im Ost-West-Konflikt, in dem der kommunistische Osten den eigenen Fundamentalismus, die Idee der von einer Avantgarde gelenkten Gesellschaft, mit der Idee der pluralistischen Demokratie konfrontierte, mit dem praktischen Versuch der politischen Aufklärung. Platz fand sich im Blocksystem für sämtliche Ressentiments. Das Gleichgewicht des Schreckens, der nukleare Terror, kanalisierte die aggressiven Träume. Ein altmodischer, mit Handfeuerwaffen und Kanonen ausgetragener Krieg schien ein Ding der Unmöglichkeit zu sein, war doch die Lunte der Gewalt mit den Atomraketen verbunden.

Die Lage hat sich gewandelt, das Blocksystem gibt es nicht mehr, die Maschinenpistolen haben sich von den Atomarsenalen unabhängig gemacht, an die Freiwilligen des Hasses gibt es keinen klaren Appell. Auf wessen Seite sollen sie sich stellen? Worauf sollen sie sich berufen? Denn auf etwas Edles und Erhabenes müssen wir uns berufen, bevor wir irgendeine Schandtat anstellen, bevor wir jemanden mit dem Baseballschläger erschlagen, um dann noch seinen Kopf mit Springerstiefeln traktieren zu können, oder bevor wir Familien das Haus in Brand stecken.

Im Namen der Nation, der Ethnie und früher oder später im Namen des Rassenschutzes darf wieder gelacht werden über eine Moral, deren Maxime die Ehrfurcht vor jeder Person ist, über die Ethik des universalistischen Individualismus, worin der Humanismus der großen Weltreligionen, also der Schutz der Menschenrechte, enthalten ist. Der andere Mensch darf wieder mißachtet und als Ungeziefer klassifiziert werden, wobei die Vernichtung des Ungeziefers als notwendiges Übel zu betrachten ist.

Verschwinden sollen sie, die fremden Rassen, die fremden Nationen, die fremden Sprachen! Verschwinden soll der Komplize des Fremden! Verschwinden soll auch, wer da sagt, der Fremde soll nicht verschwinden!

Siebenhundert gewaltsame Übergriffe und hundertfünfzig Brandstiftungen – eine reife Leistung! In knapp einem halben Jahr, allerdings mag es stimmen, daß die Kurve seit letztem Jahr ein wenig abgefallen ist, und stimmen mag auch, daß es sich lediglich um ein paar tausend, höchstens einige zehntausend handelt. Von Hunderttausenden ist noch keine Rede, und wer von Millionen spricht, der ist verrückt. Wer einen anderen tötet, nicht weil er sein Feind, sondern einfach nur deshalb, weil der Betreffende ein Türke ist oder irgendeiner anderen Nation angehört, mit einem Wort, weil er anders ist, nun, muß man nicht sagen, daß ein solcher Mensch mehr oder weniger aus niedrigen Beweggründen mordet?

Der Zusammenbruch des Kommunismus schien in den Köpfen vieler Menschen eindeutig mit der Aufwertung und Rehabilitierung des radikalsten Antikommunismus, des Nationalismus, einherzugehen.

Wenn das Sowjetregime so schlecht gewesen ist, dann hat der Kampf dagegen gute Gründe gehabt, dann muß derjenige, der es getan hat, sogar ein Held gewesen sein. Wodurch auch für die nazistischen Konzentrationslager einige entlastende Argumente geliefert werden. »Vergebens, Kampf ist Kampf. Der Feind kann nur mit unnachgiebiger Härte besiegt werden. Überdies ist Auschwitz von den Juden erfunden worden, das ist ihre Lüge, die wir ihnen im weiteren auf die Rechnung schreiben werden.«

Hinsichtlich der liberalen Demokratie, der Demokratie westlichen Typs also, ist der Neofaschismus ein um so gefährlicherer Trend, je mehr Intellektuelle ihm zur Seite stehen und je mehr ehrlich besorgt sich danach erkundigen, was eigentlich die liberale Demokratie zusammenhält.

Einer positiven Antwort weiche ich nicht aus: die vertragliche Übereinkunft der Europäer, die Übereinstimmung von Menschen, die die Würde des Menschen für den höchsten Wert halten und die ein mehrstufiges und bewegliches System herausbilden, worin sich die Stadt, die Provinz, der Staat und die Europäische Union die Souveränität teilen, die keinerlei andere metaphysische Grundlage besitzt als die freie Willensäußerung der Europäer.

Gegeben hat es den Hitlerismus und den Stalinismus, zwei extreme Formen politischen Wahnsinns und Götzendienstes in Europa, zwei Phänomene, wofür die Zeitgenossen verantwortlich sind und von deren Schande niemand je einen Menschen befreien kann.

Daß angetrunkene junge Männer gewissermaßen zum Spaß, aus grobem Unfug fünf ihnen unbekannte Frauen und Kinder verbrennen, das überzieht mehr oder weniger die ganze Umgebung mit dem Geruch der Verantwortung und der Schande.

Ich selbst bin in den zurückliegenden ein bis zwei Jahren in Budapest gegen rechtsradikale Tendenzen zu Felde gezogen.

Eines der Hauptziele der Demokratischen Charta Ungarns besteht darin, die Gewalt von der politischen Bühne des verfassungsmäßigen Rechtsstaats zu verdrängen. Aus der politischen

Kampfarena die Aggression politischer Bewegungen auszusperren. Ebenso wie beim Fußball oder Tennis, so müssen auch die Spielregeln der Politik geschützt werden. Die Demokratische Charta hat den Radikalen gezeigt, daß wir ihnen zahlenmäßig überlegen sind. Also empfiehlt es sich, die Spielregeln des Wettkampfes einzuhalten.

Den Menschen das Haus über dem Kopf anstecken, was für ein Argument soll das sein? Ethnische Säuberung nennt man so etwas. Werden doch viele Ehepaare für eine lange Zeit schlechte Träume haben: Es könnte ja sein, daß in einem unerwarteten Moment die Zimmerdecke herunterkracht und ein brennender Balken auf die Kinder niederstürzt. Wen solche Alpträume nicht mehr loslassen, der entschließt sich vielleicht, dem Land zusammen mit der Familie den Rücken zu kehren.

Wie hat die Sache eigentlich in Bosnien begonnen? Irgendwie so. Auf Schläge folgen Schläge, auf Gewalt wird mit Gewalt geantwortet, und schon ist jeder gereizt. Das Hauptwerk der Gewalt ist die Hysterie: Über eines nur, über sonst nichts kann mehr gesprochen werden, nur über die Gewalt, die Angst davor oder die Rechtfertigung ihrer Anwendung, und die nachgiebige Anpassung an die Rechtfertigungen durchdringt die zu hörenden und die stummen Reden. Immer mehr Stimmen verschaffen sich Gehör, die das bloße Geschehen allmählich als verständlich und aus einem gewissen Blickwinkel als annehmbar betrachten. Das neofaschistische Phänomen läßt sich vom Bildschirm nicht abkratzen, Reportagen auf allen fünf Kontinenten zeigen die jungen Nazis, über die Rätsel ihrer Seele zerbrechen sich Sozialpädagogen den Kopf.

Die Verknüpfung von fremdenfeindlicher Aktion und geistigem Hintergrund ist eine obszöne Wahrheit, das kann nicht geleugnet werden.

Viele in Ungarn halten das dortige öffentliche Leben für beängstigend aggressiv, Tatsache aber ist, daß die Ungarn im Verlauf des politischen Wandels während der vergangenen Jahre noch niemanden umgebracht haben. Vor jener unpersönlichen und feigen Art des Tötens – mittels Brandstiftung Schlafende in ihren Häusern zu überraschen –, davor, so glaube ich, würden auch die ungarischen Rechtsradikalen zurückschrecken.

Hatten doch die Täter keinen Grund, auch nur gegen ein einziges ihrer Opfer einen persönlichen Groll zu hegen. Rein zufällig haben sie sich diese Opferkategorie vorgenommen, um sie aus Deutschland herauszuschaffen, vermutlich hätten sie auch andere dafür wählen können. Wenn unbekannte Ausländer mit einem derart geringen Aufwand umgebracht werden können, scheint dies durchaus vorstellbar.

Mich überrascht, daß durchschnittliche junge Leute zu einer solchen Handlung fähig waren, keine typischen Verbrecher, lediglich betrunken. Hätte man ihnen gesagt, wer sich in den Häusern befindet, vielleicht hätten sie die Schultern gezuckt. Macht nichts.

Mich überrascht außerdem die enge Verbindung zwischen Vorstellung und Tat, zwischen xenophobischem Gemeinplatz und Mord. Keinerlei Perversion, keinerlei Sadismus, nichts Persönliches. Das Gesicht der Opfer wollten sie nicht einmal sehen, mit Hilfe eines Streichholzes läßt sich das Problem lösen.

Ich bin überzeugt davon, daß sich jene jungen Leute für gute Deutsche halten.

Wie viele Vermittler es zwischen Autoren und Schauspielern gegeben hat, weiß ich nicht. Unter Vermittler verstehe ich diejenigen, die Texte in die Sprache der Aktion übersetzen. Noch unangenehmer aber ist mir der Gedanke, daß es solche Vermittler gar nicht gegeben, daß diese Rollen niemand geschrieben haben könnte, sie sich wildwüchsig entfaltet haben.

Wie ist es möglich, daß durchschnittliche junge Leute sich nicht die einfachste moralische Frage gestellt haben? Wie konnten diese jungen Leute das Menschliche in sich verdrängen?

Die skrupellose Durchführung, die moralisch gleichgültige Handlung, das nicht ganz neue Phänomen des völligen Fehlens von Individualität in einer neuen Rollenverteilung ermöglichen neuartige Erfahrungen: eine Maschine, die in jede Richtung in Gang gesetzt werden kann.

Was die Ausschreitungen angeht, das Anzünden der Unterkünfte von Gastarbeitern und Asylanten muß als Mord qualifiziert und bestraft werden. Es besteht keinerlei Grund, die rechtsradikale Variante der Gewalt in der Öffentlichkeit milder zu beurteilen als den linksradikalen Terrorismus Ende der siebziger Jahre. Der internationalen moralischen Position Deutschlands sind diese Attentate in gleicher Weise abträglich.

Vermutlich existiert ein ideologisches Umfeld, das dieses blindwütige Morden zur Normalität werden läßt.

Jene Analysen, die versuchen, das Phänomen als beispiellos und für die Umgebung atypisch hinzustellen oder als solches zu verniedlichen, bezweifle ich. Haben wir es wirklich mit der Marotte von einigen tausend Sonderlingen zu tun?

Es stellt sich die Frage, ob Deutschland nach der Vereinigung und der neuen Identitätssuche vermeiden kann, zu seiner alten Identität zurückzukehren, und ob es vermeiden kann, die siebzig Jahre des einheitlichen Deutschland als kontinuierliche und normale Vergangenheit, als die eigene Vorgeschichte, anzusehen.

Anlaß zur Furcht ist meines Erachtens nicht gegeben. Eine ernste rechtsradikale Gefahr beginnt zwar sich herauszubilden, doch auch die werden die europäische Demokratie, die europäische Gedankenfreiheit überleben.

Es hieße, vom Regen in die Traufe zu kommen, es wäre eine falsche Antwort, angesichts der aktuellen nationalsozialistischen Tendenzen die DDR-Nostalgie zu nähren, auf den neonazistischen Kollektivismus mit neobolschewistischem Kollektivismus zu reagieren. Das wäre heute auch gar nicht möglich. Dem zum Faschismus neigenden radikalen Nationalismus müssen die Demokraten innerhalb des Verbands jeder europäischen Nation ins Auge sehen.

Eine erwachsene Nation muß es schaffen, die Freiheit ohne Kollektivismus zu genießen und sich in Selbstbeherrschung zu üben.

In den meisten europäischen Ländern sind wir Zeugen des Protests gegen den Universalismus, gegen die europäische Integration. Das ist der Aufruhr der Ressentiments, der kollektivistischen Sentimentalismen.

Und die medial-merkantile Verdummung harmoniert phantastisch mit dem neonazistischen Primitivismus.

Demgegenüber ist die schöpferische Intelligenz wegen ihrer für sie bezeichnenden radikalen Ironie der Todfeind des Neofaschismus.

Von den Massenmedien werden der Raufbold und der Konsument idealisiert, die Gewissensfragen stellen sich diese beiden Figuren selten.

In Bosnien oder in den Vergnügungen der Brandstifter exerziert die sterbenslangweilige Fernseh-Gewaltkultur. Pubertäres Böllern, Kampfgymnastik. Die Verdrießlichkeit, das kollektive Selbstmitleid, der verletzte Groll gegen die intellektuelle Strenge können – auf der höheren Stufe der Eskalation – dazu führen, die Wohnungstür einzutreten und mit einer an die Hüfte gepreßten Maschinenpistole einem jeden zu befehlen, seine Behausung zu verlassen und sich mit erhobenen Händen auf der Straße aufzustellen.

Kennst du den tiefsitzenden Argwohn der zeitgemäßen Neoprimitiven? Was er nicht versteht, das ist Blödsinn! Sie hassen es, wenn jemand dies und auch jenes ist. Das aus einer Mischehe stammende Kuckucksei. Sie hassen jeden, der sich nicht übertölpeln, der sich nicht vom verführerischen Blödsinn anheuern läßt.

Der Neofaschist haßt die Verflechtung der europäischen Landschaften. Im Schlagbaum erblickt er ein edles Symbol der Nation. Je wütender der Nationalgeist sich gebärdet, desto umständlicher gestaltet sich ein Grenzübertritt.

Was also hält die liberale Demokratie letztendlich zusammen? Was hält Europa zusammen? Und was hält die Welt zusammen?

Die Übereinkunft, die Verfassung, die Spielregel, deren Geist von den Bürgern verinnerlicht worden ist, der konsensuelle Grundtext, an dem gemessen die anderen Texte auch als Kommentar betrachtet werden können.

Ich könnte auch sagen: die Literatur. Die Werke, das Wissen und die Erinnerung. Man muß den Kindern jene Grundidee der Verfassungslehre in der Schule vermitteln, jene Grundidee, die von den weltlichen und kirchlichen Intellektuellen einvernehmlich festgelegt wird und deren nationaler Stützpfeiler die demokratische Verfassung der einzelnen Länder ist. Dieser Text muß Ausdruck unserer politischen Weisheit sein.

Wir könnten eine Europäische Demokratische Charta gebrauchen, die Unterrichtsgegenstand der Schulkinder aller Länder Europas werden sollte.

Die jetzige neofaschistische Attentatsserie ist eine Krankheit. Eine beängstigende, aber keine tödliche Seuche, das durch die merkantile Verblödung geschwächte Immunsystem ist anfällig dafür. Die Opfer sind Menschen, die nicht wissen, wem gegenüber sie loyal sein sollen.

Doch warum sollten sie nicht gegenüber dem Dorf, der Umgebung, dem Land, dem Erdteil loyal sein, der Region, in der sie leben? Gegenüber der kleinen und der großen Welt? Man kann lokalpatriotische und heimatliebende Weltbürger erziehen.

Stets nimmt die aggressive Dummheit ein neues Gesicht an. Wir können es uns nicht erlauben, unaufmerksam in das gerade aktuelle Gesicht zu blicken. Das Randalieren des Neoprimitivismus müssen die Intellektuellen nicht erst als Fakt und dann als Schicksal hinnehmen. Gesehen haben sie das schon, und nicht nur einmal. Sollten sie den Kopf wieder einziehen, dann haben sie nichts Besseres verdient.

Was die gebildete Mittelschicht nicht toleriert, das existiert nicht. Wenn es dennoch vorhanden ist, so ist es ein Zeichen dafür, daß sie es toleriert.

Von den Schwierigkeiten der Scheidung

Es flimmern die Bilder aus Bosnien über den Bildschirm, die Kämpfenden repräsentieren die unterschiedlichen Dimensionen von Grausamkeit und Katastrophe. Anständige Soldaten gibt es nicht; lediglich solche, die mehr, und solche, die weniger Menschen ermordet haben. Gemeinsam sind die südslawischen Völker Opfer einer großen kollektiven Tragödie. Orte gibt es, an denen sich das Unglück niederläßt. Gestern noch konnten sie sich so etwas nicht vorstellen, und heute richten sie sich bereits ein auf den Terror. Tag für Tag finden Begräbnisse statt. Eine Naturkatastrophe ist nicht wirklich tragisch, sie trägt kein menschliches Antlitz; eine Tragödie spielt sich dann ab, wenn wir selbst Verursacher unseres Leidens sind, wenn wir selbst das Schicksal herausfordern, wenn uns die Hybris verblendet hat, wenn wir das Vorhaben mit der Realität verwechselt haben.

Wenn ein Mensch durch Waffengewalt von seinem Wohnort vertrieben wird, wenn es Männern plötzlich auferlegt wird zu töten oder sich töten zu lassen, wenn Nachbarn gezwungen werden, sich gegenseitig zu hassen und zu vernichten, wenn die Gemeinschaft von Angst- und Rachebildern beherrscht wird, so ist dies eine Katastrophe und hinterläßt in einem Lebenslauf eine unheilbare Wunde. Dieser Krieg jetzt ist der Krieg der schlechten Schüler, bei dem die Kriminellen am geschicktesten sind. Alle spielen sie verrückt und sind gewalttätig, gemäß dem Zahlenverhältnis und dem Grad der Verwilderung. Scharen von Banditen gehen auf Streifzug, die Blutrache aus dem Zweiten Weltkrieg lebt erneut auf. Die Vernichtung im ehemaligen Jugoslawien ist nicht das Werk ellementarer Naturgewalten, sondern das Werk uniformierter Männer, die meist denken, sofern sie überhaupt etwas denken, sie kämpften für ihre Angehörigen, für ihr Vaterland, für ihre Nation. Wenn die Menschen glauben, sie müßten um ihrer Familien, vielleicht sogar ihrer guten Bekannten willen töten, so ist dies eine Katastrophe und eine großangelegte Verschleierung. Die Kämpfenden sprechen eine gemeinsame Sprache; der Begriff des Religionskriegs macht die Runde, doch es heißt, daß die Kämpfenden erst seit neuestem ihre religiöse Zugehörigkeit entdecken.

Es ist eine Katastrophe, wenn jemand die eine oder andere Eigenschaft, seine Herkunft, schlicht um zu überleben, verleugnen muß.

Vor drei Jahren haben sich die Menschen in Jugoslawien noch nicht gegenseitig umgebracht. Das Unheil ist durch politische Veränderungen hervorgerufen worden, die für die Planung und Ausführung verantwortlichen Ingenieure waren Intellektuelle und Politiker. An der Zahl der Toten, Invaliden, Gefolterten, Vergewaltigten, Eingekerkerten, Vertriebenen, Flüchtlinge und Emigranten läßt sich das Unheil messen. Messen läßt sich das Unheil an der Arbeitslosenstatistik, der Inflationsrate und den Einkommenseinbußen. Diese Kennziffern spiegeln immer unheilverkündender die Lage, für deren Besserung Anzeichen nicht in Sicht sind und auch nicht sein können. Ein gemeinsamer Markt zerfällt in autarke Einzelmärkte, die wechselseitig weder als Lieferanten noch als Abnehmer zur Verfügung stehen. Bizarre Frontlinien, besserenfalls Schlagbäume, Grenzposten und Zöllner schieben sich zwischen Städte, zwischen denen es derlei vor drei Jahren noch nicht gegeben hat. Grenzen werden nicht gezogen, um deren geographische Abstraktheit sichtbar zu machen. Grenzen werden gezogen, um sich zu separieren, um die frühere Betriebsamkeit zu unterbinden, zu erschweren, zu filtern, um den Menschen die Lust daran zu nehmen. Wer die Grenzen begrüßt, der hat nicht in Osteuropa gelebt und weiß nicht, wovon er redet. Der kennt nicht jenes mehr oder weniger gut verborgene innere Zittern, jenen von der Lust und Laune anderer abhängigen Menschen, der sich darüber im klaren ist, daß man nun mit ihm umspringen kann, wie man will, ist er doch, mit all seinen Absichten und Habseligkeiten, irgendwie regelwidrig. Die natürlichen Bedürfnisse der Menschen kennen keine Grenzen, und an jenem Ausgeliefertsein an unbekannte uniformierte und bewaffnete Organe, die sich das Recht nehmen, in deinem Koffer oder gar in deiner Hosentasche herumzuwühlen, ist niemand interessiert. Ein normaler Bürger haßt so etwas. Grenzen ziehen dort, wo es bisher keine gegeben hat? Die sind wohl nicht recht bei Trost. Da sie offensichtlich davon überzeugt sind, daß ihr Verstand vollkommen intakt ist, argwöhnt der normale Mensch allmählich, ob die nicht kollektiv verrückt geworden sind. Eine Kriegswirtschaft aufbauen und gleichzeitig zur Marktwirtschaft übergehen, das funktioniert nicht. Man kann nicht eine bürgerliche Entwicklung vorantreiben und gleichzeitig herumballern.

Es treffen Nachrichten ein: Journalisten werden aus den Redaktionen gejagt, neuerdings sogar eingesperrt und geschlagen, das Fernsehen wird strengster Regierungskontrolle unterstellt, die Medien und die Schulen werden von der Propaganda beherrscht. Viele Uniformen, viele Fahnen und überall der Name der Nation. Es treffen Nachrichten ein von der Beschneidung der Bürgerrechte, von den Gesetzwidrigkeiten, der militärische Konflikt mit dem Nachbarvolk degradiert die Forderung nach Einhaltung der Menschenrechte und läßt diese als nebensächlich, gelegentlich sogar lächerlich erscheinen. Auf diesem Weg gibt es kein Anhalten, dieser Weg führt nirgendwohin.

Bei den Veränderungen, die schließlich die Katastrophe ausgelöst haben, besaßen Vorstellungen, Pläne, Ideale und edle Gedanken eine Auslöserfunktion. Die Vorstellungen, die zum Krieg geführt haben, die Ausarbeitung des nationalistischen Projekts sind das Ergebnis intellektueller Arbeit. Verantwortlich für die Katastrophe sind alle, vor allem aber die Intellektuellen, die vor einigen Jahren noch von Mitteleuropa geträumt haben, von einer demokratischen Assoziation, von einer freien Konföderation. So grotesk es klingen mag, die hitzköpfigen Träumer sämtlicher kleinen Völker in unserer Region stellen als Nonplusultra aller Sehnsüchte gern das Attribut des Großen dem Namen ihres Landes voran. Die Träume von territorialer Expansion ähneln sich derart, daß es fast schon lächerlich wirken könnte, wären da nicht die Bilder im Fernsehen mit den aufgebahrten Toten und den frisch ausgehobenen Reihengräbern.

Ist es nicht verständlich, wenn die nationalen Intellektuellen erklären, nicht nur als Personen, sondern auch als nationale Gemeinschaft wollten sie Subjekte des eigenen Schicksals sein? Warum, so fragen sie, sollten sie sich mit weniger zufriedengeben als andere. Wenn es den anderen gestattet ist, dann muß es auch ihnen erlaubt sein, in einem Staat mit eigenen Regierungsorganen und gewählten Führern zu leben. Jedes kleine Volk will einen autonomen Staat, und der Haken an der Sache ist nur der, daß auf diesem Territorium schon ein anderer Staat existiert. Ohne Staat fühlen sich die Völker entblößt und zittern, haben sie doch kein Vertrauen zum Nachbarn, gleich, ob dieser in der Mehrheit oder Minderheit ist: Sie haben Angst vor ihm. Niemand ist ein guter Nachbar, niemand hat einen guten Nachbarn, woraus logisch folgt, daß wir alle ziemlich schlecht sind. Allen Führern wird vorgeworfen, den Ausverkauf des Landes zu betreiben, wenn sie Verständigung und Ausgleich mit den Nachbarn anstreben. Und wenn ein Dritter zwischen den beiden Prozeßparteien Frieden stiftet, dann werden sie beide gegen diesen Groll hegen, weil keiner ganz recht bekommen hat, nur, sagen wir, teilweise, und jener Teil, der dem anderen zugeschlagen worden ist, der schmerzt. Logisches Mißtrauen – das Gewehr im Anschlag. Es ist fast ausgeschlossen, im Fall von Bürgerkriegen die Verantwortung in vollem Umfang der einen oder der anderen Partei zuzurechnen.

Zerfallen ist eine Föderation, ohne daß jemand für ihre Auflösung eine wechselseitig annehmbare verfassungsmäßige Formel vorgeschlagen hätte. Allem Anschein nach haben die ehemaligen jugoslawischen Eliten dem nationalen Projekt den Vorzug gegenüber dem demokratischen Projekt gegeben. Eine Bundesrepublik, in der ungefähr zwanzig Völker leben, wird in fünf bis sechs separate Staaten aufgeteilt, innerhalb derer die Bevölkerung auch weiterhin gemischt bleibt. Von Anfang an war es fraglich, was passieren würde, wenn die jugoslawische

Bundesrepublik, deren Grenzen durch internationale Gesetze garantiert worden sind, von in- und ausländischen Kräften als künstliches Gebilde, als widernatürliche Konstruktion hingestellt werden sollte – würde dieser Prozeß an den Grenzen der einzelnen Gliedstaaten haltmachen? Würden nicht auch die territorialen Minderheiten die eine oder andere Teilrepublik als künstliches Gebilde betrachten, nachdem sie mitansehen mußten, daß die große weite Welt und die lokalen Führer vom Prinzip des konstitutionellen politischen Staats zum Prinzip des ethnischen Nationalstaats, vom Vorrang der grundlegenden Menschen- und Bürgerrechte zum Prinzip der nationalen Selbstverwaltung übergegangen sind? Die exjugoslawische und die internationale politische Gemeinschaft hat akzeptiert, daß die Staatsbürgerrechte nicht aus der Verfassung, sondern aus der ethnisch-nationalen Zugehörigkeit abgeleitet werden. Damit einher geht automatisch die Akzeptanz einer systematischen Mißachtung der grundlegenden Menschenrechte.

Eine politische Nation ist diejenige Gemeinschaft, die ihre politischen Verhältnisse mittels einer gemeinsamen Verfassung ordnet. Eine Nation wird von denen gebildet, die sich auf eine Verfassung einigen. Warum haben sich die politischen Führer der Europäischen Gemeinschaft, vor allem auf Drängen der Deutschen, in die Idee des ethnisch bestimmten Staats verrannt? Damit waren sie zugleich gezwungen, die von den neuen nationalen Mehrheiten ausgeübte Diskriminierung und Repression gegenüber den nationalen Minderheiten hinzunehmen, die auf dem ihrer Kontrolle unterstehenden Territorium leben. Die ethnischen Minderheiten befürchteten sogleich, daß sie in dem enger gewordenen Land von der an die Macht gekommenen Mehrheit zu Staatsbürgern zweiter Klasse abgestempelt und gezwungen werden, sich zu assimilieren, das heißt, man wird sie unter Druck setzen, ihre bisherige Identität um eines Bleiberechts willen zu verleugnen. Diese Angst kann zur Hysterie führen, eventuell zur Flucht oder gar zu einem bewaffneten Aufstand. Haben die verantwortlichen Politiker in Europa mit diesen Faktoren gerechnet? Warum haben sie auf eine demokratische Reform des föderativen Staats verzichtet? Haben sie mit der Unaufhaltbarkeit der einmal in Gang gesetzten Entwicklung gerechnet? Wenn Jugoslawien keine politische Nation mehr ist, dann sind auch die Republiken, die einen Teil davon bilden, gemäß dieser neuen Grundlage keine politischen Nationen, verfügen sie doch nicht über eine ethnisch homogene Bevölkerung. Eine Nation wird also nicht durch das auf einem gegebenen Territorium akzeptierte politische System zusammengehalten, nicht durch die Verfassung und die Loyalität, sondern durch die ethnische Identität? Wenn somit die Integrität Jugoslawiens keine Geltung mehr hat, dann entfällt auch die Integrität seiner Republiken. Diese Umschichtung des Bewußtseins bedeutet den Rückzug in den ethnischen Bunker. Die stärkere Nation siegt. Das Land teilen die militanten Autonomen im Verhältnis ihrer Stärke und Besessenheit unter sich auf, und in der Zwischenzeit begehen sie schreckliche Verbrechen.

Das Existenzrecht der Minderheiten in Frage zu stellen, die ethnischen Minderheiten auszusiedeln und zu deportieren bedeutet Faschismus. Ein Volk, das seine eigene Identität in der Feindschaft gegen ein anderes Volk festlegt, muß als faschistisch bezeichnet werden. Wer in der anderen Klasse sein Unglück erblickt, der ist Kommunist. Wer sagt, das andere Volk sei sein Unglück, der ist Faschist. Wenn man vom Prinzip der politischen Gemeinschaft zum Prinzip der ethnischen Gemeinschaft übergeht, dann ist man schnell bei der Rassengemeinschaft angelangt. Anzuzweifeln ist der demokratische Charakter eines Landes, in dem viele intelligente Menschen den Sozialismus, den Nationalstaat oder die Religion höher ansetzen als die Würde der Person. Was kann die Außenwelt tun, nachdem die Deportation der Minderheiten geschehen ist und noch immer kontinuierlich betrieben wird? Sie kann verlangen, daß die Entfaltung der ethnischen Realität auf eine Weise zu fördern ist, die ausschließt, daß Menschen dabei zu Tode kommen. Ausgegangen wird davon, daß die Selbstbestimmung sämtlicher Völker des ehemaligen Jugoslawiens legitim sei, weshalb die national-ethnisch geprägten politischen Administrationen in den Gebieten, in denen die Bevölkerung verschiedenen Volksgruppen angehört, die Macht miteinander teilen müssen. Wenn die internationale Gemeinschaft vom einen zum anderen Prinzip übergegangen ist, dann muß sie dies auch zur Kenntnis nehmen, statt es zu ignorieren, und muß daraus die erforderlichen Konsequenzen ziehen. Wenn sie Jugoslawiens Integrität aus dem Blickfeld verloren haben, dann sollten sie auch die inneren Grenzen vergessen und Grenzverläufe festlegen, die mit der historischen Tradition und der demographischen Wirklichkeit übereinstimmen. Unter Berücksichtigung der ethnischen Realität müssen innerhalb der anerkannten internationalen Grenzen Jugoslawiens die am wenigsten irrealen inneren Grenzen gezogen werden. Ausbuchtungen, Enklaven, denen irgendeine Autonomie zu garantieren ist, werden trotzdem bleiben. In unserer Region wimmelt es von Autonomiekonzeptionen. Die Schaffung eines Minderheitenkodexes, der in der Region für alle Geltung besitzt, allgemein anerkannt und dessen Durchsetzung von der Weltorganisation kontrolliert wird, das wäre ein mögliches strategisches Ziel.

Meiner Überzeugung, daß die internationale Gemeinschaft leichtsinnig und kurzsichtig gehandelt hat, als sie die ehemaligen jugoslawischen Republiken nacheinander als souveräne Staaten anerkannt hat, ohne die multilaterale verfassungsmäßige Regulierung der Verhältnisse zwischen ihnen zur Vorbedingung zu machen, habe ich bereits Ausdruck verliehen. Die Hauptverantwortung allerdings trägt die gesamte Intelligenz Jugoslawiens. Jener, der geredet, und jener, der geschwiegen hat. Selbst wenn sie sich inzwischen zu selbständigen Subjekten gemausert haben, so sind Miloševic und Tudjman doch nur Vertreter jener Überlegungen, die an sie herangetragen worden sind. Die Schaffung des nationalistischen Bewußtseins ist die Arbeit von Intellektuellen. Sein Wesen besteht in einem solipsistischen Bewußtsein, nur sich selbst will es sehen, und seine Umgebung nimmt es nicht zur Kenntnis. Nur die eigenen Kränkungen existieren, und welche Auswirkung seine Äußerungen auf der anderen Seite haben, ist ihm gleichgültig, es leidet an einem elementaren, entschiedenen, ideologisch regulierten Empathiedefekt. Sollte das nationalistische Bewußtsein siegreich sein, könnten ganze nationale Gemeinschaften zu Trägern von Psychosen werden. Mit demokratischer und patriotischer Emphase zersetzten sie den jugoslawischen Bundesstaat, ohne auch nur eine wechselseitig annehmbare vertragliche Alternative in Betracht zu ziehen. Es stellte sich heraus, daß sich die neuen nationalen Gesellschaften selbst zu einem eingeengten Bewußtseinszustand verurteilt haben, das zwar Raum läßt für Selbstmitleid und Verdammung der Außenwelt, nicht aber für das Hervorbringen kreativer Übergangslösungen. Wie konnte die Wirtschaft vergessen, daß sie wechselseitig Märkte für ihre Ökonomien darstellen. Was mag ihnen Anlaß zu der Hoffnung gegeben haben, daß sich die Außenwelt für ihre verschiedenen nationalen Produkte bereitwillig als Aufnahmemarkt öffnen würde? Die gelegentlichen Erleichterungen, die sich daraus ergaben, daß sich einer auf den anderen stützen konnte, wodurch sollten sie ersetzt werden? Die Möglichkeit einer Anbindung an den Westen wurde überbewertet, allzu gutgläubig nahmen sie die höflichen Erklärungen einiger westlicher Politiker für bare Münze. Ich begreife nicht, wie ihnen entgehen konnte, daß das nationale Projekt der Weg des Konflikts zwischen den Nationalitäten sein würde.

Es versteht sich von selbst, daß aus dem ethnischen Konflikt, ausgewachsen zu einem Beinahe-Krieg, Kriegswirtschaft und damit einhergehend Verstaatlichungs- und Zentralisierungstendenzen resultieren und in Verbindung damit Wirtschaftsverbrechen und Schmuggel in großem Stil sowie Schwarzmarkthandel entstehen, wodurch die Privatisierung des staatlichen Rüstungsmonopols initiiert, also neben der Entstehung von Privatarmeen die Gesellschaft von einer bürgerlichen Entwicklung in Richtung einer Mafiaisierung abgedrängt wird. Selbst wenn er sich aus den pathetischsten Intentionen speist, ist der radikale Nationalismus wie ein Wespenschwarm, in seinem Gefolge entfalten sich alle Arten von Gesetzlosigkeit. Soziologisch läßt sich das neue Gebilde als Interessengemeinschaft von nationaler Bürokratie und Kriegsgewinnlern beschreiben. Weder die Zahl der Staatsbeamten noch deren Pfründen werden vom Nationalismus abgebaut, nicht einmal im Vergleich mit den Zeiten des Kommunismus. Gibt es eine bessere Gelegenheit, dieses Beziehungsgeflecht noch dichter zu weben als in diesem Kriegszustand? Hochtrabende Generäle und die Ritter des Schwarzmarkts suchen und finden sich.

Nach 1989 standen zwei Projekte zur Debatte, das demokratische und das nationalistische. Die real existierenden postkommunistischen Gesellschaften mischen jene beiden in unterschiedlichen Anteilen. Die entwickelteren Gesellschaften werfen mehr Demokratie und weniger Nationalismus in den Topf, die primitiveren mehr Nationalismus und weniger Demokratie. Die demokratischen Ziele können suspendiert werden, wenn die Nationalstaatsgründer auf den Widerstand von Minderheiten anderer Nationalität stoßen. Den Widerstandskämpfer nur als *anders*artig und nicht als Fünfte Kolonne, Störenfried, Intriganten und heimlichen Feind zu betrachten, das ist ein Ding der Unmöglichkeit. Fortwährend in Angst und Schrecken versetzt fühlt sich das aufgeblasene kollektive Ego, und es ist in Sorge, daß es benachteiligt werden, daß man ihm etwas wegnehmen könnte, weshalb es imstande ist, selbst verhältnismäßig kleine Verluste als unerträglich und schrecklich zu erleben. Dieser hochgradige Solipsismus läßt die Verhandlungsfähigkeit erstarren, nicht allein deshalb, weil die Führer infolge ihrer Ideologie unflexibel wären, sondern auch deshalb, weil durch das nationalistische öffentliche Bewußtsein die noch lautstärkeren meinungsbildenden Elemente hervorgebracht werden, die jeden Politiker, der mit dem Feind Frieden schließen würde, als Verräter beschimpfen.

Zur Katastrophe tragen die Ideologien, die Klischees und die Vermutungen beträchtlich bei; deren Produzenten also, das intellektuelle öffentliche Bewußtsein als Ganzes und die einzelnen Intellektuellen jeder für sich, tragen Verantwortung. Wenn Menschen Schlechtes tun, dann sind sie dabei dennoch davon überzeugt, das Richtige zu tun. Verärgert und beleidigt weisen die Verantwortlichen die Verantwortung von sich, das gehört dazu. Das ganze Land kommt auf den Hund, und in dieser Lage besteht auch keine Chance, den kulturellen Niedergang zu vermeiden. Die elektronischen Medien in den Nachfolgestaaten dienen der Kriegspropaganda der Regierung. Es stellt sich eine brodelnde und selbstzerstörerische Sippenstimmung ein, zu deren Schürung literarische Mittel benutzt werden, wodurch allerdings der Klarblick der Schriftsteller benebelt wird. Diese Sippenstimmung ergreift von der nationalen Gemeinschaft derart Besitz, inklusive der Intelligenz, daß auch die Schriftsteller sich selbst zensieren, glauben sie doch selbst schon an die Klischees des nationalstaatlichen Paradigmas, die sie sich angeeignet und in ihr Bewußtsein eingebaut haben, und zwar derart nachhaltig, daß die Wortführer der Opposition in Belgrad und in Zagreb gleichermaßen den grundlegenden nationalen Konsens mittragen, selbst sie können es sich nicht erlauben, von dem serbischen beziehungsweise kroatischen Paradigma abzuweichen. Wahrscheinlich ist es heute auch gar nicht mehr möglich, außerhalb davon Politik zu betreiben. Vernünftig denken allerdings kann man nur außerhalb jenes Paradigmas. Trotz aller Vorbehalte, aller Sorgen um die Demokratie sind auch die Oppositionellen der Überzeugung, daß das nationale Projekt nicht mehr rückgängig zu machen ist. Die Konzeption eines jugoslawischen Umbaus zu einer demokratischen Konföderation gehört bereits der Vergangenheit an, weshalb ein solcher Plan für unrealistisch gehalten wird. Heute steckt das nationalstaatliche Paradigma den Rahmen für die Realpolitik ab, innerhalb dieses Rahmens aber, unter den gegenwärtigen ideellen Gegebenheiten, wird es eine friedliche Lösung nicht geben, und der Krieg kann sich noch jahrelang hinziehen.

Der Ausgang der Partie hängt nicht von äußeren Mächten ab, sondern von den lokalen Kräften und Akteuren. Wer sich für eine gute Strategie entscheidet, der wird vorankommen, wer eine schlechte Strategie wählt, der wird unter seiner eigenen Dummheit leiden. Auf den Plan treten die aggressiv Arroganten, die sich natürlich nicht nur nach außen als solche zeigen, sondern auch innerlich verrohen. Die Konflikte der Nachbarn lassen sich auf vielerlei Weise überbrücken, das Angebot an Lösungsmöglichkeiten ist reichhaltig, auf lange Sicht erweist sich eine beharrlich großzügige Politik in Mittel- und Osteuropa als erfolgreich, die schroffe Arroganz wird von der Umgebung relativ schnell bestraft. Der Wille zum Erfolg und die Vermeidung der Niederlage gehören zum Begriff der Strategie. Worin besteht die Niederlage? Im Verlust von Menschenleben, im Verlust von geistigen und materiellen Werten. Ein Sieg gegen die anderen ist nicht möglich, siegen kann man nur gemeinsam mit ihnen – über unsere eigene Ohnmacht. Erfolg ist jener Stadt beschieden, die alle ihre Nachbarn bestaunt, ihnen ein Forum schafft und ihre Werke entdeckt, die Zickzackbewegungen der Paranoia eindämmt, die Nachbarschaft beruhigt, sich als zuverlässig erweist, die in ihrem Haß Unversöhnliche im Dialog zusammenführt und die sich darum bemüht, die Selbstverständlichkeit der europäischen Wertegemeinschaft populär zu machen. Wir leben an der Kreuzung vieler Integrationszonen, je mehr jemand über seine Gegend weiß, desto besser kommt er zurecht. In der Politik die Feindschaft mit den Nachbarn als vorrangig zu behandeln und gleichzeitig die Menschen- und Bürgerrechte zu garantieren, das ist ein Ding der Unmöglichkeit. Unsere Umgebung nüchtern realistisch betrachten und unsere Sehnsucht nach vereinfachendem Dualismus zugleich mittels nebulöser Ideologien befriedigen, das geht nicht. Wir hier wären die Zivilisierten und die dort die Barbaren? Wo? An der Grenze des früheren Eisernen Vorhangs? Oder wie zu meinen neuerdings in Mode gekommen ist: an der Grenzlinie zwischen westlichem und östlichem Christentum, die Kämpfe in Bosnien gewissermaßen als Religionskrieg für natürlich haltend und die Länder in gute und schlechte einteilend, je nach ihrer Zugehörigkeit zum römischen beziehungsweise byzantinischen Christentum? Die Stupidität ist immer zeitgemäß.

Das Interesse der Politiker deckt sich nicht unbedingt mit dem Interesse der einzelnen Bürger. Wenn der eine eine höhere

Position erlangt, ist dies für den anderen vielleicht bedeutungslos oder die höhere Position bedeutet für einen Dritten lediglich einen neuen Despoten, der sein Leben bestimmt. Gern würde der neue Ethnozentrismus in Vergessenheit geraten lassen, daß der Einzelne, die freie Entscheidung des Bürgers, mit welcher religiösen und nationalen Gruppe innerhalb der gegebenen Staatsgrenzen er sich identifiziert, unabänderliche Grundlage kollektiver Autonomien ist. Das aus einer Mischehe stammende Kind schuldet der komplexen Zugehörigkeit beider Elternteile Achtung; eine Stellungnahme von ihm für oder gegen die Nationalität des einen oder anderen Elternteils zu erwarten, wäre unmenschlich. Statt flexibler Formen des Zusammenlebens starre isolationistische Formen einzuführen ist gleichbedeutend mit Regression und Verdummung. Unflätige Journalisten der auf neue ethnische Grundlagen gestellten Staaten zeigen die perverse Neigung, Menschen in Mißkredit zu bringen, weil sich bei ihnen in aufsteigender Linie Söhne und Töchter anderer Völker nachweisen lassen. Die Verletzung der Menschenrechte ist an der Tagesordnung, wenn neue Staaten vom einzelnen verlangen, ihre Eltern, nur weil sie einer anderen Nationalität angehören, zu verleugnen, so daß sie gezwungen werden, sich ihrer Familie zu schämen. Doch die spröde Isolierung kann auch die Minderheit deformieren, wenn sie gegen den Willen der Mehrheit eine schlechte Strategie durchsetzt und versucht, Triumphe gegen diese zu erreichen. Die Selbständigkeit der ethnischen Gruppen zu erhöhen ist in dem Maße zweckmäßig, wie dies von der Umgebung hingenommen wird. Der Partner muß berücksichtigt werden, läßt sich doch die Nachbarschaft nicht ändern, in den Diskussionen der Mehrheit und der Minderheit geht es nicht nur um Wahrheiten, die sich auf vielerlei Weise in Frage stellen lassen, sondern in erster Linie um die Sicherheit der Bürger und um ein gerechtes Verhältnis zwischen den ethnischen Gruppen. Wenn die Mehrheit in einen Zustand der Hysterie gerät, kann dies von der Minderheit nicht als großer Erfolg verbucht werden. Das Schicksal weist der Minderheit im Interesse ihres

Überlebens eine Therapeutenrolle zu.

Alle Parteien haben Grund genug, sich unsicher zu fühlen, übersteigerte und leicht verletzliche Selbstwertgefühle stehen sich gegenüber. Akademiemitglieder und andere nationale Helden gebärden sich nicht minder kindisch als meine Söhne im Kindergartenalter, um jeden Preis wollen sie, wenn schon nicht groß, so doch ein bißchen größer scheinen, sie recken sich und stellen sich auf die Zehenspitzen, stolzieren aufgeblasen umher; schöne kleine Kulturen wollen unbedingt größer scheinen, was ihrer Schönheit nur schadet. Ihre prinzipielle Abschottung ruft wechselseitige Paranoia hervor. Die hier lebenden Völker fühlen sich ziemlich isoliert, und das tut ihnen keineswegs gut, für Aufmerksamkeit dagegen sind sie dankbar. Übereinstimmung besteht in mehr Dingen, als es den Anschein hat, oft wissen wir nicht einmal, worum es in dem Streit eigentlich geht. Es lohnt sich, unsere nationalen Strategien öffentlich zu diskutieren, damit wir selbst und auch unsere Nachbarn wissen, woran wir uns zu halten haben, damit wir in die Lage versetzt werden, miteinander zu verhandeln, damit der Begriff der Nation kein Kirchengerät oder Knüppel ist. Voranschreiten sollten wir dort, wo es möglich ist, und wir sollten versuchen, die Lösung der verkrampften Angelegenheiten zu vertagen. Was wir heute nicht erreichen können, obwohl es recht und billig wäre, das werden wir im nächsten Jahrhundert in Angriff nehmen, zu tun gibt es bis dahin mehr als genug, und die Hindernisse lassen sich auf die eine oder andere Weise umgehen. Was die Strömungsrichtung der Dinge betrifft, bin ich zu der Schlußfolgerung gelangt, daß der Erfolg der nationalistischen Hitzköpfe nicht von Dauer sein wird, auf die Trunkenheit des Volkes folgt Ernüchterung, setzt sich doch früher oder später die Erkenntnis durch, daß die aggressiven Parolen mit Verarmung und vielleicht mit sinnlosem Blutvergießen einhergehen. Der wechselseitige Schaden läßt uns klug werden. Zwei Hypothesen sind in Umlauf. Der einen zufolge geraten Mittel- und Osteuropa vom Klassenkampf zum Rassenkampf, zu etwas anderem reicht der Verstand nicht, nur zum Wechsel zwischen Kommunismus und Faschismus. Die Völker dort sind nicht in der Lage, miteinander auszukommen, deshalb wird der Raum früher oder später von halbfaschistischen Diktaturen, die einen Krieg der Worte austragen, beherrscht werden. Die andere Hypothese spricht von der Herausbildung bürgerlicher Nationalstaaten.

Ich habe die Befürchtung, daß meine kritische Analyse die Geduld des Lesers strapaziert, und ich muß auch gestehen, daß der mit Irrealismus gepaarte politische Sentimentalismus meinem Geschmack derart zuwider läuft, daß meine Empathie mit den sich gegenseitig würgenden Leidenschaften gering ist. Jeder ist geschädigt, und jeder ist ein Held, denn noch hält er es aus, wenn aber die mittelalterliche Kirche und der Dichter aus dem vergangenen Jahrhundert nur ein Argument für die Notwendigkeit und Berechtigung des Nationalstaats sind, dann erwacht in mir neben dem Mitgefühl der Zweifel. Jawohl, die kollektiven Individuen, die sich selbst als Nation artikulierenden Menschengruppen sollen in vollem Recht existieren können! Warum aber wollen sie gleich eine Armee haben? Warum meinen sie, eine selbständige Armee und Zollgrenze würden die Existenz des nationalen Individuums am nachhaltigsten bekräftigen und garantieren? Sollte Katalonien mit seiner weitreichenden Autonomie und mit seinem wirtschaftlich-kulturellen Nationalismus innerhalb des spanischen Königreichs schlechter gefahren sein als die Ex-Jugoslawen? In Barcelona dominierte der Verstand der Kaufleute, in Jugoslawien der Geist zweitrangiger Literaten. Wenn es in einem Staatsgebiet mehr national-ethnische Gemeinschaften gibt als Teilrepubliken, wenn alle mit zunehmender Entschlossenheit die Selbstverwaltung fordern, wenn alle politische Subjekte sein wollen, wenn sich keiner weniger wert wähnt als der andere, auch der Kleinere nicht gegenüber dem Großen, wenn keiner Vorrechte des anderen Volks anerkennt, niemandes Bevorzugung allein angesichts des Umstands, daß er zu dem einen oder anderen Volk gehört, wenn erst einmal der Kampf der Menschen, die sich selbst als Nation definieren, um die politische Souveränität in Gang gesetzt ist, wenn es einen geschützten Anspruch auf Überlegenheit nicht mehr gibt, wenn die Kontrahenten die historischen Argumente der anderen Partei nicht mehr anerkennen, weil diese den eigenen Autonomiebestrebungen im Weg steht, dann muß das Netz neu geknüpft werden, die ethnische Landkarte jenes Raumes also, der durch internationale Grenzen, die als vitale Gegebenheit zu betrachten sind, beschränkt und von außen abgesteckt wird, von innen allerdings durch einen Bürgerkrieg Gegenstand der Auseinandersetzung ist.

Wenn Feuer ausbricht, muß man es nicht schüren, sondern löschen. Die Nachbarn bemühen sich, das Übergreifen des Feuers auf ihr Territorium zu verhindern. Sie schützen sich gegen eines oder mehrere Länder, in denen der Wert des menschlichen Lebens dramatisch gefallen ist. Lebensverachtende Gemeinschaften, die politische Ziele leichtsinnig in einen alternativen Zusammenhang mit dem Tod bringen und die ihr Leben für die Einnahme eines Hügels hingeben, wo sie weder vorher gewesen sind noch nachher sein werden, solche Gemeinschaften werden von dem nüchterneren Nachbarn angesehen, als wären sie besessen. Irgendeine Zwangsvorstellung hat sie durchdrehen lassen, die elementarste Hemmung funktioniert bei ihnen nicht mehr, fahrig, dennoch verstockt, schießen sie aufeinander. Gefährlich sind sie, aus dem Blickwinkel des auf Verträgen und Verhandlungen basierenden europäischen Rationalismus, pathologisch, aufbrausend, sie sperren sich in die eigenen Wahnideen ein, ohne der Realität und der Umwelt Rechnung zu tragen, nur ihrer selbst sind sie sich bewußt, autistisch wiederholen sie Sprüche, in einem sonderbaren Zustand befinden sie sich. Daß sie in diesem merkwürdigen Zustand zu einer freundschaftlichen Zusammenarbeit anregende Nachbarn wären, ließe sich nicht behaupten. Mit erregten Menschen zu verhandeln, das ist schwierig. Für einen Krieg bedarf es zweier Seiten. Frieden geschlossen werden kann immer entsprechend den Kräfteverhältnissen zu günstigen oder ungünstigen Bedingungen. Wenn ein Land

Krieg führt, so heißt das, daß es vorläufig nicht die Absicht hat, Frieden zu schließen, weil es meint, den Krieg später zu günstigeren Konditionen beenden zu können. Um eines erhofften politischen Plus willen betrachtet es die Aufrechterhaltung des Kriegszustands als realistischen Preis. Wenn das staatliche Gewaltmonopol in einem Land ins Wanken geraten ist, wenn jeder, der will, an Waffen herankommen kann, wenn Militärkommandos ihr Unwesen treiben, wenn die Truppen von den als legal geltenden Zentralen nur teilweise kontrolliert werden, dann nimmt die Wahrscheinlichkeit zu, daß bei der Teilung die ethnischen Kräfteverhältnisse zur Geltung gelangen, bei den fortwährenden Reibereien, die zeitweilig in einer bewaffneten Auseinandersetzung gipfeln können. Der Mensch läßt diejenigen, die mit den Waffen eine intime Beziehung eingehen, nicht aus den Augen.

Daß die kleineren und größeren Völker Mittel- und Südosteuropas ohne eine transnationale Formel in friedlicher Prosperität leben können, ist unvorstellbar. Ich kenne Paare, die sich schon zweimal scheiden ließen und dreimal geheiratet haben. Früher oder später werden die Serben und Kroaten in jenen Seelenzustand geraten, in dem sich die Österreicher und die Ungarn in der Zeit des Ausgleichs befunden haben, und aus dieser Stimmung resultierte etwas Gutes, eine transnationale Zusammenarbeit. Nehmen wir einmal an, daß die Voraussetzung für eine gleichberechtigte geschäftsmäßige Kooperation die Scheidung gewesen wäre. Wenn schließlich jeder in seiner eigenen Hochburg souverän geworden ist, dann werden sie als unabhängige Staatsoberhäupter wieder miteinander verhandeln, verhandeln in ihrer gemeinsamen Sprache. Dieser Rhythmus zwischen Scheidung und Wiedervereinigung, zwischen Desintegration und Integration hätte sich demnach vielleicht symbolisch als notwendig erwiesen.

Das glaube ich allerdings nicht. Ich glaube nicht, daß der Tod von hundertfünfzigtausend Menschen, die Heimatlosigkeit von Millionen symbolisch notwendig gewesen wäre. Ein Plan, der einen so hohen Preis kostet, ist kein guter Plan. Hätte jemand von denen, die die Maschinerie in Gang gesetzt haben, die Verantwortung für den Tod von hundertfünfzigtausend Menschen auf sich genommen? Der Kommunismus ist nicht durch militärische Gewalt gestürzt worden. Der Kommunismus ist von innen belagert worden, die Systemwende resultierte aus der geistigen Erosion, der Geist der bürgerlichen Entwicklung hat die sich in alle Bereiche einmischende Herrschaft der Verstaatlichung gesprengt. Die Sowjetarmee war eine ebensolche Kraft wie die jugoslawische Volksarmee. Die demokratische Bewegung Osteuropas hatte den gewaltfreien Wandel auf ihre Fahnen geschrieben. Vor den nicht mehr rückgängig zu machenden und sich beschleunigenden Entwicklungen hätten Möglichkeiten zu einem intensiven Gedankenaustausch bestanden. Was sich heute ohne Waffengetöse nicht erreichen läßt, das muß heute nicht erreicht werden, so meinten die osteuropäischen Demokraten und Reformer, zu tun hatten sie ohnehin genug. Was heute noch unerreichbar ist, das fällt dir morgen in den Schoß, geduldiges Warten ist höchstes Kriterium politischer Weisheit. Vertrauen in einen organischen Wandel. Ist doch die bürgerliche Entwicklung stärker als alles andere, wenn Frieden herrscht.

Die westeuropäische Gemeinschaft neigt eher dazu, sich abzuschotten, als sich zu öffnen, und der nüchterne Beobachter hält es für unwahrscheinlich, daß die Integration Mittel- und Osteuropas noch in diesem Jahrzehnt hergestellt werden könnte.

Natürlich hoffen die entwickeltsten Länder – Tschechien, Polen, Ungarn, Slowenien –, aufgrund einer Sonderregelung den anderen Ländern in der Region zuvorzukommen und als externe Kandidaten in die ersehnte Europäische Gemeinschaft aufgenommen zu werden, obwohl die Zugehörigkeit, wie es heißt, kein großer Vorteil, die Nichtzugehörigkeit allerdings ein ziemlicher Nachteil sei. Der nüchterne Beobachter billigt diese Hoffnung, zieht jedoch in Betracht, wie beschwerlich sich schon die Integration Ostdeutschlands gestaltet, von einem Raum mit hundert Millionen Menschen ganz zu schweigen, und die den Anforderungen entsprechenden Länder einzeln herauszupicken, das könnte zu politischen Verwirrungen führen, zu tiefsitzender Verärgerung der anderen Aspiranten, deshalb ist es besser, diesen großen, jedoch anrüchigen Happen erst gar nicht anzurühren, bevor man nicht den ganzen Ballen verschlingen kann. Das Vorfeld zu sondieren ist ein lohnendes Unterfangen, doch warten wir lieber ab, wie weit sie es allein bringen. Die ermunternde Koketterie der Politiker würde ich nicht für bare Münze nehmen, die Osteuropäer drängen, die Westeuropäer zögern, und dieser Zustand wird noch eine gute Weile andauern. Gewiß wird das Überangebot an osteuropäischen Arbeitskräften und Produkten Abwehrmanöver nach sich ziehen. Als Vorfeld werden Mittel- und Osteuropa behandelt, aber man läßt sie draußen vor der Tür warten, und das um so mehr, als man diese Region für einen Herd politischer Epidemien hält. Wem steht schon der Sinn danach, Krisen, fixe Ideen, Instabilität und Unberechenbarkeit einzugliedern? Wer braucht schon die armen Verwandten? Die Saison der Großherzigkeit gehört der Vergangenheit an. NATO und Europäische Gemeinschaft, so hat es den Anschein, schreiten gemeinsam voran oder doch wenigstens fast parallel, und es ist logisch, auf längere Sicht lassen sich wirtschaftliche, politische und militärische Vereinigung nicht voneinander trennen. Auch das Militärbündnis ist nicht allzu versessen darauf, ein bis zwei Unruheherde aufzunehmen. Zugleich drängt die westeuropäische Gemeinschaft verständlicherweise auch nicht auf die Entstehung einer anderen Gemeinschaft vor ihrer Haustür.

Die Nachfolgestaaten der Sowjetunion werden vermutlich infolge der vorhandenen Zwänge eine Wirtschaftsassoziation eingehen, und wahrscheinlich ist auch, daß sich das gesamte deutschsprachige Mitteleuropa in die Europäische Union einfügen kann. Wie steht es um das östliche Mitteleuropa, Südosteuropa, den Balkan und die Türkei, das zwar Mitglied der NATO, nicht aber der Europäischen Wirtschaftsgemeinschaft ist, mit einem Wort, hier könnte die Fieberkrankheit zum Ausbruch kommen: Nach Osten und Süden würde sich ein sehr großer Raum öffnen, wenn dies der westliche Teil des Kontinents beabsichtigt, denn die Wirkung wird sicher wechselseitig sein. In den kommunizierenden Röhren strömen die Menschen hin und her, die Besetzung erfolgt wechselseitig. Während ich diese Zeilen schreibe, höre ich, daß der ansonsten konservative ungarische Ministerpräsident auf einer NATO-Tagung vorschlägt, die NATO solle die gesamte sowjetische Region umfassen und sich von Vancouver bis Wladiwostok erstrecken. Daß ein konservativer Historiker mit einem solch radikalen Vorschlag an die Öffentlichkeit tritt, dieses ironische Paradoxon folgt aus der Logik der Lage. Entweder wird die Integration institutionalisiert, oder es wird sie nicht geben, das ist klar. Die Sphären der Wirtschaft, der Politik und der Sicherheit lassen sich nicht in voneinander unabhängige Teile auseinanderdividieren. Wenn der gesamte ehemalige sowjetische Raum die Grundprinzipien des Westens übernimmt, die Mehrparteien-Demokratie und die Marktwirtschaft, dann gibt es für dessen Ausschluß keinen prinzipiellen Grund. Staatliche Zusammenschlüsse bis zur ehemaligen sowjetischen oder russischen Grenze auszudehnen und die weiter östlich Lebenden auszusparen, wäre unrealistisch. Zusammen mit dem tatsächlichen Osteuropa könnte der Westen des Kontinents allerdings sämtliche Mitglieder der Konferenz für Sicherheit und Zusammenarbeit in Europa übernehmen und als Zugabe ein schönes Stück von Asien. Es würde sich die groteske Lage einstellen, daß die hübsche westliche Nase, um nicht zu sagen die Halbinsel des eurasischen Kontinents, eine um ein Vielfaches größere Region als die eigene zwecks Expansion und Erschließung bekäme. Die Rede des ungarischen Ministerpräsidenten halte ich für logisch, Ähnliches habe ich auch selbst schon gesagt. Allerdings verstehe ich, wenn es der Beschenkte nicht eilig hat, dieses widerständige Geschenk einzusacken.

Viele weltgeschichtliche Argumente sprechen dafür, die Beziehungen der Unterzeichnerstaaten der Charta von Helsinki beziehungsweise deren Nachfolger jetzt, da die Wertegemeinschaft wenigstens scheinbar zustande gekommen ist, zu einer tatsächlichen institutionellen Vereinigung zusammenzuschweißen. Das wäre in der Tat Nordamerikas und Westeuropas großes Abenteuer. Viele aktuelle Argumente sprechen allerdings auch dafür, daß der Westen von gestern keine allzu weitreichende Verantwortung für den Osten von gestern übernehmen und daß er sich nicht mangels Interesse und Sachverstand in unsere manchmal hitzig ausgetragenen und manchmal wüsten Angelegenheiten allzu sehr hineinziehen lassen soll. Es ist nicht die Zeit für große Unternehmungen. Eine harmonische Koexistenz ohne besondere Verpflichtungen, das ist die zu erwartende Option des Westens; und da es kein Land gibt, das nicht genügend eigene Sorgen hätte, fällt es schwer, sich ein Land vorzustellen, das zusätzliche und unüberschaubare Lasten auf sich nehmen wollte. Jene bürgerliche Vorstellung, daß wir selbst es wären, die für uns etwas tun müßten, unsere westlichen Freunde würden unsere Aktivitäten aufmerksam verfolgen und uns gelegentlich helfen, ist plausibel. Denn es zählt auch, ob wir unser Leben nach der westlichen Wertegemeinschaft ausrichten oder lediglich opportunistisch den Anschein zu erwecken suchen, wir täten dies. Ob wir tatsächlich danach leben, das zeigt sich darin, ob wir in unserem eigenen Wirkungskreis, dort, wo es möglich ist, sinnvoll kooperieren können. Ob wir innerhalb Mittel- und Ost- bzw. Südosteuropas auf vielen Ebenen vertragliche Regelungen zustande bringen. Ob wir uns in der eigenen Umgebung zuverlässig, berechenbar, vernünftig, pragmatisch und festgelegt auf demokratische Grundprinzipien verhalten können. Vor vier Jahren stand uns das Versuchsfeld für eine ost-mitteleuropäische Assoziation offen. Die erste Pendelbewegung hat uns in eine andere Richtung getragen, überwältigt vom Rausch, die Machtbeziehungen über Bord zu werfen. Daß auch der geographisch-kulturelle Faktor zählt und daß die Nachbarn dauerhafte Gegebenheiten sind, daß es möglich und ratsam ist, mit jenen auf vielerlei Weise zusammenzuarbeiten, selbst wenn wir wechselseitig gewisse Vorbehalte haben, diese Erkenntnis wird sich bei der nächsten Pendelbewegung durchsetzen, das infolge seiner Weisheit in die andere Richtung ausschlägt.

Was also zerfällt, das klebt aneinander. Frieden können nur die Kriegsgegner von gestern schließen. Wenn die Franzosen und die Deutschen, die Österreicher und die Ungarn heute gut miteinander auskommen, dann kann angenommen werden, daß dereinst auch die Serben und die Kroaten Freunde sein werden. Solange diese Versöhnung nicht stattfindet, solange wird für unsere gesamte Region eher der Konflikt als die Kooperation – zumindest in den Nachrichten des Fernsehens – charakteristisch sein. Für eine friedliche Koexistenz der südslawischen Völker, für einen angemessenen Rechtsstatus der Minderheiten und dafür, daß die Region, für die alle Bezeichnungen unpräzise sind, nicht fortwährend durch den ethnischen Bürgerkrieg zu einer Todeszone wird, ist das jugoslawische Modell vielleicht nicht mehr geeignet, irgendeines transnationalen institutionellen Rahmens allerdings bedarf es. Möglicherweise wird der Balkan, möglicherweise Südosteuropa, möglicherweise das Donautal der geographische Raum für dieses Modell sei, in nördlicher Richtung noch dazu in Verbindung mit den Mitteleuropäern von Visegrád. Jedenfalls halte ich es für wahrscheinlich, daß die kleinen Gebilde zwischen den großen russischen und deutschen Gebilden untereinander irgendeine nüchterne und vielseitige Teilintegration herausbilden werden. Solche regionale Zusammenarbeit bedeutet für eine perspektivische Verbindung mit Westeuropa kein Hindernis, wie ja auch in der sich ausdehnenden Europäischen Gemeinschaft ein funktionaler Platz vorhanden ist für spezielle regionale Verknüpfungen. Die Integration ist ein mehrgeschossiges Gebäude, für unseren komplizierten Raum wäre es praktisch, die strittigen Fragen regional, verständnisvoll und durch vielseitige Annäherung untereinander zu klären, um dadurch die Integration auf höherer Ebene nicht mit unseren lokalen Konflikten zu belasten. Wie diese Form aussehen mag, die sich in dieser Zone (von der Ostsee bis zum Mittelmeer) herausbilden wird, weiß ich nicht, doch sie hat diese Aufgabe, die transnationale Diskussion und Abstimmung unserer Strategien versuchsweise in Angriff nehmen zu müssen.

Ich vertrete also die Hypothese, daß die radikalere und weiterführende wirtschaftliche, politische und militärische Integration der von den europäischen Angelegenheiten betroffenen Staaten und der Unterzeichnerstaaten der Helsinki-Konvention sowie deren Nachfolger in einem mehrstufigen Entwicklungsprozeß vor sich gehen wird, dessen Vorstadium eine Form der Assoziation der Staaten der ehemaligen Sowjetunion und der Staaten Ost-Mitteleuropas beziehungsweise des Balkans sein wird, um Pfeiler zu schaffen, auf die man sich für umfassendere und flexiblere Beziehungen stützen kann. Obwohl es gegenwärtig für eine mittel- und südosteuropäische Solidarität kaum Anzeichen gibt, werden dereinst die Mißerfolge der nationalistischen Strategien einerseits, die freundlichen Vertröstungen und Zurückweisungen aus dem Westen andererseits als Motive dafür dienen, die Idee einer normalen, nachbarschaftlichen und vielseitigen Zusammenarbeit innerhalb unserer Region wieder zur Geltung zu bringen. Hierbei wird es sich bereits um eine transnationale Orientierung handeln, die mit den Autonomien von Minderheiten und Provinzen besser umzugehen versteht. In den postkommunistischen neuen Demokratien vermochte niemand klug genug zu sein, denn die erlernten Vorgehensweisen, die existierenden politischen Familien mußten an eine noch unbekannte Wirklichkeit angepaßt werden. Wenn sich also die Teileinheiten des kommunistischen Lagers in der ersten Hälfte der neunziger Jahre glücklich den Rücken zukehrten, um der Welt die eigene historische Besonderheit zu demonstrieren, so ist es wahrscheinlich, daß in der zweiten Hälfte der neunziger Jahre die inzwischen souverän gewordenen politischen Subjekte, nachdem sie die Euphorie des Alleinseins ausgekostet und die Tatsache des Aufeinanderangewiesenseins erkannt haben, ohne Zwang von außen zwecks pragmatischer Kooperation wieder zusammenfinden werden. Die Vielfalt der zivilen und kulturellen Netzwerke sowie Querverbindungen wird hierbei eine gesonderte Sphäre repräsentieren. Nicht die Regierungsoberhäupter werden die Vorboten dieses Entwicklungsprozesses sein, sondern verschiedene Bürger, die die Vorteile solcher ökologischer Beziehungen erkennen. Enorm viele kleine zivile Begegnungen und Geschäfte werden den politischen Geschäften größeren Stils vorangehen.

Der Feind feiert rauschende Feste
Von der Strategie der Niederlage

Nehmen wir einmal an, jede Epoche habe ihren wie auch immer gearteten Humanismus, ihre Selbstreflexion, die in den Motivationen der Menschen ihren Niederschlag finden.

Was wir gelten lassen, wozu wir uns selbst ermuntern, was wir ernst nehmen, wofür wir den größten Teil unserer Kräfte einsetzen, was wir dagegen als zweitrangig einstufen und lieber vernachlässigen, das hängt mit unserem jeweiligen Menschenbild zusammen, mit dem Bild von den anderen und von uns selbst.

Wir Schriftsteller liefern die Instrumente der Selbstrechtfertigung und der Selbstanklage.

Das Wort Humanismus ist heute nicht in Mode.

Von Stolz auf sich ist die Menschheit nicht erfüllt, in die Zukunft blickt sie eher besorgt als selbstsicher.

Zeugen sind wir jenes merkwürdigen Phänomens, daß die umweltschädigenden Egoismen übermächtig sind, daß sie infolge des kollektiven Egoismus der Nationen und Staaten eine Aufwertung als öffentliches Interesse erfahren.

Sobald sich *mein* häßliches Verhalten in *unser* häßliches Verhalten verwandelt, wird das Häßliche schön. Was sich jeder für sich nicht erlauben würde, das erlauben wir uns kollektiv. Sobald wir statt des *Ich* das Personalpronomen *Wir* benutzen, sobald wir kollektive Täter werden, nehmen die Gruppeninteressen und Unvereinbarkeiten in der Rhetorik der Staaten den Charakter von patriotischem Interesse und Tugenden an.

Um dem Verbrechen einen Schutzbrief, geschrieben mit patriotischer Rhetorik, auszuhändigen, dazu werden auch wir gebraucht. Wir Schriftsteller.

Daß uns von der Luft, vom Wasser und von den Gütern der Erde mehr zustünde als anderen, nur weil wir uns hinter einer bestimmten Fahne zusammenscharen, daß es uns erlaubt wäre, andere Arten von Lebewesen oder gar andere Menschenrassen zu töten oder eben auszurotten, die hinter einer anderen Fahne herziehen, das kann und darf nicht sein. Um die Angehörigen fremder Ethnien zu peinigen und zu vernichten, ich wiederhole, um die Schandtaten des kollektiven Ego in die Tat umzusetzen, dazu bedarf es der literarischen Huldigung gegenüber dem kollektiven Ego.

Die ethnischen Gemeinschaften wollen sich heute als Schöpfer von Nationen hervortun und sind bestrebt, homogene Nationalstaaten zu schaffen. Homogen werden die Staaten nur durch Homogenisierung und – um auch weiterhin die Euphemismen des Verbrechens zu benutzen – durch ethnische Säuberungen.

Was mit anderen Worten heißt, daß die Menschen der anderen Ethnie ausradiert und aus ihrer Heimat vertrieben werden. Dann werden ihre Häuser in Brand gesetzt oder gesprengt. Günstigenfalls ziehen Nachfolger ein.

Aus jenem unmöglichen Anspruch entsteht die konstante Stimmung des ethnisch bestimmten Kalten Krieges, der sich in militärischen Auseinandersetzungen entlädt.

Auch einen andersartigen Patriotismus gibt es, der sich territorial, konstitutionell und kulturell artikuliert.

Zahlreich die kollektivbildenden Dimensionen. Welche im Vordergrund steht, hängt von kulturellen Moden ab. Für das wichtigste Moment können wir auch den für ein bestimmtes Gebiet geltenden Gesellschaftsvertrag halten, die Verfassung, die verschiedene Menschen an einen Staat bindet und der kulturellen Pluralität Raum gewährt.

Das am wenigsten in Zweifel zu ziehende gemeinsame Attribut ist die Sprache. Tatsache aber ist zugleich, daß auch ein Zusammenleben verschiedensprachiger Menschen möglich ist. Die Entscheidung für den Gebrauch nur einer Sprache, das ist die Verklärung der Dummheit. Intellektuelle und Politiker neigen derzeit dazu, den Begriff der politischen Nation durch den der ethnischen Nation zu ersetzen.

Daraus folgt, daß sie sich mit der Gewalt abfinden müssen,

die gegen die zu ihrem Herrschaftsbereich gehörenden nationalen Minderheiten von den nationalen Mehrheiten ausgeübt wird.

Die Überreste des ehemaligen Jugoslawien und der einstigen Sowjetunion, die rauhe Wirklichkeit auf dem Balkan und im Kaukasus spielen in den aktuellen Nachrichten eine wichtige Rolle. Eine unverantwortliche nationale und internationale Gemeinschaft von Verantwortlichen hat auf die Demokratisierung der föderativen politischen Nation verzichtet und akzeptiert die Anerkennung ethnischer Nationen als politische Gemeinschaften, denen ein autonomer Nationalstaat zusteht.

Somit sind die Grenzen fragwürdig geworden und die Konflikte vorprogrammiert.

Der Gedanke, daß sich dieser Prozeß auf dem Globus weiter ausbreiten könnte, ist beängstigend. Im Fall kontinentaler Reiche, wie beispielsweise Indien oder China, ist auch die Sprengkraft separatistischer Bestrebungen gewaltiger.

Die feierliche Annahme einseitig proklamierter Unabhängigkeitserklärungen ohne bilaterale Abkommen, ohne durch Gesetze abgesicherten Scheidungsprozeß, ohne vertraglich festgelegte Teilung von Rechten und Gütern schien eine noble Geste gewesen zu sein, doch angesichts zahlloser ungelöster Fragen drängt sich heute eher der Eindruck von Arbeitsunwilligkeit auf, wofür das Volk, in der Problematik von Ideen unbewandert, mit viel Blut und Leid bezahlt. Es kommt vor, daß man versucht, das kleinere mit Hilfe eines größeren Übels zu beseitigen.

Kollektives Minderheitenbewußtsein, das auch seine lyrischen Wortführer fand, war hier am Werk.

Wer nur als WIR Selbstachtung zu erringen vermag, der macht sich zum Sklaven der Ideologien. Als ICH ist dem nicht so. Identifiziert sich das Ich allzu sehr mit dem Wir, dann neigt es stärker zu Feindseligkeiten und Ressentiments, zu verletztem Groll.

Die Hüter des WIR sind Intellektuelle.

Intellektuelle, wenn auch nicht die besten, gleichwohl Intellektuelle, fungieren als Wachhunde der Ideologien.

Die Umorientierungen, Systemveränderungen, Revolutionen und beschleunigten Entwicklungen zeigen nachhaltig die Relativität von Gesichtspunkten und Paradigmen.

Denkweisen, Strategien und Geschmacksveränderungen treiben die Geschehnisse voran, und dagegen läßt sich schwer argumentieren. Wir mußten die Erfahrung machen, daß die tonangebenden Geister sowohl Gutes als auch Schlechtes bewirken und, daß Denkfehler blutig-verhängnisvolle Konsequenzen nach sich ziehen können.

Das arglose Volk greift eine Idee auf und huldigt dieser mit religiösem Eifer.

Die ethnische Kriegführung ist das Verbrechen der tonangebenden Kräfte.

Wo im Namen der Nation gemordet wird, dort sind für das Gemetzel auch die Priester der nationalen Idee verantwortlich.

Die Zeit der Kriege ist nicht vorbei und wird es so bald auch nicht sein, sie flammen auf und werden eingedämmt, es brennen lokale Feuer, sich zu einem einzigen Flammenmeer auszuweiten, das schaffen sie nicht.

Zurückweichen in den ethnischen Bunker.

Wer heute das Existenzrecht von Minderheiten an ihrem Wohnort in Frage stellt, indem er sie zu fremden Elementen erklärt, wer mit Aussiedlung und Deportation von ethnischen Minderheiten liebäugelt, den können wir um der Kürze willen auch als Faschisten bezeichnen.

In unseren Tagen ist ein Faschismus aufgetreten, der sich auf das Mehrheitsprinzip beruft und sich sogar hinter demokratischen Phrasen versteckt.

Wenn die bewaffneten Kräfte die Häuser der Minderheiten, die vor dem Morden die Flucht ergriffen haben, wechselseitig in die Luft sprengen, dann ist die Frage, welche Partei die faschistischere sei, irrelevant.

Ein Schriftsteller, der für Derartiges Verständnis aufbringt und Entschuldigungen findet, ist in einem kläglichen geistigen Zustand.

Faschismus herrscht dort, wo die eigene Identität eines Volks von der Feindschaft gegen ein anderes Volk bestimmt wird. Ethnischer Kalter Krieg verhilft kriegslüsternen nationalistischen Diktaturen in den Sattel.

Um vom Prinzip des Klassenkampfs zum Prinzip des Rassenkampfs zu gelangen, bedarf es keiner allzu großen intellektuellen Anstrengung. Auch zeugt es keineswegs von besonderer Originalität. Mit der Anerkennung Sloweniens, Kroatiens und Bosniens hat die internationale politische Gemeinschaft dem Begriff der territorial-politischen Nation vor dem Begriff der ethnischen Nation den Vorrang gegeben und hat dem Prinzip nationaler Selbstbestimmung absoluten Vorrang eingeräumt. Damit kam der äußeren und inneren Umgebung der neuen Nationalstaaten, der neuen nationalen politischen Bürokratien und vor allem der Achtung der Menschenrechte sowie der bürgerlichen Freiheiten nur zweitrangige Bedeutung zu. Hätten in erster Linie die Politiker den Schutz der Rechtssicherheit, der Rechte, des Lebens und der Würde des einzelnen im Blick gehabt, dann hätten sie eine Entwicklung, deren Folge notwendigerweise »ethnische Säuberungen« und »Homogenisierung«, das heißt Deportation, Vertreibung und Einschüchterung sein mußte, nicht gebilligt.

Die Existenz Jugoslawiens bedeutete für das Leben und die Sicherheit seiner Bürger eine geringere Gefahr als dessen Beseitigung. Die Demokratisierung einer Föderation ist zwar eine schwierige, dennoch lösbare Aufgabe. Eine Gebietsaufteilung ist scheinbar einfacher, in Wirklichkeit aber mit viel mehr Qualen und Elend verbunden.

Die Konsequenzen sind offensichtlich: der Bestand der Republiken ist gefährdet, denn die Serben in Bosnien und Kroatien wollen sich selbst verwalten, ebenso wie die Kroaten in Bosnien, von den Albanern in Serbien und Mazedonien sowie von den Ungarn in der Woiwodina, die von Serbien einverleibt worden ist, nicht zu reden. Wenn sich die Logik der ethnischen Selbstverwaltung durchsetzt, gibt es viele Armeen und viele bewaffnete Verbände, existiert das staatliche Gewaltmonopol nicht mehr, und dann tobt der Krieg zwischen den Nachbarn, hat ein jeder Angst um sein Leben, und bei der Gnadenlosigkeit der Taten ist es schwer, zwischen Rache und Prävention zu unterscheiden.

Sofern sich die tatsächlichen Siedlungsgrenzen überhaupt bestimmen lassen, sollten nun angesichts der entstandenen Lage entsprechend der angenommenen Logik ethnisch mehr oder weniger kohärente Staaten geschaffen werden. Nationale Minderheiten allerdings wird es auch weiterhin geben. Ihnen müssen sämtliche in Europa üblichen Minderheitenrechte garantiert werden. Zum Schutz der Minderheiten müssen die neuen Nationalstaaten einer UNO-Kontrolle unterstellt werden. Zugleich ist ihre Integration in eine umfassende Konföderation im Rahmen einer organisierten Koexistenz zu unterstützen. Die Bedingungen sind konstitutionell festzulegen, und die Einhaltung der Abkommen ist einer UNO-Kontrolle zu unterstellen.

Selbstverwaltung hat einen Kontext. Eine isolierte Selbstverwaltung gibt es nicht. Aufgrund welcher Prinzipien lassen sich die Beziehungen zwischen den neuen Nationalstaaten regeln? Entsprechend dem Mehrheitswillen der jeweiligen Bevölkerung können neue nationale Grenzen gezogen werden. Wenn Jugoslawien nicht mehr existiert, dann trifft dies auch für die Binnenrepubliken zu, und deren nationale Zusammengehörigkeit ist ebenfalls anzuzweifeln.

Mit demokratischer Selbstverwaltung fängt es an, und mit nationalistischer Diktatur hört es auf.

Kann man eine internationale Assoziation der Autonomen erreichen? In der Zeit der Wende haben die demokratischen Oppositionen Osteuropas den Gedanken einer mitteleuropäischen Konföderation vergessen, und durch das Streben nach sofortiger Staatlichkeit beziehungsweise Regierungsgewalt haben sie die regionale Integration geschwächt.

Der Blick ist nach Westen gerichtet. Noch besitzen Tschechien, die Slowakei und Ungarn einige Chancen. Möglicherweise sind wir gerade dabei, sie zu verspielen. Greift der

Wahnsinn um sich, steht zu befürchten, daß die Türen auch vor unserer Nase zugeschlagen werden. Wenn wir in der Sprache des politischen Irrationalismus sprechen, betrachtet man uns nicht als berechenbare Partner. Ohne einen gemeinsamen rationalen Diskurs gibt es keine Beziehungen. Eine gemeinsame Sprache, nämlich die Sprache argumentierender Überzeugung, läßt sich trotz Vielsprachigkeit finden.

Auf Ungarn wartet schöpferische Besonnenheit, die Artikulation einer initiativen osteuropäischen Friedenspolitik. Verantwortung tragen wir für den gesamten Raum. Und schließlich sind wir für unser eigenes Leben verantwortlich. Es kann passieren, daß wir infolge eines wachsenden politischen Irrationalismus unsere eigene Existenz gefährden. Gleiten wir in Richtung Faschismus ab, dann wird ein Krieg mit den Nachbarn wahrscheinlich. Spielt der Nachbar verrückt, wir jedoch nicht, dann können wir ihn behandeln und beruhigen, ebenso wie der Arzt den Patienten, doch wenn auch wir durchdrehen, dann werden wir übereinander herfallen.

Da der Zustand der kulturellen und ethnischen Gemeinschaft der Ungarn stark von den Nachbarn abhängt, müssen wir diese verführen, für uns gewinnen. Für die Ungarn ist es von Vorteil, wenn sie den Rechtsstaat und die bürgerliche Rechtsgleichheit zur Grundlage ihres Handelns machen, denn dadurch werden die Voraussetzungen geschaffen, um allmählich ihre Positionen auszubauen, auf dem freien Markt oder in der Wissenschaft Erfolge zu erzielen sowie sich im Wettbewerb zu behaupten.

In den zweisprachigen Gebieten müssen die Ungarn die Kunst der Zweisprachigkeit beherrschen lernen, denn wie auch immer das konstitutionelle Zusammenleben aussehen wird, die ethnischen Nachbarn werden *bleiben*, arrangieren muß man sich auch weiterhin mit ihnen.

Es gibt eine provinzielle, und es gibt eine europäische Antwort. »Ich denke doch nicht daran, deine Sprache zu lernen und zu sprechen!« So lautet die provinzielle Antwort. Der kulturelle Wettbewerb zwischen den Ethnien ist destruktiv. Wer schafft es, weniger Verständnis für den anderen aufzubringen und unwissender zu sein? Nonkommunikation, Sich-Einspinnen, verletzendes Mißtrauen, unaufhörlicher Groll gegen die Nachbarn: Das ist die Strategie der Niederlage.

Von der ungarischen Bevölkerung im Karpatenbecken darf kein Menschenopfer gefordert werden. Demagogen in vorgerücktem Alter haben kein Recht, junge Menschen zum Töten und Sterben aufzustacheln. Wer nicht beharrlich am Abbau der Konflikte arbeitet, sondern sie sogar schürt, der läuft Gefahr, als Kriegsverbrecher bezeichnet zu werden.

Auf sämtlichen Ebenen muß das Bestreben dem Ausbau der Beziehungen gelten. Das war der Standpunkt der demokratischen Oppositionen in den Jahren des Kommunismus, nach 1989 aber ist diese Stimme leiser geworden, weil es die Politiker, die in ihren Nationalstaaten danach trachten, die Macht zu erringen, für geraten hielten, sich lieber als Wortführer nationaler Interessen vorzustellen. Vor diesem Hintergrund blieb die mitteleuropäische Solidarität auf der Strecke. Angesichts der großen Aufgabe und der intensiven Beschäftigung mit sich selbst gerieten die mitteleuropäischen Aspirationen einigermaßen in Vergessenheit. In ihrem Snobismus wendeten die Politiker den Blick ab von denen, die ihnen ähneln, ihr Lächeln unerschütterlich denen zu schenken, die um Spenden gebeten werden und deren Hilfe erwartet wird. Die Doktrinäre identifizierten die mitteleuropäische Integration mit der Fiktion eines zweifelhaften dritten Wegs und stellten sich als dessen Alternative einen direkten Anschluß an den Westen vor. Wie soll der Anschluß aussehen? Wollen wir uns vor den Karren spannen und die anderen nach Europa schleppen? Oder wollen wir Hals über Kopf das sinkende Schiff verlassen und uns auf Rettungsbooten nach Europa durchschlagen? Dieses Drehbuch ist nicht nur kleinmütig, sondern noch dazu wenig erfolgversprechend. Früher oder später wird uns Osteuropa zu sich herabziehen, wenn wir nicht den Versuch unternehmen, dem osteuropäischen Schicksal entgegenzuwirken. Den menschlich-geographischen Gegebenheiten des Karpatenbeckens können wir nicht entkommen. Es bestehen reale gemeinsame Werte, an denen wir festhalten:

1. Existenz- und Rechtssicherheit der Personen, Garantie der Menschen- und Bürgerrechte für jedermann, der in dieser Gegend lebt, im Karpatenbecken, im Donaubecken, in Mitteleuropa, in Osteuropa, in jenem Raum, auf den wir noch einen gewissen Einfluß haben, unabhängig davon, welcher ethnischen Gemeinschaft jemand angehört.

2. Stabilität, Legalität, Verfassungsmäßigkeit, Ausbau der vertraglichen Verhältnisse, Interessen der europäischen Sicherheit, Einhaltung gültiger internationaler Verträge. (Schwerwiegendster moralischer Defekt in unserem Raum ist die Verlogenheit, das Vergessen von Verträgen und Ehrenworten, das Setzen der Politik auf jene törichte Gaunerei, etwas anderes vorzugeben, als wir schließlich tun, die Welt also gehörig übers Ohr zu hauen, mit einem Wort die Unzuverlässigkeit. Solange es mehr oder weniger natürlich sein wird, daß die osteuropäischen Politiker ungereimtes Zeug daherreden, heucheln und ihr Wort keine Gültigkeit besitzt, sind wir keine allzu verlockenden Verbündeten.)

3. Angemessene Selbstverwaltung von Gemeinschaften, die sich als Nation begreifen, letztendlich deren Selbstbestimmung, sofern dies durch friedlichen Druck beziehungsweise Selbstbeschränkung mit dem Willen der Nachbarn vereinbar ist.

4. Die international vermittelten und garantierten Verträge müssen internationaler Kontrolle unterstellt werden. Letzte Instanz und Autorität der Welt ist die UNO, die Organisation der Staaten. Als deren Unterabteilung für die Repräsentanz der europäischen Interessen kann die Konferenz für Sicherheit und Zusammenarbeit in Europa betrachtet werden. Der unbezweifelbare Vorteil der KSZE besteht darin, daß sämtliche existierenden und entstehenden europäischen Staaten Mitglieder dieser Organisation sind, und zwar einzig aufgrund ihres Vorhandenseins, nicht aber auf der Rechtsgrundlage politischer und wirtschaftlicher Verdienste.

Eine tatsächliche formale Integration neben der Europäischen Gemeinschaft und der NATO existiert in Europa nicht. Die osteuropäischen Nationalstaaten sind nicht gezwungen, ihre Souveränität zugunsten einer gemeinsam akzeptierten internationalen Autorität einzuschränken. Die verschiedenen nationalen Gemeinschaften unterliegen keinerlei disziplinierender Abhängigkeit. Verstiegene Politiker können sich extrem viel erlauben. Gelingt es ihnen, der eigenen Bevölkerung ihre Politik zu verkaufen, gelingt es ihnen, der inneren Opposition einen Maulkorb anzulegen, sind dem Machtmißbrauch Tor und Tür geöffnet, können sie ihrem Volk unermeßlichen Schaden zufügen, ohne daß ihnen dafür von der westlichen Gemeinschaft Bestrafung drohen würde. Eine internationale verfassungsmäßige Ordnung, die zwecks Einhaltung gültiger Verträge und Gesetze wirksamen Druck ausüben könnte, gibt es nicht.

Wenn beispielsweise in Bosnien drei ethnische Gemeinschaften existieren und wenn von der internationalen Gemeinschaft jenem Prinzip, wonach die Ethnien Anspruch auf einen eigenen Nationalstaat haben, seit neuestem höchste Priorität beigemessen wird, dann werden Zwangsumsiedlungen, Hysterien, Drohungen, Massenauswanderungen, quer durch Europa irrende Flüchtlingsströme zu unausweichlichen Begleitphänomenen. Dann wird die Hysterie, angeheizt durch die Flucht, unvermeidlich, dann werden sich in Windeseile unheilverkündende Nachrichten ausbreiten, die Berichte über Grausamkeiten, dann wird das gemeinsame Angstniveau steigen, dann wird die Propagandamaschinerie, die wechselseitig Haß sät, derart vernichtend in Gang gesetzt, daß es gefährlich sein wird, sich ihr entgegenzustellen.

Die Dominanz des ethnischen Prinzips bringt notwendigerweise rassische Mythen und Rassenhaß hervor. Vom Kampf zwischen den Ethnien ist der Kampf zwischen den Rassen nicht weit entfernt. Denn diese Denkweisen gehen logisch ineinander über. Diese Vorstellungen gehören zusammen, aus dem einen folgt die andere. Die Endlösungen hat der Faschismus üblicherweise nicht ausgesprochen. Heutzutage ist der Neofaschismus bemüht, sich in der Sprache der Demokratie zu artikulieren. Allzu großen Zwang tut er sich dabei allerdings nicht an. Die Demokratie wird der Zielvorstellung nationaler Interessen untergeordnet. Der Neofaschismus wiegt sich in dem Glauben, damit leichtes Spiel zu haben. Die Erfahrung, daß ein solcher Versuch gewöhnlich in eine Niederlage, in eine Volkskatastrophe mündet, läßt die Agitatoren des nationalen Radikalismus im allgemeinen nicht zurückschrecken.

Die Frage, die sich 1989 gestellt hat, ob wir nämlich schöpferisch zusammenarbeiten werden, stellt sich nicht mehr, vielmehr geht es nunmehr darum, ob wir uns gegenseitig bekriegen werden oder nicht. Jetzt bleibt nichts anderes übrig, als die Grenzziehung in Bosnien nach ethnischen Gesichtspunkten vorzunehmen. Doch wird dann eine Grenzziehung auch im Kosowo und in der Woiwodina möglich sein? Wenn Albanien oder Ungarn darauf bestünden, könnten sie einen Krieg auslösen. Die ungeduldige Forderung nach einer Autonomie des Szeklerlands in Rumänien kann als Bumerang zur Aussiedlung der Ungarn führen oder gar zu einer militärischen Einmischung zwecks Schutz der Minderheit.

Ungarn hat viele Nachbarn. Das Land ist gehalten, eine multilaterale Politik zu verfolgen. Die Nachbarländer gegen sich aufzubringen, wäre schwerlich von Nutzen. Als relativer Vorteil für die Ungarn könnte es sich erweisen, spielten wir in der Donauregion eine Integrationsrolle. Kann das Ungartum als Vermittler der westlichen Wertegemeinschaft fungieren? Eine transatlantische demokratische Wertegemeinschaft, die ebenso in den konservativ-christlich-demokratischen Parteien zum Tragen kommt wie in den sozialdemokratischen Parteien, gibt es. Die Begriffe von *rechts* und *links* haben innerhalb dieser westlichen Wertegemeinschaft tatsächlich einen Sinn. Zur westlichen Wertegemeinschaft haben wir uns freiwillig bekannt, allerdings ohne daß wir zur wirtschaftlich-politischen Gemeinschaft des Westens gehören. Demgegenüber stecken wir bis über beide Ohren in Osteuropa.

Ungarn hat gegenwärtig eine Demokratie und keine Diktatur. Die Demokratie ist zerbrechlich, sie kann zerstört werden. Die Wahl unserer grundlegenden Werte stimmt also nicht überein mit unserer geopolitischen Lage.

Letztere wird von vielen als unbehaglich empfunden. Unfreundliche Gesten rufen als Antwort auch unfreundliche Gesten hervor. Die Wortgefechte sind in vollem Gange. Zwischen den osteuropäischen Nationen hat der ethnische Kalte Krieg begonnen. Den bekommt die Bevölkerung zu spüren.

Den wahnwitzigen Fragen wird erhöhte Aufmerksamkeit geschenkt. Bestimmt wird die Agenda von den radikalen Nationalisten. Ihre Provokationen und Aggressionen rücken sie in den Mittelpunkt des öffentlichen Interesses, ihren Haß machen sie zum allgemeinen Gesprächsthema, und die Suche nach dem Feind steht auf der Tagesordnung. Beteiligen wir uns am ethnischen Kalten Krieg, dann unterwerfen wir uns der Hysterie und verwandeln uns selbst in Besessene. Sollte dies geschehen – würde sich die westliche Wertegemeinschaft als stark genug erweisen, um sich gegen uns zu schützen? Aller Wahrscheinlichkeit nach würde sie versuchen, sich gegen uns abzuschotten.

Konfrontiert sind wir mit der Herausforderung, mittels aktiver mitteleuropäischer Vermittlung und Friedensinitiativen die Gereiztheit gegen uns zu mindern sowie gleichzeitig unsere wirtschaftliche, kulturelle und politische Position in Mitteleuropa zu verbessern. Vorstellbar ist ein System von Beziehungen, worin auch der andere Partner seine Stellung dadurch günstig beeinflußt, daß sich unsere Beziehungen intensivieren. Heute steht nicht die Frage zur Debatte, ob wir durch den jeweils anderen zu Reichtum gelangen werden, vielmehr geht es darum, ob wir ohne einen Krieg und gegenseitiges Abschlachten davonkommen werden. Wenn in den Völkern Osteuropas die nationalsozialistische Ideologie die Oberhand gewinnt, wenn die radikalen Nationalisten die Arena beherrschen werden, dann ist unser Leben in Gefahr und nicht nur der vorhandene bescheidene Lebensstandard. Die Vernachlässigung unserer humanökologischen Verhältnisse stürzt uns ins Verderben.

Ungarn muß im Donauraum eine aktive Außenpolitik betreiben und die bestehenden Beziehungen ausbauen. In der engeren und weiteren Umgebung müssen wir um Vertrauen werben. Nicht nur den *Anschein*, daß wir in dieser Region Träger einer bürgerlichen Entwicklung, der Demokratie und der Stabilität sind, dürfen wir erwecken, sondern wir müssen es tatsächlich auch *sein*. Der Schutz der ethnisch-kulturellen Autonomie oder eben der Selbstverwaltung der benachbarten nationalen ungarischen Minderheiten liegt nicht in unserem *ausschließlichen* Interesse, zumal deren Selbstorganisation und Repräsentanz inzwischen Realität sind, wodurch sie in eigenem Namen politisieren können. Unser damit in Übereinstimmung stehender Anspruch ist die Aufrechterhaltung der Stabilität im gesamten Raum, die Förderung der kleinen Schritte und des friedlichen Wandels, der Dialog zwischen den verschiedenen Mentalitäten, der Abbau der Feindmythen. In einem Gebiet, in dem viele unbesonnene Menschen Lärm schlagen und die Unbesonnenheit geradezu chic ist, muß man erwachsen sein.

Was kommt nach dem Kommunismus: Demokratie oder Faschismus? Eine ziemlich einfache Frage. Wird es in Osteuropa möglich sein, eine Demokratie zu installieren? Oder wird die Gravitationsrichtung der Faschismus sein? Einen demokratischen Faschismus gibt es nicht. Ein bißchen Demokratie und ein bißchen Faschismus, das ist ein Ding der Unmöglichkeit. Die beiden lassen sich nicht miteinander vermischen. Die Frage besteht nicht darin, ob es Neofaschisten gibt oder ob sie ihre Gedanken artikulieren dürfen. Die Frage besteht darin, ob sie einen Zugriff auf die Regierungsgewalt haben, die Frage besteht darin, ob sie auf verfassungsmäßigem Weg an die Macht kommen können. In einer stabilen bürgerlichen Demokratie spielen die Neofaschisten eine marginale Rolle. Als extreme Rechte können sie Krawall schlagen, ihre Wirkungsmöglichkeiten aber bleiben drastisch beschränkt, ist ihnen doch ein Vordringen in das Regierungszentrum verwehrt. In einer instabilen Demokratie dagegen gelingt ihnen scheinbar verfassungskonform ein Zugriff auf das Machtzentrum, bis sie schließlich dessen Beschränkungen beseitigen und die eigene Diktatur in eine verfassungsmäßige Ordnung verwandeln. Das geschah 1933 in Deutschland. Weimar symbolisiert heute das Fehlen einer sich Geltung verschaffenden politischen Autorität. Das Fehlen einer allgemein gültigen geistigen Autorität. Weimar symbolisiert eine Lage, in der ein Demagoge Autorität erringen kann. In einer solchen Situation ist seitens des tonangebenden Zentrums gegenüber den gewalttätigen Ausschreitungen Strenge geboten. Die gewalttätigen Aktionen der extremen Rechten speisen sich in Demokratien aus ähnlichen Emotionen wie die gewalttätigen Aktionen der extremen Linken. Junge Leute wollen auf solche Weise zu Ruhm gelangen, den Anschein von nicht vorhandener Stärke und Überlegenheit demonstrieren. Subkulturelle Schönheitsideale werden heraufbeschworen. Wenn sie meinen, eine Maschinenpistole stünde ihnen gut, dann wollen sie eben eine Maschinenpistole haben. Gegen die Ausschreitungen der rechtsradikalen Erscheinungsformen muß mit ebensolcher Härte vorgegangen werden, wie die westlichen Demokratien in den siebziger Jahren den linken Terrorismus bekämpft haben.

Erhebst du die Feierlichkeit des kollektiven Wir auf die Ebene sentimentaler Empörung, verherrlichst du unser kollektives Selbst als Heiliges, dann betrachtest du den Widerstand dagegen als etwas Teuflisches, am liebsten würdest du es in den Boden stampfen, und daß es dir nicht gelungen ist, darüber bist du schrecklich traurig. Das Nashorn leidet am Zustand der Welt und ist verbittert; alles hat sich gegen es verschworen, die äußeren wie die inneren Kräfte gleichermaßen. Einer Eigengesetzlichkeit gehorcht das Rhinozeros dann, wenn es mit seinen Widersachern so vorgeht, wie es ihm das Herz diktiert, wenn es diese aus dem Sattel hebt und unter sich zerstampft.

Eigenartig das Bewußtsein, in den Augen der Nashörner ein Feind geworden zu sein, die Verkörperung des Bösen, worauf meine Reaktion die sein könnte, umgekehrt jene für das Böse zu halten, die mich als solches betrachten. Wechselseitig gelänge es dann, uns den Anstrich von Teufeln zu verleihen, die politische Rede würden wir dann durch Mythologien ersetzen, die mit einigen Worten beschriebene Vielfalt würden wir mit schrecklichen Attributen ausstatten, in dem jeweils anderen würden wir Verschwörer und schädliche Verbündete sehen. Der Faschist meint, eine Verbrecherbande, eine vielköpfige Hydra entdeckt zu haben, nicht aber eine Person, denn dann könnte auch er nicht als Wir, sondern nur als Ich auftreten.

Für den charismatischen Faschisten ist es immer fünf vor zwölf, wenn er sich mit enormer Kraftanstrengung und tragischem Klarblick zu Wort meldet. Überall lauern hochstilisierte tödliche Gefahren. In jeder Ecke wittert er Intrigen. Was er nicht kennt, dem begegnet er mit Argwohn, der Fremde ist die Inkarnation des Bösen. Die Welt ist unbekannt, also ist sie schlecht. Gut sind nur wir. Nicht alle. Die Eindringlinge nicht. Die Versöhnler und die Lauen ebenfalls nicht. Gut sind nur die Unnachgiebigen, die zu gewaltigen Kraftanstrengungen fähig sind und die Führung des Führers akzeptieren. Doch selbst diese muß man genau unter die Lupe nehmen, es könnte sich ja später herausstellen, daß sie infiziert sind. Mit seiner Vortrefflichkeit steht der charismatische Faschist allein. Wach ist nur er, während die anderen schlafen und der Feind rauschende Feste feiert.

Was treibt Ryszard Kapuscinski an?

Mit einem Menschen haben wir es zu tun, der sehenden Auges durch die Welt geht. Einem Schriftsteller, den die Gefahr nicht davon abzubringen vermag, die Dinge unter die Lupe zu nehmen. Auf fünf Kontinenten grüßt er seine Bekannten, und von irgendwoher ist ihm fast ein jeder bekannt. Die ganze Welt interessiert ihn. An die drei Dutzend Revolutionen hat er als Augenzeuge miterlebt, und einen solchen Beobachter zu täuschen, ist eine schwierige Angelegenheit. Die Diktaturen von Militärs, Politikern und Priestern durchschaut er. Seinen Blick von den Folterern und Gefolterten abzuwenden, das schafft er nicht. Das Ethos reifer Menschen hat Besitz ergriffen von ihm, Lüge und Terror lehnt er von ganzem Herzen ab, obwohl er magnetisch davon angezogen wird. Held des Beobachtens ist er, nicht aber der Revolution. Gewalt und die Utopie der Befreiung davon waren für die Generation Ryszard Kapuscinskis ein prägendes Erlebnis, das allerdings lediglich im verborgenen Hintergrund strahlt, steht uns doch ein bescheidener, würdevoller und familiäre Wärme ausströmender Mensch gegenüber.

Da er unter entsetzlichen Rückenschmerzen zu leiden hat, legt er sich auf den Bauch, sobald sich die Gelegenheit dazu bietet, denn diese Lage erweist sich für ihn als die erträglichste. Während eines PEN-Kongresses 1986 in New York begegneten wir uns zum ersten Mal, als Autoren desselben Verlags, nahmen wir beide als geladene Gäste daran teil. Mehrere waren wir, die Ryszard Kapuscinski über das Untergrund-Netzwerk der Soldarnošč ausfragten. Damals hielt er in den Kirchen ganz Polens Vorträge; wenn nach ihm verlangt wurde, kam er der Einladung nach, sein Pflichtbewußtsein ließ ihm keine andere Wahl. Heimat und Freiheit kosteten ihn enorm viel Zeit. Damals hielt sich der Weltreisende für eine längere Zeit in Polen auf, der staatliche Nachrichtendienst hatte ihn entlarvt, die Auslandsmissionen blieben aus. Diszipliniert beriet er sich auch in New York mit seinen Solidarnošč-Kollegen über die anstehenden Aufgaben. Die ungarische Opposition war spontaner, die polnische besser organisiert und aufeinander abgestimmt, eher politisch als antipolitisch. Doch daß dieser ironisch erzählende Mensch auch im Gespräch ein unbestechlicher Beobachter ist, das stellte sich alsbald heraus. Und ich kann versichern, jenes auf dem Bauch liegende Gestöhne hat der Würde Ryszard Kapuscinskis absolut keinen Schaden zugefügt.

Unsere Aufmerksamkeit zog er auf sich, der ständige Wechsel von Nähe und Ferne, von Einfachem und Rätselhaftem faszinierte uns an ihm. Ich bewunderte seine transkontinentale Empathie. An vorhersehbar unbequemen und gefährlichen Orten irrte er umher, den Unbilden großer Kälte und großer Hitze setzte er sich aus, blieb von Krankheitsqualen nicht verschont, dennoch machte er sich wieder auf den Weg, besiegte seinen Körper.

Es begab sich, daß er erschossen werden sollte, durch glückliche Umstände konnte er entkommen, und dann begab es sich erneut, daß er an einen Ort geriet, an dem seine Erschießung angeordnet wurde. Ich bewunderte ihn wie jenen Ingenieur, der im Segelboot allein um die Welt segelt, oder jenen Ornithologen, der durch ferne Urwälder streift, um Vogelstimmen aufzunehmen. Ein merkwürdiger Mensch, dieser Ryszard Kapuscinski, eine mönchische Figur, der sein Leben dem Beruf geweiht hat, jahrzehntelang tarnte er sich entsprechend, um vom staatlichen Nachrichtendienst nach Afrika geschickt zu werden. Über ferne nicht-kommunistische Tyranneien schrieb er, die in seiner Beschreibung dennoch ziemliche Ähnlichkeiten mit den kommunistischen Gewaltherrschaften aufwiesen. Aus seiner Heimat war Ryszard Kapuscinski mit der Tyrannei vertraut. So viele zu Hause gemachte und durchschimmernde Erfahrungen hätte ein westlicher Korrespondent in das Projekt, in die Anatomie und Psychologie der Tyrannei, nicht eingebracht. Aufgrund eigenen Erlebens und nicht etwa wie ein Ethnograph wußte er um das Moment der Angst, das Unterdrücker und Unterdrückte miteinander verbindet, kannte er die symbiotischen Funktionsmechanismen von Willkür und Servilität im 20. Jahrhundert. Ryszard Kapuscinski brachte viel Zeit in der Nähe von Henkern und Opfern zu. Maskiert mit der Höflichkeit des Korrespondenten inspizierte sein keineswegs neutraler Blick die Schauplätze zeitgenössischer Barbarei. Daß er dort auftaucht, wo Bluttaten begangen werden, wo Bauern von Militärjeeps auf sonnenbeschienenen Feldwegen mit Maschinengewehren niedergemäht werden, wo der Tod sinnlos und zufällig seine Opfer einsammelt, das war zu erwarten.

Wo Minen explodieren, Waffenträger randalieren, wo Halbwüchsige im Besitz von mehreren hundert Patronen sind, dort ist Ryszard Kapuscinski anzutreffen. Ich habe mir die Fotos des Schriftstellers angesehen, farbige junge Frauen und Männer in bunt zusammengewürfelten Klamotten, die Maschinenpistolen über die Schultern gehängt. Um jemanden aus einem armen Land für den Rest der Welt wichtig erscheinen zu lassen, dazu bedarf es eines Wunders, um jedoch gefährlich zu sein, dazu braucht man sich lediglich eine Maschinenpistole zu besorgen, deren Handhabung in wenigen Minuten zu erlernen ist. Die Hemmung gegenüber dem Waffengebrauch und der Wert des einzelnen Lebens sind in der Dritten Welt geringer als im wohlhabenden Westen. Ryszard Kapuscinski kennt jenes Klima, in dem die Freude am Blutvergießen und an der Zerstörung eines anderen Körpers etwas Banales ist, er kennt den Dreierbund von Menschenpeinigung, dumpfem Mangel an Phantasie und Ideologien (Religionen). Die Vielfalt und sich auf alles erstreckende Logik der Angst, sämtliche damit einhergehenden Rechtfertigungen und vorgeschobenen Gründe interessieren ihn. Die Lage des Opfers interessiert ihn, die Tortur, wenn der Mensch nur noch Körper ist und seine Aufmerksamkeit von jenem Räderwerk und Denken überwältigt wird, das den anderen im Namen irgendwelcher Worte plötzlich als Objekt, als Müll, als ein Nichts betrachtet. Ryszard Kapuscinski hat die Bedeutung der Dritten Welt erkannt, allerdings ohne ein »tiermondiste« geworden zu sein, Europa an den Normen der Dritten Welt auszurichten liegt ihm fern, und auch die in Mittel- und Osteuropa – in uns – lauernde Dritte Welt hat er erkannt. Von den gemäßigten autoritären Regimes bis hin zu den paranoiden Willkürherrschaften ist er im Verlaufe seines Weges der großen Vielfalt der Systeme begegnet. Die Dritte Welt überwiegt auf der Erde, und dabei ist gar nicht mehr von der Dritten, sondern von der anderen Welt zu reden.

Kapuscinski gehört einer Generation an, die von Überraschungen heimgesucht worden ist, erst von der russischen, dann von der deutschen Okkupation, und als Kind noch mußte er die Gefährdung friedlichen Daseins erkennen. Er machte die Erfahrung, daß die normale Ordnung des Lebens durch den Krieg einfach weggeblasen wird. Ein Kind speichert derartige Vorgänge anders als ein Erwachsener, im Vordergrund steht das metaphysische Urerlebnis. Hieraus erklärt sich der spätere Jäger, der dort anzutreffen ist, wo die äußere Ordnung in Auflösung begriffen ist und die Leidenschaften die Oberhand gewinnen. Mit seiner Hilfe sehen wir die Sicherheit des Lebens als scheinbare und jederzeit verletzliche, die dünne Kruste der Zivilisation in ihrer Zerbrechlichkeit. Das Böse kann jederzeit auftreten. Wie eine Grippeepidemie, die urplötzlich da ist. Unser Reisender kennt die psychischen Seuchen, und selbst in den Revolutionen entdeckt er die Hysterie. Jenen angespannten Seelenzustand, da sich alle Bitterkeit in einem einzigen Schlag konzentriert. Für die Revolutionäre kann er Sympathie empfinden, dennoch weiß er, daß sich die Dinge nicht wirklich verändern werden, nur anders werden sie sein. Nicht die Miseren der Welt will Kapuscinski inventarisieren, vielmehr entwirft er das Panorama der Geschichte und ihrer Winkelzüge. Der Mensch stellt Versuche an, stürzt und errichtet Systeme, und jedesmal zieht er auf andere Weise den kürzeren. Unser Reiseführer weist in den wechselnden Elementen das Beständige nach, die wiederkehrenden moralischen Gewohnheiten. Dramatische Gesinnungswechsel und Metamorphosen lassen ihn lächeln, den Revolutionär begleitet er auf dem Weg zum Sieg und weiter in die Diktatur, an deren Spitze jener dem gestürzten Vorgänger zusehends ähnelt.

Für mönchisch halte ich Ryszard Kapuscinski deshalb, weil er sich ohne Zwang eine Last aufgebürdet hat, die ihn unvermeidlich mit physischer Gewalt und Todesgefahr konfrontieren mußte. Ich selbst – es sei denn, es läßt sich nicht umgehen – sitze lieber zu Hause oder schlendere durch die Stadt, und die andere Welt, nur deshalb, weil sie anders ist, versuche ich nicht, mir anzupassen. Selbst von dem, was unmittelbar vor der Haustür geschieht, weiß ich kaum etwas. Dank Ryszard Kapuscinski wissen seine eigene Heimat und die weite Welt mehr von sich selbst als bisher. Alles Streben des Autors galt Büchern und Texten, die Bestand haben würden. Nun, seine Bücher sind gut und zeitbeständig, die ersten zehn bis zwanzig Jahre haben sie überlebt, und das ist, wie allgemein bekannt, die gefährlichste Phase für ein Buch, in der die meisten zu Grabe getragen werden. Kapuscinskis Bücher sind hervorragende historische Romane über gestürzte Zeitgenossen. Der Korrespondent hat sich die Figuren von innen angesehen, hineingekrochen ist er in sie, und er spricht wie sie, doch dichter Kapuscinski-Text ist selbst dann zu lesen, wenn er gerade in die Gestalt eines Türstehers oder Polizeichefs geschlüpft ist. Diese Figuren treten zum passenden Zeitpunkt ab, geben darauf acht, nicht langweilig zu werden. Der Romanschriftsteller betrachtet seine Figuren aus dem Blickwinkel ihres Endes, sowohl den Kaiser als auch den Schah, ihr Sturz erklärt das Wesen ihres Unternehmens. Abgefeimtere Tyranneien als die, wie sie von den Diktatoren unserer Zeit verwirklicht worden sind, lassen sich nicht erfinden. Um die Methoden psychischer Vernichtung und Verunsicherung weiterzuentwickeln, haben sie all ihre boshafte Phantasie mobilisiert. Dem von charismatischen Herrschern ausgehenden Zauber tun Kapuscinskis Bücher nicht gut. Dessenungeachtet kann ich mir vorstellen, daß Diktatoren in Gesellschaft jenes freundlichen und bescheidenen Menschen gern prahlen.

Kapuscinskis Abenteuer und Leistung haben Seltenheitswert: Mit beiden Füßen steht er auf dem Boden seiner Heimat, und mit großangelegtem Interesse beobachtet er den Kampf von vier Fünfteln der Menschheit, ihre revolutionären Dramen, die Konfrontation des Menschen mit der eigenen Roheit. Bei jedem Künstler von Rang kann man jene zugleich kalkulierte und schlafwandlerische Strategie bewundern, das gemeinsame Werk von Temperament und Intelligenz, wodurch sich der menschliche Geist über die sich widersetzenden Umstände erhebt, zu bewundern ist, daß die Welt von der Begabung überlistet wird, einzig zu dem Zweck, die Entstehung des Werks zu ermöglichen. Kopieren läßt sich schöpferische Strategie nicht, dennoch ist sie paradigmatisch, sie verkörpert sich im Lebenslauf und im Alltagsverhalten, im Erkennen dessen, was erforderlich ist und was nicht, um eine Arbeit voranzutreiben, geht einher mit sensibler Auswahl und Entscheidungsfähigkeit. Diese Strategie fungiert als Schutzengel des Werks.

Ein Emigrant ist Ryszard Kapuscinski nicht geworden, die Frage, wer und was er eigentlich sei, mußte er sich nicht stellen, gegen die Erfahrung existentieller Entwurzelung brauchte er nicht anzukämpfen, und obschon sein Weg ein sonderbarer und einsamer Weg gewesen ist, hatte er nicht unter dem Gefühl zu leiden, nirgendwohin zu gehören. In Gefahrensituationen, so stelle ich mir vor, ist der Korrespondent vom Schriftsteller gerettet worden, der Jäger vom Betrachtenden, der Abenteurer von dem, der auch in seinem Zimmer zu Hause ist, und auf den Pascals Ausspruch nicht zutrifft, wonach er Unheil anrichte, weil er nicht am Tisch sitzenbleiben könne. Gemeinsam aßen wir zu Abend, und obwohl Kapuscinski noch unter Rückenschmerzen litt, wirkte er äußerst munter, dezent und feinfühlig, von phantastischen und verrückten Dingen erzählte er, als handelte es sich um alltägliche Ereignisse. Ein blutrünstiger Diktator entpuppte sich bei ihm als eine ebenso banale Figur wie ein Radaubruder in der Kneipe. Umgekehrte Romantik.

Ein echter Schriftsteller zog von Land zu Land, Augen und Verstand waren das geheime und subversive Material, und um sie und sich über zahlreiche Grenzen schmuggeln zu können, schien es ihm am zweckmäßigsten zu sein, die Maske des Korrespondenten anzulegen. Körperlicher und draufgängerischer ist sie als die des Wissenschaftlers und einfacher zu handhaben. Bilder von Revolutionen und Bürgerkriegen einzusammeln ist auch ein Sport, wer die Nachricht als erster abliefert, der hat gewonnen. In jenem Wettkampf, wer den besten Riecher dafür hat, wo man ein Zimmer mieten muß, um auf die nächste Explosion zu warten, konnte sich Meister Kapuscinski bestens placieren.

Kapuscinskis Romanhelden sind Länder: Äthiopien, Iran, Angola, Mexiko, Salvador, Honduras und neuerdings Rußland. Es ist, als würde ein historischer Romanschriftsteller mit einem Presseausweis über die Erde wandeln. Seine Neugier ist die eines Schriftstellers, er ist der Streber, den die nachträgliche Bearbeitung des aufgestöberten Stoffs reizt, das Buch, zu dem sich die gefundenen Kupferstiche zusammenstellen lassen. Ein Mensch, der etwas begreifen will, nimmt die Hürden, bewältigt die Hindernisse, die Erde macht einen Erdbewohner neugierig. Nichts auf der Welt ist natürlicher als das, eine Ausnahme aber bleibt es trotzdem. Mitgefühl für die Angelegenheiten ferner Völker zu entwickeln, ist nicht leicht.

Mein Kollege Kapuscinski trotzte dem Schicksal die Freiheit ab beziehungsweise die erforderliche freie Zeit, um mit Hilfe einer perspektivischen Form die eigene Beute zu sondieren. Selbstverständlich ist jedes Dokument Fiktion, Auswahl, Kollage, Herauslösung verbaler Fakten aus ihrer Umgebung und Verknüpfung einzelner Momente, ist doch bereits die Wahrnehmung ein willkürlicher Vorgang. Vergebens verbirgt sich der Autor hinter den Tatsachen, um damit anzudeuten, nicht er sei es, der da spricht, sondern jene anderen, in Wahrheit ist selbst die ausgesprochen an die Scholle gebundene dokumentarische Prosa nicht frei von der Verantwortung, die dem Schreibenden von der Willkür der Komposition auferlegt wird. Eine einzige Forderung nur wird zu Recht an das Werk gestellt, daß nämlich der Text als Bild seinen Platz behaupten muß. Ryszard Kapuscinskis metaphorische Essayprosa ist ausgefeilt und ungekünstelt, rein und dicht, jeder einzelne Satz ist bedeutungsvoll und anschaulich, leere Verweilpausen existieren in seinen Arbeiten nicht, als Entschädigung dafür gibt es allerdings auch in den Sätzen nichts nachlässig Nebulöses, selbst in den blutrünstigsten Folterkammern herrscht Klarheit von Vermutung und Denken. Deskription und Analyse sind voneinander nicht getrennt, und in den nachdenklichen Beschreibungen genießen wir zugleich die Ironie des Autors. Dieser Mund vermag verschmitzt zu lächeln, die rhetorischen Elemente des Schauplatzes demütig und mitleidsvoll zu zitieren. Dieser Mensch möchte sich zusammen mit seinen Helden befreien, um sie als Romanfiguren weiterzuspinnen, doch die Disziplin des Korrespondenten steht ihm im Weg, jener ist gezwungen, von den lebenden Figuren Abschied zu nehmen, denn der Reisende stößt auf neue Reisegefährten, auf andere Menschen in anderen Städten, die schmerzliche Bewegung indes bleibt nicht verborgen, die zum Händedruck ausgestreckte Hand läßt die andere nicht gern los. Seiner Phantasie läßt unser Autor innerhalb der Tatsachenprosa die Zügel schießen, schließlich ist die Vorstellung lediglich eine andere Art des Erinnerns. Mittels Rösselsprüngen hebt die Phantasie dies und jenes aus dem Gedächtnis hervor, und aus all dem, was so zusammen nie gewesen ist, kommt die Komposition zustande, die Anordnung der verschiedenen Momente, ein Baukastenspiel ist das mit den Aufzeichnungen der Notizblätter, den Tonbandstimmen und Alpträumen. Gegeben hat er der Kunst, was ihr zusteht, und bekommen hat Meister Kapuscinski den Segen dafür: Kunst ist vor seiner Nase auf dem Papier entstanden. Auch der Preis ist nicht zu verachten, auch wenn er lediglich eine Zugabe ist.

Vom ungleichen Verhältnis zwischen Kunst und staatlichen Geldern

Es hält sich die Hypothese, daß die Staaten für ihre äußere Sicherheit Soldaten und Waffen brauchen, ergo geben die Staaten viel Geld für die Armee aus. Es hält sich eine andere Hypothese, daß die Staaten für ihre innere Sicherheit Polizisten, Richter und Ankläger brauchen, ergo geben die Staaten auch dafür viel Geld aus. Es hält sich eine dritte Hypothese, daß die Staaten gebildete und gesunde Bürger brauchen, also Lehrer und Ärzte, ergo wenden die Staaten viele Mittel für Schulen und Krankenhäuser auf. Ebenso verhält es sich mit den Priestern, den Psychologen, Juristen, Ingenieuren, Soziologen, Wirtschaftswissenschaftlern und den verschiedensten anderen Wissenschaftlern, sie alle erhalten auch in der liberalen Demokratie einen beträchtlichen Anteil an staatlichen Zuwendungen, wird doch ihre Arbeit als dem Wohl der Allgemeinheit dienend betrachtet.

Es gibt Berufe, die nur oder größtenteils in staatlicher Anstellung beziehungsweise auf Kosten der Steuerzahler ausgeübt werden können. Und es gibt berufliche Bereiche, deren allgemeiner Nutzen und Subventionswürdigkeit seitens der politischen Öffentlichkeit und seitens der staatlichen Administration von Zeit zu Zeit angezweifelt werden. Die Rede ist von den Künstlern und Schriftstellern. In Verbindung mit den eingangs erwähnten Berufen dagegen wird keineswegs die Frage aufgeworfen, ob es sich lohnt, Mittel für sie aufzuwenden, in der politischen Klasse und deren Umfeld finden keine Diskussionen darüber statt, ob für das Land, für den Staatsbürger, für den Steuerzahler tatsächlich Staatsbeamte in Uniform oder Zivil notwendig sind, ob die Parteizentralen und Parteifunktionäre notwendig sind, ob sie selbst, die politische Klasse und deren Gefolge, für das Land notwendig sind, betrachtet doch jede Beschäftigungsgruppe die eigene Unentbehrlichkeit als ein

Axiom; eine verzeihliche Schwäche.

Im allgemeinen wird von der politischen Öffentlichkeit daran kein Zweifel angemeldet, und es gilt als natürlich, daß die Beamten und Angestellten im öffentlichen Dienst aus Steuergeldern bezahlt werden, denn es hat sich die Übereinkunft herausgebildet, wonach eine solche Tätigkeit notwendig und wichtig ist, es also im öffentlichen Interesse liegt, derartige Dienstleistungen der Unterstützung durch den Staat würdig sind und sich Subventionen bezahlt machen. Lediglich im Fall von Schriftstellern und Künstlern, ganz allgemein im Fall künstlerischer Intelligenz, tauchen politische und moralische Bedenken auf, inwieweit eine Unterstützung begründet sei. Wenn es um die Künstler geht, tritt plötzlich das schlechte Gewissen gegenüber den Steuerzahlern in Aktion.

Der Zeitpunkt hierfür ist nicht zufällig. Nach großen Veränderungen kommt die Normalisierung, die früher, so um 1989, ein wenig übermächtig gewordene künstlerische Intelligenz auf ihren alten Platz zurückzudrängen, scheint ratsam zu sein. Entweder Staatskultur oder Markt: Wenn du keine Zensur haben möchtest, dann solltest du auch keine Subvention haben wollen. Weder Verbote noch Unterstützung hast du zu erwarten vom neutralen Staat, Entstehung und Rezeption von Kunst sind seine Sache nicht. Ein bißchen Hilfe gewährt er dennoch. Gemessen an den beträchtlichen anderen Haushaltsposten eine verschwindend geringe Summe, doch auch die kann radikal gestutzt werden. Die Kunst ist wegen der zuvor erwähnten Fragwürdigkeit ein weicher Haushaltsposten.

Du kannst sagen, die Kunst sei die Phantasie der Gesellschaft und die rücksichtslose Kürzung des Kulturetats sei ein Verfahren, das einer an uns selbst durchgeführten Leukotomie gleichkomme, sagen kannst du das, doch zeitigt ein solches Argument keine Wirkung, wenn die Künstler die Politiker in Unruhe versetzen.

In der Zeit der Wende von 1989 verwischten sich die Trennungslinien zwischen künstlerischer Intelligenz und politischer Intelligenz zusehends, unter den Dissidenten fanden sich viele Schriftsteller und Künstler, und überraschend gelangten sie zu politischen Rollen. Allmählich ziehen sie sich wieder zurück, an ihre Stelle treten die neuen Berufspolitiker, und jene eigenartigen Figuren verschwinden in der Versenkung, treten von der Bühne ab, die Bürokraten atmen auf.

Der Patriotismus von Künstlern, die einem regierungsunabhängigen heimischen und ausländischen Lesepublikum vertraut sind, läßt sie verdächtig erscheinen, und zu Wort meldet sich eine populistische Rhetorik, die Stimmung macht gegen eine Intelligenz mit internationalen Beziehungen, es artikuliert sich die auf den nationalen Markt beschränkte politische Intelligenz. Wenn Mittelmaß wieder Mode wird, dann wird die erhabene Kunst des Nichts-Sagens zur Staatsnorm, dann werden sowohl die genaue Namensnennung als auch die ironische Anspielung verpönt sein.

Zahlreiche Vertreter der politischen Klasse fühlen sich vom Ideal einer autoritären Demokratie angezogen, an deren Spitze die gewählten und auf die eine oder andere Weise doch immer wiedergewählten Politiker stehen, an deren Größe keine Menschenseele Zweifel anmelden darf. Es ist nicht auszuschließen, daß die Künstler sie nicht gebührend achten und dem auch Ausdruck verleihen. Es ist nicht auszuschließen, daß sich an den Minister niemand mehr erinnert, der eine oder andere Künstler indes immer berühmter wird.

Der Entzug von finanziellen Mitteln ist ein Akt der Zensur. Der Versuch, den Einfluß der künstlerischen Intelligenz zu beschneiden, sie an den Rand zu drängen, in die Marginalität, in die Bedeutungslosigkeit. Von einer latenten Antipathie der Bürokratie gegenüber einer unberechenbaren und professionell geistreichen künstlerischen Intelligenz zu sprechen, dürfte keine Paranoia sein. Die Kontroverse zwischen Funktionären und Künstlern bleibt bestehen und zeigt sich in stets neuem Gewand.

Es findet ein Kampf statt zwischen den Anwärtern um den Anteil des in die Umverteilung einbezogenen Nationalprodukts. Es findet ein Kampf statt zwischen den Interessengruppen, den sie repräsentierenden Politikern und Beamten um die großen Verteilungsschlüssel, später dann zwischen den kleineren Interessengruppen um die Feinabstimmung der Größenordnung bei der Verteilung. Im Leben gilt das Recht des Stärkeren. Welcher Zweig, welche Berufsgruppe schafft es, sich aus dem gemeinsamen Topf den Löwenanteil zu sichern? Wer wird seinen Interessen welchen Nachdruck verleihen, wer wird wie seine Wichtigkeit sichtbar machen? Jede Verteilung verletzt Gruppeninteressen. Wer nichts bekommt, hält das für ungerecht, doch unzufrieden ist selbst der, der etwas bekommt, da es nie genug sein kann.

In den modernen Gesellschaften fließt die Hälfte oder noch mehr des nationalen Mehrprodukts in den Haushalt, und dort entscheidet sich – und das nicht nur in den Ländern des Staatssozialismus, sondern auch in den liberalen Demokratien – die Rivalität der Interessengruppen um den größeren Anteil an Unterstützung aus Haushaltsmitteln. Die Bürokratie des Haushaltsplans übersetzt die Werturteile der politischen Öffentlichkeit und im engeren Sinn der Regierung in die Sprache der Zahlen.

Da jedoch keinerlei Verteilungsschlüssel aus der Verfassung oder aus den Gesetzen resultiert, ist die Distribution immer eine politische Entscheidung, wobei vielleicht gerade jene praktische Psychologie zur Anwendung gelangt, daß günstiger abschneidet, wer mehr geliebt oder mehr gefürchtet wird. Wessen Forderungen berechtigt sind, darüber läßt sich streiten. Warum sollte es ausgerechnet richtig sein, den Bauern dafür etwas zu geben, daß sie ihre Produktion senken? In den Fonds der Europäischen Gemeinschaft nehmen sich die kulturellen Zuwendungen gegenüber den Subventionen für die Bauern geradezu lächerlich aus. Wer in welcher Höhe Subventionen aus dem Haushalt erhält, das hängt vor allem von der Bedrohlichkeit oder Ungefährlichkeit der politischen Interessenvertretungen ab.

Die Bürokratie des demokratischen Paternalismus neuen Typs möchte die gesellschaftliche Entwicklung kontrollieren und sieht es nicht gern, wenn ein Künstler durch Steuervergünstigungen oder private Stiftungen von staatlichen Geldern unabhängig ist. Es liegt auf der Hand, daß sich auch in den liberalen Demokratien der konfliktuös-bedingte, also vertragliche Modus der Zusammenarbeit zwischen der Intelligenz und den regierenden politischen Garnituren artikuliert.

Daß die Träger konservativ nationalistischer oder staatssozialistischer Ideologien dazu neigen, den Fluß des Geldes an ideologische Bedingungen zu knüpfen, ist nur allzu natürlich. Die Liberalen erheben Anspruch auf eine neutrale und indirekte Art der Subvention, doch aus neoliberalem Denken folgt nicht zwangsläufig und logischerweise eine Unterstützung der Künstler.

Denn käme es etwa nicht einer gewissen Willkür gleich, vom Steuern zahlenden Bürger Geld abzuzapfen und für etwas auszugeben, wofür dieser freiwillig keinen einzigen Pfennig gegeben hätte? Es verfolgt uns die alte Frage aus dem vorangegangenen Regime, nämlich ob die Kultur eine Ware sei. Wer dies damals bejaht hat, dem schwebte eine unabhängige, das heißt unzensierte und keinen Verboten unterliegende Buchproduktion vor, doch daß das Verlagswesen trotz hoher Buchpreise auf – vielleicht staatliche – Unterstützung angewiesen sein könnte, daran hatten unter den Wortführern der liberalen Demokratie relativ wenige gedacht. Die Lust am Lesen und an der Kunst war damals noch größer gewesen, und das Publikum erwartete von manchen Schriftstellern und Künstlern mehr, eine Orientierungshilfe, vielleicht wüßten sie ja besser, was richtig und was falsch sei, als eine verlogene und steife Regierung.

Die Intensität der Kunstrezeption ist seither stark zurückgegangen, die Woge, die den künstlerischen Berufen eine Pseudobedeutung verliehen hat, ist über sie hinweggerollt, und obwohl zu erwarten steht, daß sie gemäß ihrer Natur wiederkommen wird, lohnt es sich nicht, um irgendeiner moralischen Rhetorik willen auf den Klarblick hinsichtlich der gesellschaftlichen Lage unserer Berufe zu verzichten. Mit anderen Worten, die Kultur erhält aus dem gemeinsamen Topf so viel, wie sie darum ungeniert mit den in den modernen Demokratien üblichen Mitteln kämpft, angefangen vom Journalismus bis hin zum Lobbyismus oder ähnlicher Konferenzen. Im Verteilungsschlüssel kommen die Kräfteverhältnisse der Akteure zum Ausdruck, im gegebenen Fall die Positionen der künstlerischen Intelligenz in der Gesellschaft allgemein beziehungsweise im engeren Sinn in der Einflußsphäre der Entscheidungsträger.

Die Verschiebung der Haushaltsproportionen wirft die Frage auf, ob die neokonservative Bürokratie beabsichtigt, die Künstler zurückzudrängen und zu marginalisieren. Interessanterweise sind die Künstler und Schriftsteller am ehesten den Unbilden des Markts ausgesetzt worden, verglichen mit ihnen genießen die anderen Berufsgruppen der Intelligenz institutionellen Schutz. Jene sind es vor allem, die dem Wettbewerb ausgesetzt worden sind. Die Existenz zahlreicher Schichten wird staatlich vor der Unsicherheit des Marktes geschützt, die Existenz der Schriftsteller und Künstler am wenigsten. Die Künstler stehen verhältnismäßig nackt auf dem Markt. Hierher fließen die geringsten Anteile staatlicher Subventionen, und stets ist es zweifelhaft, ob Unterstützung in der vorhandenen Höhe überhaupt erfolgen sollte, ob nicht Kürzungen ins Haus stehen.

Tatsache ist, die Künstler sind nicht allein, Arm in Arm gehen sie mit der Kulturbürokratie, mit den Fachleuten praktischer Kulturvermittlung, mit der gesamten Kunst- und Literaturindustrie, gemeinsam sind wir darum bemüht, für das Publikum eine kontinuierliche Mythologie am Leben zu erhalten. Ist nun das Interesse der Kulturschaffenden als tatsächlich grundlegendes Motiv anzusehen, wenn es um Subventionsforderungen geht, oder eher das Interesse des Kulturmanagements? Kulturmanager und Kulturschaffende bilden eine Interessengemeinschaft. Der Manager fährt immer besser, der größere Teil des Geldes wandert zu ihm, er ist wichtiger, der Organisator ist immer geschickter als der schöpferisch Tätige, aber sie sind aufeinander angewiesen, es besteht also eine Komplizenschaft zwischen ihnen, kollektiv sind sie vereint in einer pressure group.

Wenn der Staat ein Straßen- und Eisenbahnnetz aufbaut, dann tut er dies deshalb, weil er die materielle Kommunikation für wichtig erachtet. Wenn er in die Kunst investiert, dann tut er dies deshalb, weil er die künstlerische Kommunikation zwischen den Menschen für wertvoll hält. Eine Gesellschaft besitzt transzendente Unternehmungen und Schöpfungen. Werke sind das, durch die wir uns konservieren und unseren physischen Tod überleben, durch die sich unsere Gattung verewigt.

Wo ist die Grenze für eine solche Freigebigkeit zu ziehen? Was ist noch zu unterstützen, und was ist bereits als Grille anzusehen? Welches sind die legitimen und welches die überzogenen, die luxuriösen Bedürfnisse, die mit Hilfe öffentlicher Gelder zu befriedigen nicht angebracht wäre? Was ist normaler, durchschnittlicher Standard, der anerkanntermaßen unbedingt zu befriedigen ist? Von Land zu Land und von Epoche zu Epoche verändert sich die diesbezügliche Definition, das ist klar.

Was kann die künstlerische Intelligenz zu ihren Gunsten anführen? Daß sie die Werke hervorbringt, die später der Stolz der Nation oder der betreffenden Kulturgemeinschaft werden. Eine bekannte Situation: Ein Künstler stirbt in Armut, danach leben viele von ihm, Lehrer, Wissenschaftler, und auf ihn berufen sie sich, ihm gelten die Festreden, vor seiner Gedenktafel stehen Menschen, die ihm zu Lebzeiten die Tür vor der Nase zugeschlagen haben. Die Kunst also ist ein Ort der Begegnung, ein gemeinsamer Wert. Im nachhinein.

Deshalb würde es sich eigentlich lohnen, die Nachfolger der Klassiker rechtzeitig zu würdigen, zu Lebzeiten noch. Es kommen die Touristen zu ihren Ausstellungen, ihre Bücher werden übersetzt, durch sie lernt man das Land jenseits der Grenzen kennen. Wen erinnern wir von den zeitgenössischen Ministern der großen Romanciers des vergangenen Jahrhunderts?

Wie die großen Figuren der Geschichte, die großen Politiker, Legionen von Beamten und Soldaten ein gemeinsames Ideal und Vorbild gaben, so verhält es sich auch mit den Künstlern, die großen Klassiker unterstützen und bestätigen ihre weniger erfolgreichen oder in die Namenlosigkeit versinkenden Kollegen.

Ohne die Künstler hätte das Publikum nichts, worüber es sich unterhalten könnte, die Gebildeteren nennen Namen, und andere wiederum verstehen die Sprache der Anspielungen. Schuldet der Steuern zahlende Bürger den Meistern der Sprache nicht eigentlich wenigstens ebensoviel Dank wie den Soldaten? Die Rede ist von Menschen, die Werte schaffen, deren späterer Nutzen noch nicht absehbar ist, doch ähnlich den Schafen, die noch geschoren werden können, sind sie am Leben zu erhalten. Die ehrwürdigen Kollegen, die nahe an der Geldquelle sitzen, könnten zugeben, daß sie sich ohne die Künstler langweilen würden und daß sie selbst dazu, um sich gehörig über etwas entrüsten zu können, gerade deren skandalöse Äußerungen brauchen.

Kulturausgaben lohnen sich, dadurch werden wir zu Europäern. Das bewahrte Kulturerbe, die erhaltene Kirchen- und Schloßarchitektur, die anspruchsvollen Theater, Opernhäuser, Museen und das komplizierte Netzwerk der Kulturinstitutionen, sie machen das Wesen Europas aus, das, worauf wir stolz sein können, das, weshalb es lohnt, unsere Regionen aufzusuchen: diese unsere religiös-kultischen Werke. Ohne Konzertsäle wären wir tauber, ohne Gemäldegalerien blinder und ohne Bibliotheken dümmer. Solche Ereignisse konsumiert der Mensch, und ohne sie langweilt er sich, ist er doch ein Wesen, das sich nach Vergnügungen sehnt, und in Gesellschaft verhält er sich noch eher gesittet. Wegen solcher Ereignisse kleiden sich die Schönen, selbst die Arbeitsplätze der Modeindustrie sind abhängig von den kulturellen Zusammenkünften.

Die Politiker wissen nicht, wem sie etwas geben sollen. Nehmen wir an, sie geben eine Milliarde. Wem geben sie das Geld? So richtig kommt das Gerangel, das Konzert erst in Gang, wenn die zu verteilende Summe ziemlich gering ist. Eine unerfreuliche Szene. Die Politiker wissen nicht, was sie tun sollen, also betrauen sie Kuratorien mit der Verteilung, und dann beginnt die immer strittige Prozedur des Abbaus. In Frage gestellt werden kann jedwede Entscheidung, und das geschieht gewöhnlich auch. Für wen die Entscheidung ungünstig ausfällt, der wird sie für ungerecht und parteiisch halten. Ein jeder ist überzeugt davon, daß seine Sache eine gute, ja sogar die beste Sache sei. Da der größere Teil der Ansprüche nicht erfüllt werden kann, gibt es viele Enttäuschungen und Ressentiments.

Es fragt sich, ob der Staat die wertbeständigen Kunstwerke als einen Teil des Nationalvermögens betrachtet. Wenn ja, dann wäre das Grund genug, dem Künstler als Vorschuß auf das, was er im Verlauf seines Lebens noch schaffen und der Gemeinschaft hinterlassen wird, irgendein Durchschnittseinkommen zu garantieren. Das Durchschnittsgehalt eines Staatsbeamten steht auch dem Künstler zu, der vor einem Fachgremium seine Begabung unter Beweis gestellt hat. Wer begabt ist, der tut ohnehin alles, um sein Werk zu vollenden. Nehmen wir an, daß ein mittelmäßig begabter Künstler belohnt wird, mit einer Sinekure, die ein Minimaleinkommen nicht wesentlich übersteigt, verdient hat auch er diese Zuwendung, schon allein wegen der Ergebenheit, mit der er am Handel mit Worten und Bildern beteiligt ist.

Dem Künstler die arbeitsame Einsamkeit zu sichern, was wäre natürlicher als das? Es gibt außergewöhnlich begabte und gebildete Menschen, die ein weises Mäzenatentum von vornherein ein ganzes Leben lang unterstützen müßte. Denn solche Menschen arbeiten immer, selbst wenn sie gerne ruhen. Für eine der Arbeit Achtung entgegenbringende öffentliche Meinung bedarf es eines Arguments. Soll es der halsstarrige Arbeitswahn der Künstler sein! Jenes verfluchte Werk, das vor allem! Und auch für die Anfänger und Alten bedarf es irgendeiner Absicherung. Letztendlich handelt es sich dabei für die Gemeinschaft um eine langfristige Investition. Es schiene vernünftig zu sein, anerkannten Künstlern im Rahmen des Existenzminimums ein Gehalt als Staatsbeamte auszusetzen, sind sie doch tatsächlich Diener der Öffentlichkeit, wenn es genehm ist, Spione selbst in den eigenen Träumen noch.

Die Mehrheit würde das Almosen für den armen Künstler vielleicht billigen, und es würde ihr nicht in den Sinn kommen, daß auch der Diplomat und der General ihr Gehalt als Almosen bekommen. Denn an der staatlichen Umverteilung haben nicht nur die Witwen und Waisen Anteil, sondern auch die politische Elite.

Der Staat erhält sich selbst am Leben und umfaßt alles; was die Kunst jedoch angeht, weiß er nicht so recht, ob diese Einverleibung unbedingt wünschenswert ist. Wer weiß, was der Mensch auf diese Weise schluckt? Andererseits protestiert auch der Happen, die Kunst will vom Staat unabhängig sein. Das ihm zugeworfene Portemonnaie fängt der Künstler auf, doch die Verbeugung dafür vor dem vornehmen Herrn ist maßvoll.

Und was befremdet mich an einem solchen Gnadenbrot dennoch, oder wenn es besser klingt, an einer solchen Sozialhilfe? Denn wenn ein Künstler vom Staat Geld erhält, dann hat dies den Geruch von Arbeitslosenhilfe, dann bedeutet das, er kann sich, er kann sein Wissen auf dem Markt nicht verwerten. Schreiben konnte ich auch, als ich nicht von der Literatur gelebt habe. Auch in der Zeit der Untergrundverlage sind wir ganz gut ohne staatliche Unterstützung zurechtgekommen. Sachkundige Meister schaffen es zumeist, ihre Arbeiten zu verkaufen und unter Marktbedingungen zu existieren, obschon nicht besser als ihre beamteten Kollegen, allerdings auch nicht viel schlechter. Irgendwie ist es beruhigender, wenn wir vom Verkaufserlös unserer Produkte leben können und nicht auf Zuwendung, nicht auf ein Gnadenbrot angewiesen sind.

Ich setze die Diskussion mit mir selbst fort: Nun ja, das ist die traditionelle Rollenteilung, die Repräsentanten der geistigen Macht, die Intelligenz – beim Schamanen angefangen – werden ausgehalten. Anderenfalls werden sie böse, was eine weise Regierung zu vermeiden trachtet. Und in der Tat, die künstlerische Intelligenz kann auch gefährlich werden, ihren Zorn auf sich zu lenken ist nicht ratsam. Sie kreiert die Bilder und ist imstande, das Bild von dem einen oder anderen Menschen zu zerstören. Wird den Künstlern die gebührende Anerkennung versagt, kann es vorkommen, daß sie das Prestige der politischen Klasse in ein gerupftes Huhn verwandeln. Die Künstler sind ebenso eitel wie die Politiker, und wenn die ersteren beleidigt sind, so ist das für die letzteren nicht von Vorteil, bleibt doch ein Künstler das, was er ist, auch wenn er kein Geld vom Staat erhält, die Lage der Politiker dagegen ist eine andere.

Es liegt im Interesse der Politiker, mit der Intelligenz Kompromisse einzugehen, da diese eine negative Mythologie schaffen, eine Karikatur aus ihnen machen kann. Die Künstler können das Bild von den Politikern verunstalten. Jedermanns Bild ist dem ausgeliefert. Eben deshalb, weil es gefährlich ist, wenn jetzt eine Fraktion der politischen Klasse versucht, die künstlerische Intelligenz zurückzudrängen, ihre materielle Existenzgrundlage zu schmälern, ihren Bannkreis einzuengen. Demgegenüber hat es Regierungen gegeben und sind Regierungen vorstellbar, die es als Zierde ihrer Legitimation betrachten, der Kunst und den Künstlern freundlich zu begegnen und sich als Mäzene hervorzutun. Es ist nicht klug, mit der Intelligenz in Mitteleuropa im Hader zu leben, denn ihr Groll kann auf längere Sicht schwerwiegende Konsequenzen haben.

Pluralistisch ist auch die Strategie der Künstler in einer pluralistischen Demokratie. Einerseits tummeln sie sich auf dem Markt, und andererseits erheben sie auch Anspruch auf Sicherheitsgarantien, die durch den Staatshaushalt gewährt werden.

Vermutlich werden sich die Autoren von Werken, die auf dem Markt erfolglos bleiben und nur ein kleines Publikum ansprechen, jedoch auf ihrem Gebiet anerkannt sind, zum Schutz ihrer Interessen organisieren. Als sinnvolle Strategie erscheint ihnen die Legalisierung einer souveränen Besteuerung, das heißt jene Praxis, derzufolge die Bürger einen bestimmten Prozentsatz ihrer Steuer nach eigenem Ermessen zu Gunsten kultureller Tätigkeiten und Institutionen verwenden dürfen. Dem Staatsbürger die Verantwortung für die Entscheidung zu überlassen, wem er etwas zukommen lassen will, darin besteht eine Herausforderung der Demokratie.

Das System der vom Regierungsamt getrennten öffentlichen Stiftungen und Kuratorien ist keineswegs vollkommen, wenn es jedoch mehrere Quellen gibt und die Künstler auch die staatliche Unterstützung über mehrere Kuratorien erhalten, dann gleichen sich die Ungerechtigkeiten aus, und es besteht eine relativ hohe statistische Chance, daß eine Begabung nicht unter die Räder kommt und das Werk eine Zuwendung erfährt. Selbstverständlich ist das pluralistische Subventionssystem das beste, wenn jeder diejenigen Werte unterstützt, die er schätzt und denen er sich verbunden fühlt. In diesem komplexen, pluralistischen, gemischten und mannigfaltigen Gefüge werden lokale, religiöse, ethnische, politische und sonstige Einstellungen kompensiert. Es muß davon ausgegangen werden, daß die Distribuenten nicht neutral sind, daß keine zuverlässigen Maßstäbe existieren. Und deshalb gibt es nichts besseres als die verschiedenen, pluralistisch zusammengesetzten Distributionseinrichtungen, obschon sie nicht wirklich gut sind.

Nun ja, wer ist der Anwalt der körperbehinderten alleinerziehenden Mütter? Ist ihre Unterstützung nicht ebenso legitim wie die der Schriftsteller, deren Dummheiten viele Bäume das Leben kostet? Wenn nicht gar das Leben anderer Menschen. Andererseits: Wer war erfolgreicher beim Abbau der Bedrohung aus dem Osten, die Künstler oder die Militärs? In welcher Höhe wurden, gemessen an diesem Sachverhalt, Mittel aus dem Staatshaushalt für Waffen und in welcher Höhe für Bücher aufgewendet? Dabei lassen sich tyrannische Regimes mittels Gedrucktem besser zersetzen als durch Bomben.

Wir können uns auf nichts anderes berufen als auf unsere eigenen Erfahrungen, die Begegnung mit den großen Büchern der Weltliteratur in der Internats- und Stadtbibliothek kam einem Wunder gleich. Damit sich das Wunder bei anderen wiederholen kann, müssen jene Bücher dorthingelangen. Eine politische Rhetorik gegen eine gute Versorgung der öffentlichen und der Schulbibliotheken und ähnlich gegen eine Verfügbarkeit der verbalen, visuellen und auditiven Künste kann ich mir nur schwer vorstellen. Antiintellektuelle und kunstfeindliche Tendenzen in der Politik halte ich für eine vorübergehende Erscheinung. In der gesamten Gesellschaft besteht ein Bedürfnis nach vermeintlich authentischerem Wissen, die Ratlosigkeit ist ziemlich groß, der Markt ist in Bewegung.

Europäischer Realismus

Ein Mitarbeiter der *Zeit* fragte mich am Telefon, ob auch ich von Europa enttäuscht sei. »Keineswegs«, sagte ich. Das sei wirklich interessant, so er, denn die meisten seien enttäuscht. »Zweifellos«, erwiderte ich zurückhaltend, habe ich doch auch schon gelesen, daß Europa gestorben sei, vielleicht gerade in Bosnien, doch auch ganz allgemein liege es in den letzten Zügen. Solchen Botschaften schreibe ich ebenso wenig Glaubwürdigkeit zu wie der Nachricht von meinem eigenen Tod, würde ich davon in der Zeitung lesen. Wenn also die Frage lautet, weshalb ich nicht enttäuscht sei, dann frage ich sogleich zurück: »Woran gemessen?«

Daran gemessen, wie mein Leben in den verschiedenen Perioden Europas ausgesehen hat, sagen wir 1938, 1944, 1945, 1948, 1956, 1968, 1981? Daran gemessen gibt der gegenwärtige Status quo unserer Halbinsel keinen Anlaß zur Enttäuschung. Wir leben nicht im Krieg oder in der Angst vor einem Weltkrieg. Die Chance, eines gewaltsamen Todes zu sterben, die Bedrohung unserer Existenz, hat abgenommen. Mit meinem ungarischen Reisepaß kann ich mich in ganz Europa bewegen, ohne daß es dazu einer mit vielen Stempeln versehenen Reisegenehmigung bedarf. Ich lebe in einem demokratisch ambitionierten Rechtsstaat, wo ich frei publizieren und, sofern ich mit meiner Regierung unzufrieden bin, diese durch meine Stimmabgabe abwählen kann. Die Währung erinnert mich zunehmend an echtes Geld, wofür ich alles mögliche kaufen kann. Als Rezipient und Verbreiter von geschriebenen und ausgestrahlten Texten bin ich in meinem Haus auf dem Dorf mit den an beliebigen Punkten der Welt lebenden Zeitgenossen verbunden, und den Behörden fällt es nicht ein, mich daran zu hindern. Ich kann leben, arbeiten, kommen und gehen, wie es mir gefällt, das als »nichts« zu bezeichnen, wäre unzutreffend. In den achtziger Jahren ist all das keineswegs eine Selbstverständlichkeit gewesen. Es gibt keinen Grund, ausgerechnet mit den neunziger Jahren des 20. Jahrhunderts unzufrieden zu sein.

Daran gemessen, was ich selbst zu Europa geschrieben habe? Auch daran gemessen nicht. Oder daran gemessen, was andere dazu geschrieben haben? Wenn diejenigen, die Illusionen nachjagen, enttäuscht sind, so ist das ihre Sache. Europa als Ideologie kann dem Schicksal nicht entrinnen, das die Ideologien erleiden: Das Tempo ihres Überholtseins beschleunigt sich. Die gleichen Worte und Namen können nur wenige Jahre ständig wiederholt werden, bevor sie schließlich langweilig werden. Zusammen mit dem Wort also verschwindet auch der Begriff aus der Mode.

Europa ist keine Utopie, vielmehr Geschichte und ein Drama mit ungewissem Ausgang, seine Zukunft hängt von ihm selbst ab. In den Jahren des Kalten Kriegs ist die Souveränität Europas eingeschränkt gewesen, die Souveränität des Westens freiwillig, die des Ostens unfreiwillig. Der Zerfall des Sowjetreichs und die Wiederherstellung der Souveränität der osteuropäischen Nationen haben die Autonomie Europas erhöht. Die Europäer sind unumschränkt für die Regelung ihrer eigenen Angelegenheiten zuständig geworden.

Die Vormundschaftsperiode der Supermächte ist zu Ende gegangen, an uns ist es, mit der Mündigkeit und der damit verbundenen Verantwortung zurechtzukommen. Es ist an der Zeit, denn im Rückblick fällt die Anhäufung von Irrtümern, Versäumnissen und Unverantwortlichkeiten in der europäischen Politik unseres Jahrhunderts auf, nicht zu sprechen von den menschheitsfeindlichen Verbrechen.

Wenn Europa nicht geschönte und verfälschte Geschichte bedeutet, nicht nur intelligente Schöpfung, sondern auch sinnlose Vernichtung, all das also, was geschehen ist, umfassende Tradition, Stolz und Schuldbewußtsein, all das, was wir besitzen und was wir sind, wenn Europa nicht nur die Institution der Europäischen Gemeinschaft bedeutet, nicht nur die Pläne, sondern auch den ständigen Wandel voller Überraschungen, der in großer Vielfalt phantastische und abscheuliche Figuren auf der Bühne umherwirbeln läßt, wenn Europa also eher ein Roman als ein Traum ist (und der Traum ist natürlich ein Bestandteil des Romans), dann bestünde wiederum kein Anlaß, mich einer Stimmung der Enttäuschung hinzugeben, ist doch der Roman, das muß ich gestehen, interessant. Voller Herausforderungen steckt er, und könnte ich die Fortsetzung unschwer vorausahnen, würde die Lektüre nicht viel wert sein.

Ein für die Praxis bestimmter Plan ist in Europa zu einem Zeitpunkt Mode geworden, da uns bereits die globale Wirklichkeit auf den Leib gerückt ist, da bereits diese WELT im Entstehen begriffen ist, da der Schutz der Biosphäre der Erde ein nüchternes kulturübergreifendes Ziel geworden ist, die Erhaltung der menschlichen Gattung im Zentrum steht. Jedenfalls schreitet die Integration des kleinen Europa auf ihre Weise unaufhaltsam voran, und das nicht nur durch Vereinbarungen auf Regierungsebene, sondern auch durch Begegnungen und Austausch zwischen den europäischen Bürgern.

Gesellschaften, Medien und Märkte, ineinander übergreifend, verrichten ihr Geschäft, unabhängig davon, ob darüber gesprochen wird oder nicht, sie machen Europa, und zwar derart sichtbar, daß man getrost auf die vielen einschlägigen Reden verzichten könnte. Nachbarschaft, wenn nicht künstlich ein Keil zwischen sie getrieben wird, verbindet, durch die faktische Zusammenarbeit werden die gemeinsamen Institutionen geschaffen, das auf Erfahrung basierende Vertrauen bringt die formalen Verträge hervor.

Gemessen an seinen Herausforderungen ist der alte Kontinent jung. Der eben unbedacht und amateurhaft handelt, was sich in der Interpretation und in der Handhabung der Balkankonflikte gezeigt hat. Europa ist ratlos über seine Ausdehnung. Wo ist die Grenze zwischen dem alten Eisernen Vorhang und dem Stillen Ozean zu ziehen?

Eines ist sicher, es dehnt sich aus, und ein im Wachstum befindlicher Organismus kann als jung bezeichnet werden. Sich von Kontinenten und Kulturen umgeben zu sehen, erfordert von der europäischen Persönlichkeit ein differenzierteres und flexibleres Bewußtsein, das, von unserem Haus ausgehend bis zur großen weiten Welt, durch viele Ebenen geprägt wird und das in dem Abenteuer des Verstehens keine Grenzen kennt. Da wir verantwortlich sind für unsere eigene Geschichte, da die politischen Aktivitäten von ideologischen Wellenbewegungen beeinflußt werden und da diese Wellen aus dem zeitgleichen und häufigen Auftauchen analoger Gedankengänge resultieren, ist es für die Entstehung der Dinge zum Teil bestimmend, was einige hundert Intellektuelle von Europa halten. Wollen sie Europa zu Grabe tragen oder entdecken sie darin eine paradoxe Chance?

Ich habe den Verdacht, daß diejenigen eher zur Enttäuschung neigen, die sich in der Intimität Westeuropas, geschützt durch einen Atomschirm, ganz bequem eingerichtet hatten. Sie empfinden die Grenzenlosigkeit des neuen Horizonts als beängstigend, diese Interdependenz mit unberechenbaren Subjekten. Denn die Autonomie ist zwar eine schöne Sache, die Autonomie der die Bühne betretenden aufrührerischen Dilettanten indes grauenerregend.

Da ich in der anderen Hälfte Europas lebe, in Westasien, wie im Gefolge des Grafen Metternich viele meinten, neige ich dazu, die apokalyptischen Prophezeiungen von dem zu erwartenden Ansturm der Barbaren, von den Bürgerkriegen, von den Flüchtlingsströmen, den Mafiabanden, den Terroristen, wenn auch nicht für grundlos, so doch für stilisiert zu halten und eher mit dem Bedarf der Phantasten an Angst und Sensationslust zu erklären als mit den tatsächlichen osteuropäischen Verhältnissen.

In dem Dorf, in dem ich diese Zeilen schreibe, haben sich die Stimmen bei den jüngsten Wahlen zwischen konservativen, sozialistischen und liberalen Abgeordneten aufgeteilt, alle drei Politiker gelten als anständige Menschen, niemand hat jemanden an den Ohren gezogen. Den Sozialisten haben die Wähler vor allem deshalb ihre Stimme gegeben, weil die Fernsehpropaganda so viel Schlechtes von ihnen gesagt hat. Die extreme Rechte und die extreme Linke haben den Sprung ins Parlament nicht geschafft, von Gewalt und erheblichen Unregelmäßigkeiten bei den Wahlen ist nichts zu hören gewesen. Die Besucher aus dem Westen waren von der Normalität überrascht. Das Experimentieren der Gesellschaften während des Lernprozesses ist nicht weniger interessant als die blutigen Fresken. Der Kaukasus und Bosnien sind zwei Ausnahmen und keineswegs Epidemieherde. Auch der Erfolg nationalistischer Phraseologie ist vergänglich, die Menschen haben davon gekostet, wohin der Weg führt, das ist ihnen nicht verborgen geblieben, Wahlerfolge verheißt er immer seltener. Jene Anschauung, die von meiner Umgebung gebilligt wird, reagiert auf Triumphieren und Lamentieren spöttisch, zieht alle menschliche Relativität und Verschiedenartigkeit in Betracht, ohne deshalb beleidigt zu sein. Das würde ich als europäischen Realismus bezeichnen.

Wir stehen erst am Anfang des Abenteuers

Meine Damen und Herren!

Haben Sie Dank dafür, daß Sie gekommen sind, meiner Lesung zuzuhören. Es war der Wunsch dieser altehrwürdigen Universität, daß ein ungarischer Schriftsteller vor dem hier versammelten Auditorium Betrachtungen anstellen sollte über das in unseren Tagen vielerorts analysierte Verhältnis von Integration und Desintegration sowie darüber, auf welche Weise diese Entwicklungsprozesse durch die Kultur beeinflußt werden. Gewiß also ist sich die Alma mater bewußt, daß somit auch die gedanklichen Verknüpfungsmuster literarischer und nicht akademischer Natur sein werden.

1.

Integration und Desintegration gehören zusammen, sie bedingen sich wechselseitig, ebenso wie Werden und Vergänglichkeit, Bauen und Zerfall, Ankunft und Verschwinden. Es handelt sich um parallele, jedoch entgegengesetzt verlaufende Entwicklungsprozesse, einmal beschleunigt sich der eine, dann wieder der andere, sie verlaufen intermittierend, keiner der beiden ist ausschließlich und unaufhaltbar, keiner der beiden existiert ohne den anderen.

Je umfassender die Integration, in je größeren Schritten die Netzwerke Verbreitung finden, desto lebensfähiger sind die kleinen Einheiten. Durch die Demokratie als Welttendenz dehnt sich die Integration global aus, und innerhalb dieses Rahmens werden die nach Autonomie strebenden Teile auf den Plan gerufen, denen entweder eine vertraglich abgesicherte Scheidung gelingt oder die den Ausbruch von Feindseligkeiten, vielleicht sogar eines Bürgerkriegs in Kauf nehmen.

Die Weltwirtschaft integriert, der Markt, wenn die Möglichkeit dazu gegeben ist, dehnt sich aus, und die bürgerliche Logik, die zur Berücksichtigung wechselseitiger Interessen auf Verträge setzt, ist um die Eroberung noch unerschlossener Gebiete bemüht. Die Mitgliederzahl internationaler Bündnisse, Gesellschaften und Klubs steigt ständig, jemanden zu finden, der Sehnsucht danach verspürt, sich ihm anzuschließen, ist nicht schwer.

Die auf dem Prinzip politischer Gleichheit basierende moderne Demokratie ist das gute oder schlechte Gewissen Europas geworden. Den demokratischen Werten gegenüber kann sich eine Regierung heutzutage schuldbewußt oder heuchlerisch verhalten, pfeifen allerdings kann sie darauf nicht. Es existiert und erneuert sich ein demokratischer und humanistischer Transnationalismus.

Demokratie und Marktwirtschaft schaffen die Voraussetzungen für die Verflechtung der Länder: die Bewegungsfreiheit der Akteure und die allgemeinverständliche Sprache der konvertierbaren Währungen. Die Demokratie ist eine universale und expansive Idee, überall setzt sie den nach Freiheit strebenden Menschen voraus, den zumindest in seinen Sehnsüchten freien Bürger. Die Demokratie kann sich nicht selbst in Frage stellen, ihr erfolgreiches Vordringen nach Osten vervielfacht die Anwärter auf eine Mitgliedschaft in der Europäischen Gemeinschaft.

Das entwickelte Westeuropa und das entwickelte Ostasien grenzen aneinander, es wäre vernünftig, wenn der Verkehr durch Rußland führte. Die beiden Ränder des eurasischen Kontinents sind dicht besiedelt, im Inneren dagegen ziemlich spärlich. Triumphal zur Sprache gekommen ist Europa in dem Moment, nachdem der transeuropäische Aspekt bereits aktuell geworden war. Die großen Gebiete gehen ineinander über. Die Verkehrsfrequenz auf dem Festland zwischen Asien und Europa nimmt ständig zu.

Polyzentrisch und netzartig organisiert sich die Welt, die Funktionen gleiten über die Grenzen des Nationalstaats hinweg, und am Leben erhalten können sich die Kulturen ebenso wie die nationalen Wirtschaften nur durch gegenseitige Kontakte. Jedoch gerade der Integrationsprozeß bildet die Grundlage der europäischen Autonomiebestrebungen, garantiert einen Kräfteausgleich. Integration und Föderation sind Entwicklungsprozesse, die sich gegenseitig begünstigen.

2.

Wenn man sich in einer Mußestunde per Knopfdruck einen Überblick über die Fernsehnachrichten der Welt verschafft, kann man unter verschiedenen Fahnen außer Rand und Band geratene, dicht gedrängte Massen sehen, zutiefst verbittert oder jubelnd, auf den Straßen und Höfen umherliegende Leichen. Und Reden sind zu hören, in denen die Befreiung des einen oder anderen Volks gefordert wird, das heißt zumeist ein eigener Staat an einem Ort, an dem es bereits einen anderen Staat gibt.

Dessen Herrn, die vermutlich die Repräsentanten der Mehrheit sind, verteidigen die Integrität des eigenen Staats und betrachten es als innere Angelegenheit, wenn sie mit der sich auflehnenden und separatistischen Minderheit abrechnen, später dann sind sie empört, wenn die Verwandtschaft der Minderheit von außerhalb der Staatsgrenzen oder die internationale Gemeinschaft gegen dieses Vorgehen ihre Stimme erheben.

In der jüngsten Vergangenheit sind Mauern und Grenzen Mode geworden. Statt der Öffnung der Kult der Geschlossenheit. Damit verbunden das Ideal ethnischer Reinheit und die Praxis ethnischer Säuberung. Die aggressive Behauptung einer Besonderheit unserer eigenen Gemeinschaft.

Gerade sind abchasische Professoren in unsere Stadt gekommen und lassen uns wissen, als Abchasen und nicht etwa als Grusinier beanspruchten sie staatliche Würde. Immer mehr Nationen entstehen, und es besteht kein Grund zu der Annahme, daß diese Entwicklung ausgerechnet in unseren Tagen zum Stillstand kommen würde. Noch für lange Zeit wird sich die öffentliche Meinung mit dem Problem von Autonomien für Minderheiten und Separatismusbestrebungen beschäftigen müssen, kann man doch bei Staaten keine legitimen oder vernünftigen quantitativen Untergrenzen festlegen. Und Präzedenzfälle werden immer und immer wieder neue Staatsgebilde hervorrufen. Verschmelzungen dagegen sind nicht sehr wahrscheinlich, sind doch die Führer aller Minigebiete an der Wahrung ihrer Souveränität interessiert. Um eine staatliche Vereinigung herbeizuführen, ist die sprachliche Gemeinsamkeit, die Sprachengemeinschaft keineswegs ein hinreichender Grund. Die Führer werden schon etwas erfinden, was sie zu einer eigenen Nation macht.

Dieser Prozeß geht überall vonstatten, und jede Gemeinschaft, die sich selbst bejaht, unabhängig davon, was sie sagt, was sie jetzt noch auszusprechen wagt, will sich selbst verwalten, wünscht sich eine für sie verständliche und vertraute Führung aus den eigenen Reihen, eine Führung, die in der Sprache der Ethnie spricht und deren Traditionen anerkennt.

Die meisten Neulinge in der politischen Klasse sind außerordentlich ernst und außerordentlich verletzlich, unablässig führen sie die »nationale Würde« im Munde und daß ihr Achtung gebührt. Derart bedacht ist die neue politische Klasse auf die eigene Würde, daß sie sich außerstande sieht, mit ihrem Antipoden, der zugleich ihr Nachbar ist, Kompromisse zu schließen.

Und da das Zusammenleben der Völker äußere und innere Beschränkungen staatlicher Souveränität erfordert, die herrschende politische Klasse jedoch über den Erhalt staatlicher Einheit, über die Wahrung ihrer unumschränkten Machtfülle wacht, ist es nur allzu verständlich, daß an zahlreichen Orten, insbesondere in Gebieten mit gemischtethnischer Zusammensetzung, unausgesetzt Konflikte entstehen, Konflikte zwischen den gesellschaftlich-kulturellen Bewegungen und den Grenzen zwischen Staaten, die einerseits nicht mit den ethnischen Siedlungslinien übereinstimmen, diese sogar durchschneiden, und ihnen andererseits auch gar nicht folgen können, weil in den gemischten Wohngebieten eine schlangenlinienförmige Grenze zwischen Dörfern und Gärten gezogen werden müßte.

Daß in den gemischt besiedelten Gebieten eine föderative Staatsform am zweckmäßigsten ist, das steht außer Zweifel, eine förderative Staatsform, deren Substanz die Realität des Territoriums, der Siedlung, des menschlichen Lebens ist, die Geographie der Wirtschaft, die Praxis des Zusammenlebens und nicht die Gemeinschaft der Sprache, der Religion und der Abstammung.

Der homogene oder doch wenigstens seine Bevölkerung homogenisierende, assimilierende Nationalstaat ist es, der den meisten nationalistischen Bewegungen vorschwebt, die Idee des Nationalstaats, der mit anderen Ethnien nicht zu teilen ist, die Idee der reinen Nation, in der nur wir zusammensein werden und die von Fremden nicht verdorben werden wird.

In der Zeit der Globalisierung von Entwicklungsprozessen verstärkt sich die Neigung, zusammenkriechen zu wollen, es wächst die Angst der Völker, für etwas Abstraktes das vorhandene Konkrete zu verlieren. Haarrißdicke, kaum wahrnehmbare Unterschiede werden zu Bruchlinien, später dann zu Frontlinien unrasierter Maschinenpistolenschützen.

Bezeichnend für diese Entwicklungen ist die unerwartete Beschleunigung, wie wir auch von der Scheidung eines befreundeten Ehepaars überrascht werden, uns haben sie beide zusammen gefallen, sie allerdings scheinen des Partners an ihrer Seite überdrüssig geworden zu sein.

Schließlich treten bei den kämpfenden Parteien Müdigkeit und Ernüchterung ein. Das Desintegrationsfieber vergeht, sobald die Zentralregierungen ihren aufrührerischen Teilen weitgehende Autonomie anbieten können. Anderswo geht der sezessionistische, der spalterische Prozeß weiter, und der Autonomismus schreitet weiter voran. Immer häufiger wird auf politische Hoheitsrechte Anspruch erhoben, jeder will selbständig sein. Mit dem Ausklingen des Walzers suchen die Tanzenden nach einem neuen Partner, durch den der Glanz des Festes nicht beeinträchtigt wird.

3.

Generell will man nicht mehr die Dinge mit kühlem Kopf betrachten, sich von Gefühlen nicht hinreißen lassen, die Solidarität nicht übertreiben, den Unterschied als gegeben hinnehmen, jene Idee, daß die Menschenrechte auf der ganzen Erde gleichermaßen zur Geltung kommen müssen, besitzt gegenwärtig kein Gewicht mehr, denn wo Zehntausende, ja Hunderttausende von den Militärs abgeschlachtet werden, dort werden die Menschenrechte dreist verspottet. In diesem konservativen Realismus werden die Emanzipationsbestrebungen von vornherein als verdächtig abqualifiziert, ist doch deutlich zu sehen, was daraus wird.

Immer öfter ist zu hören, wir sollten die Welt so nehmen, wie sie sei, auf jedweden Universalismus sollten wir verzichten, da er eine naive Utopie sei. Eine Anhäufung von Partikularismen, manchmal ein schon chaotisch gegeneinander kämpfendes Konglomerat, das sei das Gesamt der Menschheit. Aufgrund von Parolen wild gewordene Trunkenbolde töteten sich gegenseitig. So sei die Welt nun einmal, hören wir, und wer die Wirklichkeit der Ungerechtigkeit und Grausamkeit nicht für etwas ewig Bestimmendes halte, der betrachte die Welt durch eine rosarote Brille. Globalismus schön und gut, wir aber bestellen unseren Garten, und mit dem Abreißen des Zauns haben wir es nicht allzu eilig.

4.

Europäer sein, das ist eine Herausforderung. Bekennt sich jemand am Ufer des Atlantik als Europäer, dann ist er zugleich gezwungen, die Anliegen ganz Europas zu seiner eigenen Sache zu machen. Doch wenn er von all dem hört, was um ihn herum geschieht, dann können ihm auch andere Gedanken kommen: »Sollen sie nur machen! Sollen sie sich doch gegenseitig totschlagen! Was habe ich mit denen zu schaffen? Wenn Europäer sein heißt, in Unheil hineingezogen zu werden, sich in anderer Leute Schlägereien einzumischen, wenn Europäer sein heißt, daß verdächtige Elemente vor meinem Haus herumschleichen, dann will ich lieber kein Europäer sein!«

Ein Synonym von gut und wahr ist Europa nicht, auch wenn es darin Gutes und Wahres gibt. Wenn Europa eine Utopie ist, ein Ziel, ein Plan, eine Ideologie, dann kann man auch fortlaufend davon enttäuscht werden. Ein Traum allerdings ist Europa nicht, vielmehr eine bezaubernde und abstoßende, vielleicht einfach nur eine graue Wirklichkeit. Wenn wir Europa im weiteren Wortsinn als unser Zuhause akzeptieren, dann müssen wir auch seine Geschichte mit all ihrer inneren Zerrissenheit als die unsere betrachten, zusammen mit ihrem Glanz und ihrem Wahnsinn und mit jenem zurückblickenden schlechten Gewissen, daß nämlich Menschen, die uns gleichen, fähig waren, Scheußlichkeiten zu begehen, zumeist nachdem sie durch hehre Ideen dazu angestiftet worden waren und nicht etwa deshalb, weil sie selbst außergewöhnliche moralische Ungeheuer gewesen wären.

Daran gemessen sind die Dilemmata der Institutionalisierung zweitrangig, wichtiger ist die Tatsache, daß es zur Einheit Europas, zu den partnerschaftlichen Beziehungen zwischen den Ländern keine Alternative gibt. Etwas Besseres als die Europäische Union ist auf dem Markt der Ideen nicht in Sicht. Natürlich könnten eine jede Region, ein jedes Land besondere Verletzungen anführen, in einem Winkel seiner Seele meint jeder, bei dem gemeinsamen Geschäft benachteiligt zu sein und zuzuzahlen. In einem anderen Winkel seiner Seele dagegen fühlt sich jeder in der Rolle eines pfiffigen Gewinners, eines dritten Bruders, was er allerdings nicht hinausposaunt. Und klagen, das gehört zum Geschäft, allein die Schicklichkeit erfordert das. Und an der Peripherie heißt es, man habe am Verkehr keinen Anteil, und in der Mitte ist zu hören, der Verkehr dorthin sei zu groß, inklusive der Stationierung fremder Truppen und der Unterweltallianzen. Zwar mögen die beleidigten Beschwerdeführer richtig spüren, daß die kontinentale Assoziation für sie nicht vorteilhaft sei, die nationale Separierung von Europa indes ist noch nachteiliger.

5.

In einer polyzentrischen, sich netzartig organisierenden Welt ist irgendein demokratischer Transnationalismus dauerhaft vonnöten, der selbst unter den gewaltsamsten Verhältnissen auf dem Prinzip der international garantierten Rechte des einzelnen besteht und im Rahmen des gegebenen Kontextes Dissidenten hervorbringt.

Von einer demokratischen Weltstrategie spreche ich, deren Akteure vor allem Individuen sind, die sich gelegentlich Überblick und Einfluß verschaffen und darum bemühen, die Staaten, die kollektiven Souveränitäten, mittels politischer Instrumente den Bedürfnissen der Ortsansässigen und der Nachbarn anzupassen. Des weiteren gelten ihre Anstrengungen dem Dialog, dem Konsens und dem Frieden zwischen den kollektiven Subjekten oder wenigstens der Erreichung eines kleinen vergänglichen Waffenstillstands, um Zeit zu haben für Körperpflege oder Beerdigungen.

Menschen, deren Beruf, deren selbstgewählte Aufgabe eine solche Strategie ist, nehmen weltweit zu. Da die Demokraten der Erde versuchen, den existierenden Konflikten Spielregeln zu verpassen und die kriegerische Auseinandersetzung nach Möglichkeit in einen Gedankenaustausch umzuwandeln, zumal militärische Konflikte oftmals lediglich auf Informationsmangel zurückzuführen sind, können wir solche Menschen Spielleiter nennen, und es ist offensichtlich, daß immer mehr junge Intellektuelle von dieser Rolle angezogen werden.

6.

Die Nationsbildungen schreiten voran, und sie lassen sich nicht eindämmen, weiser wäre es, dieser Entwicklung zuvorzukommen und entsprechende verfassungsmäßige Wahlmöglichkeiten zu sichern. Daß die Organisation der Vereinten Nationen politisch-staatsrechtliche Aufgaben wahrnimmt, ebenso wie das Rote Kreuz, läßt sich schwerlich vermeiden.

Beim Aufbrechen gewalttätiger Konflikte hatten die Politiker eine Lösung nicht anzubieten, kam die Ethik des realen Kompromisses nicht zur Geltung, sondern das Alles oder Nichts, der Geist der Intransigenz, der Geist des Nicht-nachgeben-Könnens oder Nicht-nachgeben-Wollens, der gerade das Ethos des Kompromisses für unmoralisch hält. Setzen wir uns die Besänftigung der kriegerischen Kräfte zum Ziel, ist es einfach unmöglich, sich nicht für das Ethos des Kompromisses zu entscheiden. Und sollte es einen höheren Wert internationaler Aktionen geben als den Schutz des Lebens von Individuen, von Staatsbürgern?

Die UNO hat die Erklärung über den universellen Individualismus in Umlauf gebracht, das heißt das Dokument zur Universellen Einheit der Menschen- und Bürgerrechte, das von der Mehrheit der Staaten als Gesetz verabschiedet worden ist. Allerdings wurden Abweichungen davon gemäß der Interessenlage der Staaten gebilligt, da die UNO die Organisation existierender und entstehender Staaten ist.

Das Problem ist die Wertebasis internationaler Aktionen. Wenn die Verteidigung von Souveränität und Integrität der Staaten oberstes Gebot ist, dann wird dem in zugespitzten Situationen der Schutz von Menschenleben und Menschenrechten untergeordnet werden. Wenn indes oberstes Gebot die Verteidigung der Individuen, nicht aber der Staaten ist, dann muß die Methode demokratischer Strategie vor allem in der präventiv-therapeutischen Problemlösung bestehen.

7.

In ethnisch-stammesspezifischen Bürgerkriegen, die in vielerlei Hinsicht an Guerillakriege erinnern, gibt es für eine internationale militärische Intervention keine unverfänglichen Modalitäten. Wahrscheinlich wird es bei einer militärischen Einmischung auch Zivilopfer geben, noch dazu bilden die Umstände Anlaß zur Verunsicherung, da nämlich eine eindeutige Parteinahme für die eine oder andere Seite nicht möglich ist, weil beide Gründe zur Angst vor dem anderen haben und jeder die eigenen Interessen zu wahren sucht.

Mir hat die Buntheit Jugoslawiens gefallen, daß Ljubljana und Belgrad, Sarajevo und Dubrovnik so verschieden sind und daß mir als Budapester Zagreb so vertraut ist. Allem Anschein nach sind sie von einer Welle erfaßt worden, die auf Buntheit nur mit Haß reagieren kann und die einen einfarbigen Staat will. Solange sie vor einer sowjetischen Invasion Angst haben mußten, blieben sie zusammen, nachdem sie diese Angst nicht mehr haben mußten, fielen sie übereinander her.

Die Idee eines reinen Nationalstaats geisterte durch die Politbürokratien und intellektuellen Gruppierungen. Vielleicht würde ja der eine oder andere unter ihnen ein Ministeramt oder einen Botschafterposten ergattern. Warum auch nicht? Dann würden die Kameras auf sie gerichtet sein.

Und möglicherweise wollen die Gemeinschaften ja eigene staatliche Symbole in Form von Ehrengarden, Fahnen und Ehrbezeigungen. Zumindest erhoffen sie sich etwas davon. Und selbst wenn der Herrscher seine Sache schlecht machen sollte, mit ihm geht es den Untertanen so wie mit einem unbegabten Vater, sie sind wütend auf ihn, aber wenigstens ist er einer von ihnen.

Es gibt Zeiten, in denen die Großmut der Völker belastbar ist, und es gibt Zeiten, in denen die Aufnahmefähigkeit schrumpft. Im ersten Fall werden die Geister von ethnischem Selbstvertrauen beherrscht, im zweiten Fall vor allem von xenophobischer Abschottung.

Dies steht in Zusammenhang mit einer zu erwartenden weiteren Zerstückelung von Staaten. Und ironischerweise hängt es zutiefst mit der Verbreitung des politischen Instrumentariums der Demokratie zusammen. Wo es Säle mit einem Mikrophon gibt, wo es Druck- oder Ausstrahlungsmöglichkeiten gibt, wo es ambitionierte populistische Politiker und Intellektuelle gibt, dort werden der Name und das erlittene Unrecht der betreffenden Nation oft zu hören sein, was entweder die Errichtung von Grenzschranken oder deren Abriß erforderlich macht, um unabhängig zu sein, um größer zu sein, um das zu bewahren, was ihr gehört. Jedenfalls ist die Grenze das Hauptübel für die Nation und nicht etwa die Unvollkommenheit der inneren Verhältnisse.

Jetzt im dritten Jahrtausend erreichen wir das Erwachsenenalter, jetzt, da die Nationen der Dritten Welt uns mit einer enormen Dynamik überfluten. Die transnationalen Entwicklungsprozesse drohen uns zu überrollen, und das nationale Selbstbewußtsein versucht, sich dagegen zu schützen, indem es die Sensibilität für die eigenen Werte mobilisiert; der Vorschlag lautet, mit uns selbst identisch zu sein.

Logischerweise setzt das größere Sicherheitsbedürfnis die Forderung nach lokalen Autonomien auf die Tagesordnung. Latent waren diese Ansprüche stets vorhanden. Und wenn eine Gefahr von außen einen zentralisierten Zusammenhalt nicht erforderlich macht, dann erwachen jene erstickten und früher nicht relevanten Autonomiebestrebungen zu neuem Leben. Ein jeder will den Besonderheiten seiner Identität Achtung verschaffen, was auf viele Schwierigkeiten stoßen kann, wenn in der fraglichen Gegend eine territoriale Demokratie nicht zum Tragen kommt, wenn die Menschen von einer Weltanschauung beherrscht werden, die nur Schwarz-Weiß-Kategorien kennt, und wenn ein jeder rauschhaft von der Begeisterung über sich selbst erfüllt ist.

Im Kessel kollektiver Selbstbestimmungen brodelt es, die Frage, welche kollektiven Egos, welche ersten Personen Plural sich zur Nation erklären werden, ist offen. Es ist anzunehmen, daß die Separatismusbewegung weitergehen wird, und ein jeder, jede sich selbst als politische Gemeinschaft definierende gesellschaftliche Gruppe, wird einen separaten Staat wollen. Warum auch nicht? Dieses Ziel wirkt vermutlich stimulierend, wird doch dadurch eine überschaubare Gemeinschaft garantiert. Auch der kleine Staat ist ein schöner Staat, Hauptsache, er gehört uns. Und dann plötzlich werden selbst diejenigen, die den kleinen Staat gewollt haben, von Traurigkeit erfaßt, weil er so klein ist, so eng, so provinziell. Es hängt ganz von ihm selbst ab, woran der Mensch Gefallen findet. An der Integration? An der Zusammengehörigkeit? Oder lieber an der Fragmentierung, an der Loslösung, an der Separierung, an der Einigelung? Ohne universalistische Disziplin suchen die Menschen nach kollektiven Autoritäten. Wir leben in einer romantischen und Abwechslungen versprechenden Epoche, worin die Verantwortung der einzelnen Akteure groß ist, doch selbst der Zufall phantastische Möglichkeiten in sich birgt.

8.

Was heißt Desintegration? Zerfall von Staaten in kleinere Staaten? Oder Privatisierung der Staatswirtschaft? Oder Übergang vom Einparteiensystem zum Mehrparteiensystem? Verselbständigung der Teile? Über einen ganzen Raum fegen die Leidenschaften der Verselbständigung hinweg. Und quasi über Nacht verändern die Einstellungen auch die Institutionen, an die wir gewöhnt sind.

Wie gesagt, mit der größeren Freiheit geht einher, daß die Kleineren und die Minderheiten größere Rechte einfordern, bis hin zur völligen Selbständigkeit. Eine prinzipielle Grenze für die Zunahme territorialer Souveränität existiert nicht, mehrere tausend ethnische Gemeinschaften gibt es, die Anspruch auf einen Nationalstaat erheben könnten. Es ist vorstellbar, daß eine Gemeinschaft selbst dann selbständig sein will, wenn sie dadurch ärmer werden sollte, selbst dann, wenn es sie teuer zu stehen kommt, einzig deshalb, weil ihr die nationale Unabhängigkeit das kostbarste Gut ist.

Ist es berechtigt, sich im Namen demokratischer Moral der Konstituierung neuer Staaten zu widersetzen? Richtig ist lediglich, die Anerkennung an die Bedingung zu knüpfen, daß zuvor ein Scheidungsvertrag mit jenem Staat zustande kommt, der bisher in dem betreffenden Gebiet die Hoheitsrechte ausgeübt hat, weiterhin, daß die Rechte der Staatsbürger durch diese Entwicklung nicht beeinträchtigt werden dürfen.

Wenn die Zerstückelung mit einer Entrechtung oder Erniedrigung neu entstehender Minderheiten einhergeht, kann der neue Staat aus der Sicht der internationalen Gemeinschaft legitim nicht sein. So winzig kann ein Staat gar nicht sein, als daß es nicht seine Pflicht wäre, den darin existierenden Minderheiten Freiheiten zu gewähren. Die Neuankömmlinge auf der Bühne internationaler Politik müssen kontrolliert werden, haben sie doch nichts Dringenderes zu tun, als die Autonomie der innerhalb des neuen Staats lebenden Minderheiten zu beseitigen. Alles homogenisieren will sie, die neue Riege. Meist führt die Zerstückelung von Staaten zu verschärfter Kontrolle der Bürger und zu dem Versuch, sie propagandistisch zu einer einzigen Teigmasse zu kneten. Wenn sich Menschen wegen der neuen Grenzen nicht sehen und voneinander nicht hören können, werden dadurch die Menschenrechte grundlegend verletzt.

Die Schrankenlosigkeit nationaler Souveränität hat zu großem internationalen Unheil geführt, zum Unwesen wahnsinniger Tyrannen. Ihren Staatsbürgern konnten sie die größten Greueltaten zufügen, das ließ sich nicht verhindern, besaßen sie doch Hoheitsrechte über all ihre Untertanen. Denn dem Diktator gehört jedes Leben im Bereich seines Hoheitsgebiets. Und durch die Geheimdienste erstreckt sich das Hoheitsgebiet über die ganze Erde, und wen sie töten wollen, der kann sich vor ihnen nicht verstecken.

Die internationale Gemeinschaft toleriert die Tyranneien, wobei sie sich vielleicht von der Erfahrung leiten läßt, daß das eine autoritäre Regime, wenn es durch revolutionäre Ereignisse gestürzt wird, alsbald durch ein anderes ersetzt wird, daß der Platz des Schahs von einem Khomeini eingenommen, die Militärdiktatur von einer Priesterdiktatur abgelöst wird. Und dann stellt sich die Frage, welche Diktatur der Mensch mögen soll.

Gegen die Philosophie begrenzten Mitleids oder, wenn man so will, realistischer Gleichgültigkeit erhebt die universalistische Lyrik ihre Stimme: Die internationale Gemeinschaft darf nicht alles dulden! Die Souveränität von Regierungen kann vorübergehend aufgehoben werden, bis Behörden installiert werden, die ziviles Leben, Rechte und gesetzliche Verhältnisse garantieren. Selbst gewählten Führern kann die internationale Gemeinschaft den Führerschein entziehen, wenn sie ihr Land in den Krieg steuern. Im Interesse eines freien Verkehrs muß Europa bewußt die Reintegration vorantreiben.

9.

Es ist vorstellbar, daß die informellen Netzwerke in erhöhtem Maß transnational werden, die territorialen Verwaltungen dagegen zunehmend dezentralisiert. Die territorialen Einheiten, die nicht mehr gezwungen sein werden, gegen militärische Bedrohung gewappnet zu sein, werden eine wachsende Selbständigkeit anstreben. Und was ihre Sicherheit angeht, so werden sie gegen Bezahlung europäische Dienste in Anspruch nehmen.

Sollte es nicht lediglich eine Frage der Wertewahl sein, ob wir ein und dasselbe Phänomen als Artikulation und Differenzierung oder als Fragmentierung und Desintegration bezeichnen? Wenn wir keine Angst haben müssen, militärisch überrollt zu werden, dann kann auch der Stadtstaat ein vernünftiges Maß sein.

Allerdings kommt der internationalen Gemeinschaft auch das Recht zu, eine Entscheidung zu fällen, derzufolge der Zerstückelung von Souveränität Einhalt geboten wird, weil sonst der Verantwortungslosigkeit Tür und Tor geöffnet und einer

Dilettantengarde Zutritt zum Schauplatz der internationalen Politik gewährt wird. Deshalb muß den sich unabhängig machenden Minderheiten geholfen werden, ihre Autonomien innerhalb der vorhandenen Staatsverbände zu entwickeln.

Die internationale Gemeinschaft kann die Mentalität und die praktische Abwicklung von Kompromissen, Vereinbarungen und international garantierten Verträgen unterstützen. Zur Ausarbeitung von Verträgen zwischen den Verhandlungspartnern könnte sie internationale Vermittlung anbieten. Durch einen solchen Dienst könnte man Loslösungstendenzen und wahrnehmbaren ethnischen Brüchen zuvorkommen und versuchen, unter Berücksichtigung der Gegebenheiten einen tragfähigen Konsens zu erreichen. Europas Größe besteht in der Vielfalt komplexer Verträge.

Die hysterischen Desintegrationen und Bürgerkriege verbreiten sich nicht unbedingt seuchenartig, sie dienen eher als Impfstoff. Das Beispiel Bosnien schreckt eher ab, als daß es verlockend wirkt. Wenn die benachbarten Ethnien Bürgerkrieg gegeneinander führen wollen, so läßt sich das von außen nicht verhindern, denn die außenstehende Partei ist nicht bereit, ein gleiches Risiko einzugehen, fiebert sie doch nicht und wird auch nicht angetrieben von Rache- oder Mordgelüsten, ganz im Gegensatz zu den Ortsansässigen, die von beidem schon eine gehörige Kostprobe genommen haben.

Angesichts des Umstands, daß sie das Leben der Zivilbevölkerung schützen müssen, sind die von außen kommenden Kräfte militärisch gelähmt. Am einfachsten freilich könnten sie Frieden schaffen, wenn sie die ganze Gesellschaft über den Haufen schössen, alle beide oder alle drei Parteien, bis sich niemand mehr rührt. Sollte dieses Mittel nicht angewendet werden, und dazu wird es eine Ermächtigung nicht geben, dann bleibt im großen und ganzen nichts anderes übrig, als sich auf das zu beschränken, was die UNO-Truppen in Bosnien tun. Die Kriege indes hören ebenso auf, wie sie ausbrechen, was beweist, daß nicht nur das Böse irrationale, unberechenbare Macht besitzt, sondern auch das Gute. Von den Bürgerkriegen, also von den Kriegen innerhalb existierender Staaten abgesehen, leben wir im Zustand des Weltfriedens, da uns die Gefahr eines Weltkriegs nicht droht.

Eine internationale Autorität, die nationale Souveränitäten beschränkt, wird immer dringender gebraucht, noch dazu in regionalen Varianten. Beispielsweise in Afrika eine afrikanische Ordnungsmacht. Die UNO müßte eine Europäische Organisation haben. Es gehört zum phantastischen Roman, daß die Blauhelme streitsüchtige Führer festsetzen, sie auf der Insel Elba in einem Luxushotel unterbringen können müßten, um den Frieden der Völker zu sichern, um nicht ausgerechnet im Namen der Vereinten Nationen die Untertanen von übergeschnappten Diktatoren töten zu müssen.

Die Kooperation von sensiblen Systemen setzt eine betriebssichere und nicht zu störende internationale Infrastruktur voraus. Es ist ausgeschlossen, daß die Gemeinschaft der europäischen Nationen als rationale und emotionale Wirklichkeit, als Institution geteilter und dadurch erweiterter Verantwortung nicht zustande kommen sollte. Auch als europäische Nation könnte man diese Gemeinschaft bezeichnen, besser aber wäre Assoziation, um nicht die Bedeutung der beiden Wörter miteinander zu vermischen. Wir sind Bürger unterschiedlich definierter Nationen. Vor allem einer menschlichen Nation. Die universelle Einsamkeit, das Alleinsein in der vertrauten Sternenwelt vermag in uns einiges Zartgefühl für das Einzigartige und die Zusammengehörigkeit der Menschheit auszulösen.

10.

Wie die Zellen durch Teilung, so vermehren sich die Staaten. Innerhalb eines Staats bilden sich als separate Zellkerne separate politische Zentren heraus, deren ideologischer und symbolischer Seinsgrund, raison d'être je, der Begriff kollektiver Identität ist, Hauptakteur ethnischer Konfrontationen.

Von vielen wird der Begriff der Identität als eine unauflösliche und unhintergehbare persönliche Wirklichkeit dargestellt, doch scharfsichtige Analytiker erblicken darin eher ein Instrument von Teilen der politischen Intelligenz, das Kampfmittel der nationalistischen Intelligenz.

Einfluß kann die Hochkultur nur durch Vermittlung ausüben, in ihr artikuliert sich als erstes in einem kleinen Kreis der später populär werdende Zeitgeist, der den Gebrauch bestimmter Worte ermöglicht, den anderer dagegen unmöglich macht. Die Hochkultur bestimmt die geistige Mode, die eigentlich eine durch Vorlieben geprägte Philosophie ist.

Der häufige Gebrauch des Identitätsbegriffs ist gleichbedeutend mit einer intellektuellen Mode nationalen Kollektivismus. Ich bin ein und derselbe und niemand anderes. Wesentlich bei der Betonung der Identität ist die Abwehr des anderen. Ein solcher Text ist immer von denen zu hören, die sich in den Vordergrund spielen und den anderen zurückdrängen wollen.

Isolationistische Tendenzen sind jetzt Mode, doch lange wird ihre Zeit nicht mehr währen, denn etwas Besseres als den bosnischen Bürgerkrieg weiß sie nicht hervorzubringen. Eine dramatische Aufwertung einer kollektiven Identität und deren Ausstattung mit moralischem Gehalt ist notwendigerweise exklusiv und kann zum Krieg führen.

Eine Klassifizierung bietet die Gelegenheit, jeder Kategorie eine verklärende Identität zuzuordnen, wenn dazu gerade eine Notwendigkeit besteht. Daß diejenige Kategorie, zu der auch wir gehören, großartig sein wird, versteht sich von selbst. Fast immer ist die moralisch wertende Klassifizierung Ausdruck eines kollektiven Narzißmus. Je nachdem, ob von uns oder anderen die Rede ist, günstige oder mißbilligende Stereotypien. Die Gemeinschaften basteln ein idealisiertes Selbstbild zusammen, in Übereinstimmung mit einer Zeitströmung, und in Übereinstimmung damit verlangt es sie nach nationalen Dramen, Opern und Reiterstatuen. Für Festtagsreden, für die staatliche oder militärische Rhetorik werden diese Begriffe und diese einfachen Bilder gebraucht, die dem Politiker, der dadurch der Zuhörerschaft schmeichelt, Erfolg garantieren können, sofern es das Publikum gerade danach dürstet und sofern es dessen noch nicht überdrüssig ist.

Wenn Identität kanonisierbar ist, dann kann die Abweichung davon getadelt werden. Unter anderem taugt die Identität auch dazu, den einzelnen im Namen irgendeines höheren Wertes zur Ordnung zu rufen, und wer die entsprechenden Kompetenzen besitzt, die berufenen Hüter der Identität, nutzt diese Möglichkeit. Die Grundaussage des Nationalismus besitzt eine ebenso disziplinierende Funktion wie die marxistisch-leninistische Kategorie der Klasse; ein ebenso auf alles anwendbarer Begriff wie bis vor kurzem die Struktur oder die Sprache.

II.

Im Unterschied dazu ist die Identität allerdings ein Begriff, dem religiöse Weihen verliehen werden können. Ein Attribut des Göttlichen ist er: »Ich bin, der ich bin.« Der Mensch indes als zeitliches und sich wandelndes Wesen ist per se nicht identisch, denn er ist immer ein anderes, das er erobert und verläßt, denn gegenüber dem unwandelbaren Ewigen besteht darin sein Vorteil: im Luxus der Metamorphose, deren natürlicher Preis der Tod ist.

Vonstatten geht der Austausch, das Experimentieren, das Konstruieren von Identitäten, das Übertünchen, um eine Urnatur sichtbar zu machen. Voll ausgelastet sind sie, die Produktionskapazitäten der Identitätsfabriken. Die Sehnsucht des Menschen nach einem Charakter ist ein elementares Bedürfnis. Glücklich macht ihn der Besitz von Eigenschaften, die Feststellung, über solche zu verfügen. Selbst die kollektive Eigenschaft entspricht ihm. Möglicherweise hat der Mensch die größte Angst davor, nicht einmal einen Schatten zu haben.

Es lohnt sich, die Wellen, die Pendelbewegungen, den Wechsel der Garderobe mit nüchternem Blick zu studieren, um zu verstehen, wie sehr die Identitäten kulturell-medial hergestellte

Werke sind. Osteuropa ist ein phantastisches Jagdgebiet für jemanden, der die Funktionsmechanismen der Plastikseele untersuchen will. Viele Menschen kostet es keinerlei Anstrengung, sich von einem Tag auf den anderen mit irgendeinem kollektiven Etikett zu identifizieren. Gewissermaßen mit dem diametral Entgegengesetzten von all dem, was sie gestern noch gesagt haben. Dennoch wird es nicht einfach sein, ihnen den Gesinnungswandel nachzuweisen. Dank der verworrenen Rede, die Kultcharakter besitzt. Garantiert doch erhabene Unklarheit berufliches Vorankommen.

Gefräßige Gallertmenschen kennen wir, die sich wollüstig in einer neuen Form aalen, im Handumdrehen finden sie sich darin zurecht, stolzieren in der neuen Rolle umher und mustern den alten Wertebestand ebenso gern aus wie die Kleider der vergangenen Saison, einer brandneuen Philosophie gilt ihr brennendes Interesse. Menschen, die mit der Zeit gehen, erschaffen sich selbst, wie kluge Leute im Computergeschäft aus den verschiedenen Einzelteilen die ihnen passende Konfiguration zusammenstellen oder wie Meisterköche oder Modeschöpfer wissen, welches jene endlichen Elemente sind, deren phantasievoll kreierte Verbindung eine schlemmerhafte beziehungsweise luxuriöse Wirkung erzielt.

12.

Ein echter Künstler bemüht sich um die Überwindung jener Stereotypie, die andere in uns entdecken oder als die sich unsere Gemeinschaft sehen möchte, empfindet er doch das eine wie das andere als oberflächlich, als einen Gemeinplatz, denn er ahnt etwas Wahrhaftigeres, und in Ermangelung eines Besseren bietet er die eigene Arbeit als Antwort auf jene Frage an, wie es um die betreffende Nation bestellt ist. Was die französische oder die russische Nation kennzeichnet? Auf diese Frage ist die gesamte Ansammlung von französischen beziehungsweise russischen Werken eine mögliche Antwort.

Die Identität ist nicht das Problem des Künstlers, sondern das des Kritikers und des Journalisten. Gemeinsame Merkmale zwischen den zu einer Nation gehörenden Künstlern herauszustellen ist die Sache des Künstlers nicht. Als wäre deren Klassifizierung, die nationale Zugehörigkeit, die wichtigste Variable. Willkürliche Mythologien und Typologien werden geboren, die gemeinsamen Eigenschaften eines ganzen Volks wollen sie erfassen. Statt einer präziseren Bestimmung ist die Identität ein leicht hervorzuholendes Schlüsselwort, durch seinen Gebrauch versucht der Mensch, etwas Kompliziertes auf etwas Einfaches zurückzuführen. Der Begriff der Identität besitzt einen analytischen, jedoch keinen normativen ästhetischen oder ethnischen Sinn. Der Begriff der Identität hat einen prozeduralen Sinn, wenn wir ihn ähnlich wie ein Inhaltsverzeichnis benutzen.

Sollten wir bei der Abhandlung ein und desselben Themas nicht auch andere Ausdrücke benutzen dürfen, wie beispielsweise Charakter, Benehmen, Verhalten, Haltung, Strategie, Philosophie oder eben Geschichte? Identität, das scheint ein statischer Begriff zu sein, obschon das, was er bezeichnet, aus Veränderung besteht, aus Wandel, Lernen, Experimentieren, Gegebenheit und Sehnsucht, das, was ich bin und wonach ich strebe, der Weg, den ich zurücklege.

13.

Die Identitäten bestätigen sich selbst, sie neigen dazu, die Seele des einzelnen zu okkupieren und darin derart zu wuchern, daß der ganze Mensch am Ende nur noch aus jener einen Identität besteht. Das eine Ich des Menschen verschlingt die anderen. An nichts anderes vermag er zu denken als an jene eine Identität. Eine Menge Menschen entdeckt, daß sie eigentlich zu jener Menschengruppe, zu jener Gemeinschaft gehört, deren Name immer öfter zu hören ist.

Wir sehen, wie Nationen entstehen und wie Menschen oftmals zufällig auf die eine oder die andere Seite der Front des Bürgerkriegs geraten, obgleich es gemäß Abstammung und Religionszugehörigkeit jeglicher Logik entbehrt, daß sie dort sind, wo sie gerade wegen der neuen und an den Haaren herbeigezogenen Kategorien sind. Dem nationalen Politiker zufolge ist es nicht mehr als normal, wenn sich der Identität eine nationale Armee hinzugesellt, wodurch sogleich die Gefahr eines Bürgerkriegs in unmittelbare Nähe rückt.

In einer bestimmten Periode oder vielleicht auch periodisch zeitigen die Identitäten eine offensichtlich berauschende Wirkung. Fortwährend bekommen wir Bilder zu sehen, nationale Gemeinschaften oder Stammesansammlungen im Zustand der Raserei. Die Rhetorik der Identität kann einen Massenrausch verursachen, wenn sich die Gesellschaft eben irgendwie anders sehen will, viel schöner, als sie eigentlich ist. Wenn sie aber gar nicht so häßlich ist, wozu dann die Trunkenheit?

Die Mono-Identität ist eine prinzipielle Unmöglichkeit, auch uns selbst können wir nicht ohne ideologische Gewalt auf eine einzige Identität reduzieren. Gerade das Einfühlungsvermögen schafft die plurale Persönlichkeit, deren Ichs fortwährend im Hader miteinander liegen und Kompromisse schließen.

Nicht nur, daß sich die meisten wirklichen Identitäten nicht gegenseitig ausschließen, sondern im Gegenteil, sie gehören ebenso zusammen wie die Wörter in einem guten Text. Sie sind es, die uns die Erlebnisse der Zusammengehörigkeit vermitteln, sie sind es, die uns warm werden lassen ums Herz. In schweren Zeiten, unter großem Druck gemeinsam für etwas eintreten, Arm in Arm, ein bißchen wie eine Statue, ja gewiß, auch das hat seinen Reiz. Es gibt Situationen, in denen ein ganzes Land in einem gemeinsamen Fühlen vereint ist.

14.

In Osteuropa geht alles beschleunigt vor sich, das Aufeinanderfolgen der Wellen ereignet sich immer schneller. Experimentierende Gesellschaften sind auf der Suche nach ihre Form, nach sich selbst. Ich glaube nicht, daß für die Veränderungen in meiner Umgebung Integration oder Desintegration präzise Bezeichnungen wären. Treffender wären Differenzierung, Schwankung, Experimentieren, Erfolg und Kampf in der Schule der Demokratie. Viele machen die Erfahrung, daß Meinungsunterschiede keine moralischen Wertunterschiede sind. Die Schlachtenbummler der verschiedenen Mannschaften, die Verehrer der verschiedenen Orchester müssen sich nicht notwendigerweise gegenseitig verachten. All das ist eine neue Lektion, in deren Folge zivile Höflichkeit Verbreitung finden wird.

Die verschiedenen Generationen Mittel- und Osteuropas wollen sich mit ihrer Vergangenheit aussöhnen. Es kränkt sie, wenn ihnen retroaktiv Schuldbewußtsein eingeimpft wird. Lautstark protestiert der Demagoge gegen die moralische Verpflichtung auf ein kollektives Schuldbewußtsein, seinen Vater oder Großvater will er nicht als Verbrecher betrachten, auch die hätten ihre eigene Gerechtigkeit besessen!

Also erfährt die Vergangenheit eine Aufwertung, die Vorkriegszeit, wodurch das Pendel nach rechts ausschlägt, dann die Nachkriegsperiode, die links orientiert war, und hierbei geht es um das Gestern, und ihr Gestern wollen auf Dauer verhältnismäßig wenige verabscheuen. Viele protestieren dagegen, daß man ihnen, sei es von rechts oder links, ein Schuldbewußtsein aufzwingen will.

Wenn sich die Ungarn mit dem Horthy-Regime aussöhnen, das eine Million Tote gekostet hat, warum sollten sie das dann nicht auch mit dem Kádár-Regime tun, das in seiner Heldenzeit ungefähr tausend Menschen getötet und dann, müde und alt geworden, friedlich die Macht übergeben hat, nachdem es hinweggespült worden war?

Die Wellen sind stärker als die Personen, stärker als die Institutionen und Regime, alles reißen sie mit sich fort. Das Pendel schlägt einmal nach hierhin, ein andermal nach dorthin aus, und das muß man überstehen, ändern läßt sich daran nichts. Dessenungeachtet bleibt die Erinnerung an die persönliche Vortrefflichkeit bestehen, und das Selbstbewußtsein der Völker wird durch die Genealogie hervorragender Persönlichkeiten zusammengehalten.

15.

Es könnte sein, daß die Bewußtwerdung gemeinsamer Interessen der gesamten menschlichen Gattung erst in jüngster Vergangenheit möglich und durch die Bedrohung ihres Fortbestands hervorgerufen worden ist. Wir sind gezwungen worden, der Möglichkeit ins Auge zu blicken, daß unsere Art vernichtet und unter diesen oder jenen Modalitäten in den Selbstmord getrieben werden könnte, wobei ein eventueller nuklearer Weltkrieg lediglich ein markanter Wendepunkt gewesen ist, vermutlich jedoch nicht die letzte Versuchung.

Durch Betätigung von Knöpfen können wir uns ein halbstündiges Programm aus aller Welt zusammenstellen, die Mehrheit der Bilder ist absurd und nötigt uns ein Lächeln ab. Dieses Spiel gibt dem Zuschauer die Möglichkeit, ein Außenstehender zu bleiben und günstige Vergleiche anzustellen, schließlich macht sie ihm Lust, die Flimmerkiste zu vergessen und an das Bücherregal zu gehen, sicher wird er ein Buch finden, das er nicht lächerlich finden wird.

Die Weltliteratur integriert nicht weniger als der Markt der Computer, denn in ihrer Besonderheit unterscheiden sich die Werke und die Autoren grundlegend, und grundlegend gehören sie auch zusammen. Jene gemeinsame moralische Sprache, durch die die Menschheit enger miteinander verbunden wird als durch die wechselseitig undurchdringlichen Weltreligionen, erkenne ich in der Weltliteratur.

Integrieren soll sie? Sie verflechtet und verknüpft miteinander, sie ermöglicht in Raum und Zeit den Austritt aus dem Provinziellen. Der Ort, an dem wir leben, ist nicht weniger eng als die Zeit, die uns gegeben ist. Bücher gibt es, die uns blitzschnell nicht nur dreitausend Meilen zurücklegen, sondern auch dreitausend Jahre durchschreiten lassen. Beachtenswerte Argumente, die als Beweis dafür gelten könnten, daß ein Hinüber und Herüber zwischen den Kulturen nicht existierte, kenne ich nicht.

Vielleicht reift ein neuer Universalismus heran, der auf der Grundidee globaler Verantwortung basiert. Die Beschränkung sämtlicher Interessen, die dem Fortbestand der Erde und der Gattung Mensch zuwiderlaufen, könnte eine logische Konsequenz sein. Der Bürger des dritten Jahrtausends wird zu lernen gezwungen sein, sich von Zeit zu Zeit von seinem persönlichen Egoismus aufzuschwingen zum gemeinsamen Egoismus der Menschheit. Wir fangen an, die Erdkugel zu bewohnen, wir fangen an zu wissen, wo wir wohnen. Wie jemand, der unlängst erst hierhergezogen ist, so lernen wir die Umgebung kennen.

Die Idee der Verantwortung für den Erhalt des Ganzen ist mehr als lediglich die Vermeidung aktueller Probleme, sie ist die Anschauung vom vollkommen gleichberechtigten Nebeneinander und schonenden Zusammenfügen der Schöpfungen. Das Bild von einer mehrdimensionalen Welt, deren handelnde Subjekte wissen, daß sie voneinander abhängig sind. Es ist nicht erforderlich, eine grundlegend neue Idee zu erfinden, interessanter scheint es zu sein, die alten in die jeweils anderen Sprachen zu übersetzen, umzudeuten und miteinander zu verknüpfen.

Vor unseren Augen entfaltet sich die Wirklichkeit der Weltkultur. Es existiert ein kultureller Weltmarkt, und ein umfassender internationaler Gedankenaustausch stellt Welt her. Wer von anderen schon etwas weiß, wer die anderen trifft, der gehört zu den Bürgern einer sonderbaren Weltgesellschaft. Das Eingesperrtsein in die Sprachen ist ein technisches Hindernis, es gibt eine Bedeutung, die sich über Sprachgrenzen hinweg Gehör verschafft. Sollte der Dialog von Wichtigkeit sein, dann wird es Übersetzungen geben.

Wenn in der Gesellschaft gerade normale Zustände herrschen und nicht in großen zusammengepferchten Massen gebrüllt, gekreischt, geschluchzt und gejubelt wird, wenn gerade keinerlei Hysterie die Seele stumpf macht, dann huldigen die Menschen je nach ihrer Einstellung ihren verschiedenen Identitäten, nicht allzu laut, eher behaglich, was keineswegs das Gegenteil von Hingabe bedeutet.

16.

Der Bürger des dritten Jahrtausends, so glaube ich, wird ein flexibleres Selbstbewußtsein haben, als wir es im zweiten Jahrtausend hatten, das durch die Konfrontation seiner starren Denkmuster viel Leid verursacht hat. Die vollmundige und hohle Identität kann nicht feilschen, liegt ihre Stärke doch gerade in der Starrheit. Der beweglichere Standpunkt enthält in sich die Notwendigkeit des Kompromisses, wodurch die kollektiven Subjekte ihre Angelegenheiten so ordnen können, wie dies weisere Individuen zu tun pflegen. Die vermutliche Richtung des Wandels wird das flexible Ich sein, der dörfliche Weltbürger und der metropolitane Dörfler, der im Schnellauf der Phantasie seinen Horizont zwischen Nähe und Ferne einengen und erweitern kann.

Die flexible Sicht ist der künstlerischen Sichtweise verwandt, denn sie ist am ehesten fähig, große Entfernungen zu überbrükken, sich zwischen verschiedenen Ebenen blitzschnell zu bewegen, abstrakte und konkrete Bilder zu vereinen. Utopisch könnten wir deshalb sagen, die vorherrschende Verständigungsform des dritten Jahrtausends wird die künstlerische Verständigungsform sein, jener Geist, der sich auf die Achtung vor einem einzigen Menschenleben ebenso wie vor dem ganzen Menschheitsgeschlecht gründet. Das Bewußtsein des komplizierten Ganzen, verbunden mit einigem Wohlwollen dafür. Der Wille, ein bißchen bleiben zu wollen. Noch stehen wir erst am Anfang des Abenteuers der Verständigung. Doch der sanftmütige Humanist streift nicht durch die Lande, um Feinde ausfindig zu machen, im Gegenteil, er neigt zu der Annahme, daß es Feindschaft gar nicht gibt, sondern lediglich Mißverständnisse.

Politische Ökonomie und Wirtschaftsgeschichte in der edition suhrkamp

306/1/5.94

Politische Ökonomie und Wirtschaftsgeschichte in der edition suhrkamp

Ronge, Volker: Bankpolitik im Spätkapitalismus. Politische Selbstverwaltung des Kapitals? Von Volker Ronge unter Mitarbeit von Peter J. Ronge. es 996

Senghaas, Dieter: Weltwirtschaftsordnung und Entwicklungspolitik. Plädoyer für Dissoziation. es 856

Strukturveränderungen in der kapitalistischen Weltwirtschaft. Margaret Fay, Ernest Feder, André Gunder Frank, Folker Fröbel, Jürgen Heinrichs, Otto Kreye, Anne-Marie Münster, Barbara Stuckey. Starnberger Studien. es 982

Sweezy, Paul M.: Theorie der kapitalistischen Entwicklung. Eine analytische Studie über die Prinzipien der Marxschen Sozialökonomie. Aus dem Amerikanischen von Gertrud Rittig-Baumhaus. Herausgegeben von Gisbert Rittig. es 433

Vobruba, Georg: Politik mit dem Wohlfahrtsstaat. Mit einem Vorwort von Claus Offe. es 1181

Wirz, Albert: Sklaverei und kapitalistisches Weltsystem. NHB. es 1256

Ziebura, Gilbert: Weltwirtschaft und Weltpolitik 1922/24-1931. Zwischen Rekonstruktion und Zusammenbruch. NHB. es 1261

306/2/5.94